아름다운 나라의 슬픈 미로

El Salvador

아름다운 나라의 슬픈 미로

펴낸날 2022년 7월 25일
2쇄 낸날 2022년 8월 16일

지은이 양형일
펴낸이 주계수 | **편집책임** 이슬기 | **꾸민이** 김소은

펴낸곳 밥북 | **출판등록** 제 2014-000085 호
주소 서울시 마포구 양화로7길 47 상훈빌딩 2층
전화 02-6925-0370 | **팩스** 02-6925-0380
홈페이지 www.bobbook.co.kr | **이메일** bobbook@hanmail.net

ISBN 979-11-5858-889-2 (03810)

특임대사가 가슴으로 만난 엘살바도르

아름다운 나라의 슬픈 미로

El Salvador

양형일

프롤로그

나의 길

운명은 길이다. 살면서 걷는 길이 운명이다. 우리가 선택하는 길도 있고, 선택과 무관하게 주어진 길도 있다. 내일은 어떤 길이 기다리고 있는지 아는 사람은 없다. 길목에 들어서야 비로소 알게 된다. 다 걸어보고 난 후에야 알게 되는 그런 길도 있다.

사람들의 생김생김이 서로 다르듯 운명의 길 역시 모두 다르다. 사람마다 걸어야 할 운명의 길에는 오르막도 있고 내리막도 있다. 곧고 평평한 길도 있지만, 구불구불 울퉁불퉁한 길도 있다. 대평원을 가로지르는 길처럼 곧장 뻗은 길도 있지만, 깎아지른 듯 험준한 절벽을 가파르게 기어 올라가야 하는 길도 있다. 한 걸음만 잘못 디디면 천 길 낭떠러지로 떨어질 수 있는 위험한 길도 있다. 참 알 수 없는 운명의 길이다.

이제까지 나는 내 운명의 길을 묵묵히 걸어왔다. 평탄한 길도 있었고 차라리 없는 게 나은 길도 있었다. 어떤 길에서는 보람과 기쁨의 노래를 부르기도 했다. 또 어떤 길에서는 눈물을 흘리고 비탄의 한숨을 쉰 적도 있다. 온갖 희로애락이 길가 곳곳에 이름 모를 들꽃처럼 피어있는 길을 걸어왔다.

유학생, 교수, 총장, 국회의원, 그리고 대사의 길을 걸었다. 내가 걸어온 길은 얼핏 보기에는 매우 그럴듯한 길처럼 보인다. 순탄한 길로도 보일지 모른다. 그러나 내가 걸어온 길은 직함의 명패로 간단히 이름 붙일 수 있는 길이 아니다. 많은 사람의 길이 그랬듯이 내가 걸어온 운명의 길도 늘 거친 시련이 뒤범벅된 미지의 길이었다.

내가 걸어야 할 운명의 길에 '대사'라는 직임이 기다리고 있으리라고는 전혀 예상하지 못했다. 내가 대사의 길을 걸을 수 있도록 추천해주신 분들이 있다. 그분들의 도움으로 특임 대사의 임명을 받고 엘살바도르와 벨리즈 겸임 특명전권대사로 보임되었다. 2019년 5월 3일이다.

청와대로부터 내정 통보와 함께 인사 검증에 필요한 서류를 갖춰 제출하라는 연락을 받았다. 서류 제출 후, 검증을 담당한 직원으로부터 전화를 받았다. 이런저런 내용을 확인하는 것이었다. 신고한 재산 관련해서 받은 질문이 기억에 남아있다. 보유한 차량 두 대 중, 왜 소형차인 아반떼 값이 대형차인 오피러스보다 더 높냐는 것이었다. 재산과 관련해서 물어볼 만한 것이 없을지라도 순진한 질문이었다.

나는 그 질문에 감사했다. 걸어온 길에서 비록 돌부리에 걸려 넘어지고 손과 무릎이 긁혀 아프기도 했지만, 빨리 갈 수 있는 샛길을 기웃거리지 않았다. 주어진 내 몫에 늘 감사했다. 몫을 키우기 위해 이것저것 두리번거린 적도 없다. 걸어온 길에서 만난 행운에 그저 감사하면서 묵묵히 걸어왔을 뿐이다.

이 책은 엘살바도르와 벨리즈 겸임 대사직을 임명받고 걸었던 3년 동안의 길에서 경험하고 느꼈던 것들에 대한 단상을 반추하는 글이다. 아름답지만 슬픈 나라에서 걸었던 대사의 길은 삶에 대한 의미를 더 깊게 생각할 수 있게 해준 행운의 길이었다.

이 책을 쓴 이유는 두 가지다. 하나는 엘살바도르 3년 경험을 기록으로 남기고 싶었다. 삶의 흔적이라고도 할 수 있다. 다른 하나는 엘살바도르 뇌성마비 고아 환우들에게 작은 힘이라도 되기 위함이다. 가난한 나라이기에 어려운 사람들이 참 많다. 그중에서도 그들은 나와 특별한 인연을 맺은 천사들이다. 작은 출판기념회라도 할 수 있는 용기는 그들의 미소와 응원에서 나왔다. 이 책으로 적은 것일지라도 얻을 수 있는 것이 있다면, 그것은 오롯이 그들 몫이다.

엘살바도르에서의 생활과 외교 현장의 체험을 토대로 한 글이기 때문에 생동감을 느끼면서 편하게 읽을 수 있는 글이다. 어렵고 복잡한 내용도 없다. 주재국 엘살바도르와 중앙아메리카, 또 남아메리카를 포함한 라틴아메리카 전체에 대한 이해에도 도움이 되리라고 여긴다. 그리고 외교 현장을 여러 측면에서 조명하고 소개했기에 일선 외교에 대한 이해에도 도움이 되리라고 여긴다.

대평양 건너의 불우한 뇌성마비 고아 환우들을 위한 나의 취지를 이해하고 도움을 주신 분들께 머리 숙여 감사를 드린다. 특히, 마음을 크게 열어주신 창원한마음병원 하충식 이사장님께 깊이 감사드린다. 삶이란 감사하고 베푸는 것이라는 신념을 실천해 오신 분이다. 아름다운 삶에 경의를 표한다.

목차

제2장

슬픈 거리

제3장

실패와 좌절

제4장

문화

제5장

한류

제6장

명암

제7장

외교 현장

제8장

답답했던 일들

제1장

아름다운 나라

그렇게 나의 임지 엘살바도르에서의 첫날이 밝았다.

첫인상

2019년 5월 11일 밤 8시, 인천공항에서 출발한 지 하루 만에 산살바도르 공항에 도착했다. LA를 거쳐서 산살바도르행 비행기를 기다리는 시간까지 포함하면 하루가 걸린 것이다. 하지만 미지의 나라에 대한 호기심과 기대로 피곤함을 느끼지 못했다. 3년을 보내야 할 나라에 대한 호기심으로 가슴은 설렘과 흥분으로 출렁이고 있었다.

비행기에서 나와 게이트에 들어서면서 깜짝 놀랐다. 공항의 분위기 때문이었다. 마치 미국의 어느 공항에 내린 것 같았다. 즐비하게 늘어선 면세점과 유니폼을 단정하게 차려입은 남녀 판매원들, 반듯하게 잘 정돈된 상품들, 깨끗한 복도와 세련된 장식을 보고 순간 내가 엘살바도르에 도착한 것이 맞는가 하는 생각이 들었다.

이곳에 오기 전, 서적과 인터넷 검색을 통해 엘살바도르의 정치, 경제, 사회, 문화에 관한 공부를 제법 했다. 대사로 가면서 나라를 모르고 갈 수는 없기 때문이다. 가난한 나라, 작은 나라, 치안이 불안한 나라라는 이미지가 머릿속에 각인되어 있었다. 산살바도르의 공항 분위기를 평양의 순안공항 정도로 예상했다. 그러나 공항에서 느낀 분위기는 초라한 공항일 것이라는 내 예상을 순간에 깨뜨리고 말았다. 예상과는 너무 다른 모습이었다. 잘 단장된 밝은 공항의 분위기가 엘살바도르에 대한 내 기대치를 몇 단계 위로 끌어올렸다.

다양한 모습의 사람들도 눈길을 끌었다. 백인도 있고 메스티소 혼혈도 있었다. 하얗거나 검은 정도에 따라 피부색이 서로 달랐다. 머리 색도 달랐다. 금발에서 검은 머리까지 다양했다. 침략기와 개척기에 유럽의 다양한 인종들이 몰려와서 피가 섞인 탓으로 생김새가 다양했다. 백인의 피가 많이 섞인 사람에서부터 원주민이었던 인디오의 피가 많이 남은 사람들이 공항 복도를 걷고 있었다.

대사관에서 나온 두 사람과 주재국 의전 요원들을 따라 입국심사대로 향했다. 의전실로 안내되어 잠시 쉬는 사이, 커피가 나왔다. 초콜릿이 섞인 듯한 향이 은은하면서 독특했다. 한 모금 마시고 싶었지만, 수면에 지장이 될지 몰라서 그냥 향만 즐겼다. 입국심사 직원이 신분을 확인하는 것으로 입국심사가 끝났다. 공항 밖으로 나오니 시원한 공기가 정신을 맑게 했다.

관저로 가는 도로가 어두웠다. 가로등 시설이 좋지 않은 탓이다. 어두운 도로를 달리면서 창밖으로 희미하게 보인 주변의 풍경은 큰 나무와 숲이 많았다. 30여 분을 달려 산살바도르 시내에 진입하면서 나는 다시 한 번 놀랄 수밖에 없었다. 미국의 어느 도시에 들어선 느낌이었기 때문이다. 눈에 익은 맥도날드, 달러 시티, 텍사코, 켄터키 후라이드 치킨, 버거킹, 세븐 일레븐 등 온통 미국브랜드였다. 환히 밝힌 광고판들이 이곳이 미국의 뒷마당임을 확인하고 있었다.

공항에서 산살바도르 시내에 있는 관저까지 대충 40분 정도 소요되었다. 관저에 도착하니 대사관의 한국 직원들이 모두 대기하고 있었다. 간단한 인사와 식사를 하고 2층 주거 공간으로 이동해서 짐을 풀었다. 그동안 밀려나 있던 피곤이 한꺼번에 몰려왔다. 한국과 15시간의 시차가 있었지만, 피곤한 내가 곯아떨어지는 데에는 별 영향을 주지 못했다.

이름 모를 각종 새소리에 아침잠을 깼다. 엘살바도르에서 첫 아침을 알리는 유난히 크고 맑은 새소리였다. 날씨 또한 한국의 가을 아침 기온처럼 매우 선선했다. 커튼 사이로 스며드는 햇살이 강했다. 창밖으로 파란 정원 한가운데서 펄럭이는 우리 태극기가 눈에 들어왔다. 그렇게 나의 임지 엘살바도르에서의 첫날이 밝았다.

사라진 뿌리

1492년 콜럼버스C. Columbus의 신대륙 발견, 1504년 코르테스H. Cortes의 중미 도착, 1524년 알바라도P. de Alvarado의 쿠스카틀란 정복은 서구에서 매우 위대한 역사로 기록되고 있다. 그러나 이 위대한 역사는 주인인 인디오 부족들이 평화롭게 살고 있었던 땅에 살상, 수탈, 노예라는 비극을 잉태시켰다.

1524년 평화롭던 동네, 쿠스카틀란Cuzcatlan에 생전 보지 못했던 사람들이 총과 대포를 가지고 나타났다. 코르테스의 부하인 알바라도가 쿠스카틀란을 침략한 것이다. 쿠스카틀란은 엘살바도르 일대, 산살바도르의 옛 이름이다. 알바라도가 쿠스카틀란을 정복하고 새로 붙인 이름이 산살바도르다.

쿠스카틀란 일대에는 아메리카 인디오의 한 종족인 피필Pipil족이 살고 있었다. 그들은 고유의 언어와 문화, 문명을 지키면서 평화롭게 살고 있었으나 하루아침에 이방인들에 의해 날벼락을 맞게 된다. 저항하면 사냥의 대상이었고 순종하면 노예였다.

정확한 통계는 알 수 없지만, 거슬러 올라간 추정치로는 당시 5만 명 정도의 피필족이 엘살바도르 지역에 흩어져 살고 있었다. 그 가운데 80% 정도가 학살되거나 침략자들이 가져온 독감과 천연두 등으로 죽어야 했다. 살아남은 피필족은 생존을 보장받기 위해 철저하게 주인인 침략자들에게 복종해야 했다.

소수의 피필 원주민은 자신들의 땅에서 그들의 혈통을 순수하게 지킬 수가 없었다. 침략한 백인들과 피필족 사이에 혼혈이 태어나기 시작하면서 인종적 변이가 출현한 것이다. 혼혈에는 깊은 슬픔이 자리하고 있다. 순수한 사랑의 결과가 아니었다. 대서양을 건너온 성에 굶주린 야수들에게 몸과 순결을 빼앗겼다.

중남미 아메리카 식민 초기부터 인디오 여인들이 몸을 빼앗기면서 태어난 혼혈들은 조선 시대의 서자처럼 자랐다. 비록 백인의 피가 섞였지만, 노예라는 멍에는 벗겨지지 않았다. 수백 년이 흐르면서 피가 섞이고, 또 섞이면서 새로운 종족으로 진화한 것이 중남미 아메리카에서 다수를 차지하고 있는 메스티소Meztizo들이다. 중남미 국가에서 오직 아르헨티나만 백인이 메스티소보다 수적 우위를 차지하고 있다.

이주해 온 유럽의 백인과 아메리카 대륙에 살던 토착 인디오 사이에서 혼혈로 태어난 '메스티소'는 어학적으로 '혼합'이나 '혼혈'을 의미하고, 크레올Criole은 '그 땅에서 자란 것'을 의미한다.

이외에도 중남미 혼혈에는 물라토Mulatto가 있다. 백인과 흑인 사이에 태어난 이들이다. 미국의 대통령이었던 버락 오바마B. Obama나 1990년대 브라질 삼바 축구를 전 세계에 각인시킨 호나우두Ronaldo N. Lima가 대표적이다. 물라토는 브라질에 가장 많고 남미 국가에 비교적 널리 퍼져 있지만, 중미 국가에서는 아주 소수에 불과하다.

메스티소도 혼혈 비율에 따라 카스티조Castizo, 촐로Cholo 등으로 불리기도 한다. 카스티조는 백인 피가 더 많이 흐른 사람을 가리키고, 촐로는 원주민 피가 더 많이 흐른 사람을 가리킨다. 마치 영국에 대해 미국이 그랬던 것처럼, 서구에서 건너온 백인들과 현지에서 출생한 백인인 크레올들이 종주국 스페인에 대해 독립을 선언하고 국가를 탄생시켰다. 중남미 라틴 국가들의 탄생이다.

19세기 크레올 중심의 독립운동이 활발해지면서, 엘살바도르도 1841년 '엘살바도르 공화국'으로 독립국이 되었다. 독립국이 되고, 비록 법치와 민주화의 길을 걸었으나 다수의 혼혈은 노예에서 머슴으로 멍에의 이름표만 바뀌었을 뿐 그들의 삶에서 달라진 것은 별로 없었다.

중남미 국가의 공통 현상은 소수 크레올 중심의 정치와 경제, 사회 구조다. 정치권력도 경제적 부도, 그리고 사회질서도 모두 크레올에 의해 장악되고 상속된다. 엘살바도르에서도 '2%의 소수가 모든 것을 가지고 있고, 98%의 다수는 아무것도 가진 것이 없다'는 얘기가 있다. 이 책의 곳곳에서 인디오의 피가 섞인 자들의 슬픈 멍에에 관한 이야기가 등장한다.

아름다운 사람들

사람이 꽃보다 아름답다는 시도 있고 노래도 있다. 사람이 꽃보다 아름다운 이유는 무엇인가? 사람의 아름다운 심성이 있기 때문이다. 모든 사람의 심성이 아름다운 것은 아니다. 심성이 곱고 따뜻한 사람도 있고, 또 다른 한편으로는 거칠고 차가운 사람도 있다. 작은 것일지라도 기쁨으로 나눌 줄 아는 선한 심성도 있고, 탐욕에 눈이 어두운 심성도 있다. 따라서 모든 사람이 꽃보다 아름답다고 할 수는 없다.

이 나라 저 나라 여행할 때마다 낯선 사람들과의 만남이 가장 큰 기대이고 기쁨이었다. 우리와 다른 역사와 문화를 이어온 사람들이 사는 삶의 형태와 그들의 심성을 대하는 것은 늘 설렘 그 자체였다. 유명한 유적이나 아름다운 명소, 맛있는 음식 등은 그다음이다.

작고 가난한 나라, 엘살바도르에 사는 사람들은 아름답다. 살바도란이라 부른다. 그들의 심성이 곱다는 얘기다. 우리에게 엘살바도르에 대해서 잘못 심어진 인식이 있다. 갱단이 있고 범죄가 많은 나라이기에 사는 사람들이 마치 거친 사람들로 이뤄졌을 것이라 착각하는 면이 있다. 그러나 사실과 많이 다르다.

엘살바도르에는 크게 두 얼굴이 존재하고 있다. 하나는 10%의 소수인 크레올의 두꺼운 얼굴이다. 별 매력이 없다. 너무 오랫동안 많은 것을 누려온 탓인지 자기들 중심의 세상을 매우 당연시한다. 그들은 대부분 부자이고 기득권층이다. 전부는 아니라 할지라도 대부분 그들의 의식에는 인종적 편견과 차별이 자리하고 있다. 일종의 특권의식이다. 내가 얘기하는 아름다운 사람들에 해당되지 않는다.

가진 것이 없는 다수가 있다. 그들은 여전히 보이지 않는 '머슴'의 꼬리표를 달고 살아가고 있다. 백인과 인디오의 혼혈인 메스티소다. 아름다운 사람들이다. 그들은 소박하고 순수하다. 그들은 그들이 처한 처지나 가난을 탓하지도 않는다. 부자들의 큰 집을 부러워하지도 않는다. 흙벽돌로 벽을 쌓고 양철판으로 지붕을 덮은 허름한 집이어도 발 뻗고 잘 수 있으면 좋다. 피곤한 하루하루지만 일할 수 있고 가족들과 오순도순 살 수 있다면 그들은 행복하고 감사할 줄 안다.

우리 한국인처럼 그들은 '정'적이다. 본성이 한국인과 비슷하다. 나눌 수 있는 인정이 있고, 나눔이 미덕이다. 가족과 친척, 그리고 이웃과도 유대가 돈독하고 품앗이가 살아있다. 서로 어울리기를 좋아하고 소재가 무엇이든 얘기하기를 좋아한다.

성실하고 고지식한 면이 있다. 지시받은 일이나 맡은 임무에 대해서는 끝까지 성실을 다한다. 요령이나 잔머리를 굴리지 않는다. 그래서 때로는 멍청하다는 얘기까지 듣지만, 이는 잘못된 판단이다.

내가 살았던 관저에서 바로 내려다보이는 건너편에 콜센터가 있다. 1층 주차장은 물론이고 2층 사무실까지 건물 전체가 훤히 보인다. 2층 사무실은 칸막이가 된 공간에서 컴퓨터 앞에 50여 명이 전화를 받으며 일하고 있다. 1층 입구에는 총을 든 두 명의 경비원이 있었다. 그들 바로 뒤에는 직원들이 내려와 쉬거나 담배를 피우는 휴게공간이 있다.

나는 단 한 번도 경비원이 그 의자에 앉아서 쉬는 것을 보지 못했다. 총을 들고 여섯 시간을 서서 일하는 것이 쉬운 일이 아니다. 사람이 없을 때, 잠시 의자에 앉아 다리를 쉴 수도 있을 것이다. 그러나 그런 모습을 본 적이 없다. 일하면서 요령을 피우는 등 잔머리를 굴리지 않는다. 그렇기에 '중미의 유대인'이란 별칭을 얻었다.

한국인의 정서 바탕에는 '한'이 자리하고 있다고 어떤 철학자가 얘기한 적이 있다. 진정한 '정'은 '한'을 같이 한 사람 사이에 존재한다. 그 '정'은 뜨겁고 순수하다. 서로를 껴안을 줄 안다. 가난한 살바도란 메스티소들이 그렇다. 그들은 수백 년 '한'의 역사를 지금까지 계속하고 있다. 언제 끝날지 아무도 모른다.

침략과 약탈, 지배와 피지배의 수백 년 역사에서 그들은 생존을 위해 순응이란 철학을 오랜 세월에 걸쳐 익혔는지도 모른다. 달관의 유전자가 몸에 생겼을 수도 있다. 그래서인지 그들은 분수를 알고 만족할 줄을 안다. 작은 것에도 감사하고 미소를 잊지 않는다.

나는 그들의 고운 심성과 맑은 미소를 관저 리모델링 하는 품팔이 노동자들에게서도 보았고 시장에서 좌판을 벌인 장수한테서도 보았다. 구멍가게에서 뿌뿌사와 도르띠야를 두 손바닥으로 열심히 토닥거리는 여인네의 얼굴에서도 보았고, 관저의 가정부와 정원사에게서도 보았다. 그들의 미소는 탁한 연못에서도 곱게 핀 연꽃을 닮았다.

교민들과의 간담회 자리에서 무엇이 엘살바도르에서 가장 아름답고 매력적이냐고 물은 적이 있다. 거기에는 30년 가까이 거주한 교민도 있고 7년 혹은 8년 거주한 교민도 있었다. 첫째가 기후라고 했다. 나도 경험했지만, 정말 좋은 기후다. 그다음은 심성이 아름다운 사람들이라고 했다.

나나 교민들의 느낀 바가 같았다. 나는 꽃보다 아름다운 살바도란들에게 더 여유로운 내일이 있기를 희망한다. 힘든 노동이나 품팔이일지라도 매일 가족을 부양할 수 있는 일거리가 끊이지 않기를 바란다. 아름다운 심성에서 나온 그들의 소박한 소망이 늘 푸르기를 간절히 소망한다.

독특한 풍미의 커피

엘살바도르에서 3년을 보내면서 여러 커피 농장으로부터 방문해달라는 초청을 받았다. 농장에서 커피 생산과정을 보여주고 커피의 우수성을 설명하겠다는 것이었다. 그 목적은 다름 아닌 한국으로 커피를 수출하고자 함이었고, 혹여 대사관이 역할을 해줄 수 있는가를 타진하기 위해서였다. 언제부터인가 많은 한국인에게 커피는 일상의 필수품이 되었다. 점심값을 아끼려고 라면이나 김밥을 먹고도 그보다 비싼 커피를 마시는 젊은 직장인들이 많다. 농촌이나 어촌에서도 양촌리 커피는 필수품이다. 그래선지 한국의 커피 시장 규모가 일 년에 10조 원을 넘는다. 한국은 매우 매력적인 시장이다.

어느 날 대사관 주관으로 한국과 엘살바도르 사이에 체결된 FTA를 주제로 세미나를 열었다. 참석한 한 인사가 명함을 주면서 대사관에 초청장을 보낸 적이 있다고 했다. 커피 농장 주인이었다. 중남미에서 커피 농장 주인이면 대단한 부호다. 대부분 대대로 물려받은 농장이다. 스페인계 백인이었다. 영어를 유창하게 하면서 친근감을 느끼게 했다. 영어를 매우 잘한다고 했더니 엘살바도르에서 아메리칸 스쿨을 마치고 미국 캘리포니아 샌디에이고에서 대학을 다녔다고 소개했다. 엘살바도르와 중남미 부유층 자녀들의 전형적인 학업 코스다. 시간이 되는대로 방문하겠다는 형식적인 답을 주고 헤어졌다.

_ 커피나무 열매

두어 달 후, 대사관으로 전화가 왔다. 세미나에서 만난 커피 농장 주인이었다. 역시 커피 농장을 방문해달라는 초청이었다. 커피 농장에서 주말 휴식을 취하면서 커피를 따는 것도 보고 가공단계도 보라는 것이었다. 경치도 매우 아름답다고 했다. 시간이 지난 어느 주말에 우리 부부가 대사관 직원 3명과 함께 아후아차빤Ajuachapan에 있는 그의 커피 농장을 찾았다.

도로가 잘 정비되어 있다면 50분 정도면 족히 갈 수 있는 거리였다. 2차선 도로에다 포장은 되어 있지만 낡은 도로였다. 2시간을 달려 커피 농장에 도착했다. 가는 도중에 넓은 사탕수수밭이 군데군데 보였다. 도로변에서 작은 천막을 치고 제철 과일을 파는 장사도 많았다.

커피 농장주가 직원들과 기다리고 있다가 따뜻하게 우리 일행을 맞았다. 수십만 평에 이르는 대규모 커피 농장이었다. 입구에서 사무실이 있는 곳까지의 비탈길이 작은 돌로 포장된 것이 매우 인상적이었다.

과테말라 접경의 산맥이 보이는 곳에 손님을 맞을 수 있는 시설이 있었다. 매우 아름다운 전망이 눈 앞에 펼쳐진 곳이었다. 시원한 바람을 맞으며 커피를 마셨다. 커피 농장에서 갓구운 커피는 진한 향으로 우리 일행을 매료시켰다. 그곳에서 마신 커피는 지금도 내 추억 속에서 진한 향으로 남아있다.

엘살바도르의 커피는 뛰어난 풍미를 자랑한다. 산업이 발달하지 못한 엘살바도르에서 커피는 사탕수수와 함께 가장 주요한 산물이고 수출에서 차지하는 비중도 가장 크다. 농장주가 엘살바도르의 커피가 독특한 풍미를 지닌 배경을 설명했다.

첫째는 미네랄이 풍부한 화산재 토양에서 재배되기 때문이다. 엘살바도르는 전 국토가 활화산권에 속한다. 언제 어느 산에서 분화가 일어날지 모른다. 그래서 미국지질학회나 지질연구소 등에서 늘 관심을 가지고 지켜보고 있다. 미네랄이 풍부한 젊은 화산토질은 엘살바도르 커피가 독특한 아로마와 부드러운 맛을 내게 한다.

둘째는 고산지대에서 재배되기 때문이다. 해발 1,200m 이상에서 재배되는 커피는 큰 일교차로 인해 그 풍미가 더해진다. 모든 과일이 맛이 있으려면 갖추어야 할 조건 가운데 하나가 일교차다. 밤과 낮의 기온 차가 클수록 당도도 높아지고 맛이 독특해진다.

셋째는 태평양에서 불어오는 바람이 커피 농사에 매우 좋은 영향을 준다고 했다. 적당한 습도와 염기, 오존과 미네랄이 바닷바람에 함유되어 있기 때문이다. 엘살바도르는 태평양 연안의 작은 나라다. 낡은 차량이 많아 시커먼 매연을 내뿜기도 하지만, 바람이 한번 불고 나면 공기의 질은 아주 깨끗해지곤 한다.

넷째는 유기농으로 재배하기 때문이라고 한다. 화산재인 땅에다 풀이나 커피 잎 등으로 만든 퇴비를 사용하고 인공비료를 사용하지 않는다. 병충해 예방을 위해서도 유기농 방식으로 만든 살충제를 사용한다. 커피나무를 매우 건강하게 유지해주는 원동력이다.

다섯째는 젊은 커피나무 때문이다. 모든 생명체가 연한이 오래되면 될수록 활력을 잃게 되는 것이 창조주의 섭리다. 산삼처럼 오래될수록 약효가 있다고 하는 작물도 있지만, 그것들도 일정 기간이 지나면 생기를 잃어가고 죽음에 이른다. 사람이건 식물이건 가장 왕성할 때 생산하는 것이 좋은 것처럼 커피 역시 젊은 나무에서 생산된 것이 좋다. 한 나무에서 25년 이상 커피를 딸 수 있지만, 15년 주기로 커피나무를 바꾼다고 했다.

마지막으로 엘살바도르의 커피는 생산과정이 모두 노동자의 손으로 이루어진다. 기계화된 것이 하나도 없다. 거름을 주거나 병충해 방제에 노동 인력이 직접 투입된다. 한 그루 한 그루가 정성으로 관리될 수밖에 없다. 특히, 매년 11월부터 2월까지 이루어지는 커피의 수확과 선별, 씻고 말리는 과정 모두 노동자의 손으로 이루어진다. 이는 탁월한 풍미와 품질을 관리하기 위해서다.

엘살바도르 커피 품종은 아라비카 개량종이거나 변종을 개량한 것들이다. 꾸준히 질 좋은 커피 생산을 위해 묘목 관리가 이루어진다. 커피 맛의 특징은 첫째가 부드럽다. 입에서 거부감이 없다. 커피 고유의 향에 재배한 품종과 위치에 따라 초콜릿, 벌꿀, 시트러스 등의 향이 은은하게 스며있다.

엘살바도르 커피는 대부분 퀄리티 커피로 미국과 유럽으로 수출된다. 나라가 작고 그에 따라 경작 면적도 작아서 커피 생산량이 많지 않다. 전 세계 커피 생산량의 1%로 연간 9만 톤 내외다. 브라질 생산량의 3%, 베트남 생산량의 5% 정도다.

한국에서도 엘살바도르 커피를 수입하고 있지만, 그 양이 많지는 않다. 유독 맛에 민감한 우리나라 커피 마니아들이 엘살바도르 커피를 한 번 맛보면 쉽게 다른 나라 커피를 선호하지 않으리라고 자신한다.

근무 중에 한국과 미국을 일시 방문한 적이 있다. 지인들과 커피숍에서 몇 차례 만났다. 그때마다 커피를 앞에 놓고 엘살바도르에서 마시는 커피 맛을 생각했다. 사람마다 맛에 대한 취향이 다르다. 그래도 맛이 너무 달랐다. 커피 맛을 알고 마시는 것인지 아니면 그냥 마시는 것인지 알 수 없다. 한국이나 미국에서 파는 아메리카노 커피의 맛은 엘살바도르 커피와 비교할 때 너무 진한 쓴맛에 텁텁한 맛까지 더해진 것이다.

한국은 세계 7위에 해당하는 커피 수입국이다. 국내 커피 시장의 규모도 매년 크게 성장하고 있다. 2022년 시장 규모는 10조 원을 훌쩍 뛰어넘을 것으로 추산되고 있다. 국민 1인당 연간 마시는 커피도 평균 4백 잔이 넘는다. 한국에 수입되는 커피는 베트남산이 압도하는 가운데 콜롬비아 브라질 등에서 주로 수입된다. 가격이 싸기 때문인지 모른다. 국내 커피숍에서 화산 토양과 고지대에서 자란 풍미가 은은한 엘살바도르 커피가 마니아들로부터 그 진가를 인정받는 날이 빨리 오기를 기대한다.

커피 농장의 이방인

●●●●

나를 초대한 커피 농장주는 3개의 커피 농장을 가지고 있었다. 대부호였지만, 매우 소탈하고 친근했다. 그의 커피 농장 방문을 계기로 자주 만나게 되었고 서로 친구가 되었다. 그는 소주와 맥주를 탄 한국식 소맥 음주문화를 즐겼다. 내가 한국 식당으로 초대해서 소맥을 소개했기 때문이다. 그 이후로 그는 소주와 현지의 맥주를 타서 마시는 것을 매우 즐겼다.

그가 소유한 3개의 커피 농장에는 비수확기에는 5백 명씩 1천5백 명의 인부가 날마다 일을 하고 있다. 커피를 따는 11월부터 2월까지 수확기에는 그 수가 4배 정도로 늘어난다고 했다. 커피를 일일이 손으로 따기 때문이다.

커피를 대량으로 경작하는 나라에서는 인건비를 아끼기 위해 기계로 커피를 수확하기도 한다. 커피나무에 기계를 대고 흔드는 방식이다. 그렇게 하면 익은 커피 열매만 떨어지는 것이 아니라 덜 익은 커피도 떨어진다. 나무도 매번 흔들어대는 충격에 무척 스트레스를 받는다. 결코,

질 좋은 커피를 얻는 방식이 아니다.

엘살바도르에는 20만 명 정도가 커피 농장에서 일하면서 생계를 유지한다. 그들은 대부분 농장 인근에서 거주한다. 수확이 시작되는 11월부터 2월 중순 무렵까지 서너 달 동안 온 가족이 동원되어 커피를 딴다. 그것이 그들의 1년 생계를 유지해 나가는 수단이다.

아침 7시에 농장에 모여 주의 사항을 듣고 커피를 따러 이리저리로 흩어진다. 그들은 커피나무 사이사이를 다니면서 빨갛게 익은 커피 열매를 따서 어깨에 걸치고 허리에 맨 큰 주머니에 담는다. 어느 정도 주머니가 채워지면 별도의 포대에 넣는다. 쉬운 일처럼 보이지만, 매우 힘든 작업이다. 허리를 곧추세워야 하기도 하고 구부려야 하기도 한다. 온종일 땡볕이 머리 위로 쏟아진다. 힘든 일을 하면서도 눈이 마주치면 미소와 인사를 보낸다. 붉게 잘 익은 커피보다도 더 밝은 미소다.

점심은 가지고 온 도르띠야를 커피나무 사이에 앉아 먹는다. 옥수수로 만든 도르띠야는 식어서 매우 딱딱하다. 가지고 온 과일 몇 조각과 물로 갈증을 이겨야 한다. 오후 5시쯤 되면 종소리가 울린다. 딴 커피 열매를 가지고 모이라는 신호다. 오는 순서대로 딴 커피 열매의 품질을 검사하고 무게를 달아 임금을 계산한다.

이들이 받는 일당은 우리 돈으로 1만 원에서 1만5천 원 정도다. 3인 가족이 한 달 동안 열심히 일하면 1백3십만 원 정도의 수입이 생긴다.

그들에게는 매우 큰 돈이다. 그렇게 4개월을 열심히 벌어서 다음 수확기까지 생계를 유지한다. 생계를 유지할 수 있는 것만으로도 그들은 행복하다.

커피 농장의 인부들은 대부분 원주민의 피가 많이 섞인 사람들이다. 기층 서민들이다. 변변한 학력도 없고 사회적 배경도 없다. 그들은 커피 농장에서 일할 수 있는 것을 다행으로 여긴다. 대대로 커피 농장에서 일해서 생계를 유지해 오고 있는 사람들이다. 천직이나 마찬가지다.

엘살바도르와 중남미의 커피에는 슬픈 역사가 담겨 있다. 그리고 그 역사는 지금도 계속되고 있다. 커피 농장의 인부들은 대부분 토착 농민이었다. 작은 토지를 경작해서 생계를 유지했다. 하지만 대형 커피 농장이 만들어지면서 그들은 푼돈을 받고 삶의 터전을 잃고 말았다. 강제로 뺏기다시피 했기 때문이다. 권력과 결탁한 자들의 토지 강탈은 1930년대 전후로 중남미에서 일어난 농민봉기의 원인이 되기도 했다.

대대로 커피 농장에서 일해온 인부들은 농장주와 주종관계나 마찬가지다. 농장으로 모이라면 모이고 이런저런 허드렛일을 농장에서 도맡아 한다. 최저 생계비 수준의 삶이지만, 커피 농장이 있어서 그들은 그래도 행복하다. 검게 그을린 그들의 얼굴에는 늘 커피 꽃처럼 순박한 웃음이 있다.

커피 꽃은 하얗다. 커피나무를 보면 열매가 줄기에 주렁주렁 달려있다. 하얀 커피 꽃도 줄기를 따라 소복이 핀다. 줄기를 온통 하얗게 만든다. 나는 커피 꽃이 너무 아름다워 그 사진을 대사관 사무실 응접탁자 유리 밑에 넣어두고 자주 보았다. 볼수록 순수와 소박함이 넘치는 매우 아름다운 꽃이다. 줄지어 일하는 커피 농장 인부들의 소박한 미소가 커피 나뭇가지에 꽃으로 핀 것처럼 보였다.

_ 커피 꽃

커피 농장을 두 번째 방문했을 때, 인부들 틈에 섞여 일하고 있는 하얀 피부의 청년을 만났다. 네덜란드에서 온 대학생이었다. 커피 농장에서 2개월쯤 일을 마치고 돌아갈 채비를 하고 있다고 했다. 도시권에서 멀리 떨어진 시골의 커피 농장에서 일하게 된 사연을 물었다.

그는 관광으로 엘살바도르를 찾았다. 구경삼아 들른 커피 농장의 하얀 커피 꽃과 순박한 인부들에 매료되었다고 했다. 인부들과 함께 일하면서 그들의 힘든 일상과 소박함이 자신의 심신에 스며들기를 원한 것이다. 그에게 평생 잊지 못할 아름다운 두 달이 될 것이라고 했다.

농장주의 얘기에 의하면 그는 인부들과 똑같이 성실하게 일했다. 인부가 자는 방에서 같이 잤고 그들과 같은 음식을 먹었다. 일한 노임도 인부들과 마찬가지였다. 농장주가 특별히 대우한 것은 없고, 단지 두어 차례 저녁에 포도주를 같이 마신 것뿐이라고 했다. 그는 받은 노임의 절반을 같이 일했던 어느 인부에게 주었다. 그 인부의 아내는 암으로 투병 중이었다.

나는 그 젊은이가 커피 꽃처럼 하얗고 순박한 아름다움을 오래도록 그의 마음에 간직하며 살기를 바랐다. 그 젊은이가 어디에 있든 그가 있는 곳은 사람 사이의 온기가 더 따뜻해지리라 여겼다. 돌아오는 차 안에서 이제까지 내 삶은 어떤 것이었는지를 잠시 돌아보았다.

뿌뿌사와 또르띠야

●○●●

여행에서 찾는 즐거움 가운데 빼놓을 수 없는 것이 현지 음식이다. 아무리 뛰어난 경관이나 볼거리가 많을지라도 먹을거리가 빈약하다면 섭섭할 일이다. 인간이 맛있는 음식을 찾는 것은 본능이다. 맛있는 음식이라도 값이 비싸면 그것도 여행의 맛을 감퇴시킨다. 맛도 있고 양도 많으면서 값도 싸다면, 그야말로 금상첨화다.

엘살바도르에는 다양한 음식이 있다. 침략의 역사가 있는 곳이기 때문에 침략자들이 들여온 음식이 가지가지로 많다. 그래서 유럽 각국의 특색있는 음식을 즐길 수 있는 곳이다. 이탈리아 음식 전문의 레스토랑도 있고 라틴식 혹은 아메리카식 스테이크 전문 레스토랑도 있다. 해산물 요리 중심의 페루와 그리스 레스토랑도 있고 중동 음식을 즐길 수 있는 아랍 레스토랑도 있다.

값도 저렴하고 양도 많다. 우리나라에서 이탈리아 레스토랑이나 스테이크 하우스에 가서 한 사람이 먹고 내야 할 정도의 값이면 엘살바도르에서는 세 사람이 넉넉하게 먹을 수 있다. 고급 레스토랑에서 세 사람이 충분히 먹을 수 있는 맛있는 피자 한 판 가격이 20달러를 넘지 않는다. 스테이크 하우스에서도 20달러면 맛있는 큰 스테이크를 먹을 수 있다. 육류와 여러 식자재 가격이 싸고 인건비가 높지 않기 때문이다.

2021년 기준으로 엘살바도르 1인당 국민소득이 4,100달러다. 물가가 비싼 우리나라를 기준으로 한다면, 아마 엘살바도르의 실질 국민소득은 그 두 배쯤 될 것으로 생각된다. 사실 엘살바도르에 비해 우리나라 물가는 너무 비싸다. 식료품값이 거의 두세 배 이상이다. 실업률도 높고 소득이 낮지만, 물가가 싸기 때문에 굶주리는 살바로란은 없다.

태평양을 접하고 있어서 해산물도 풍부하다. 가격도 물론 저렴하다. 50cm가 넘는 싱싱한 붉은 돔이 30달러 정도다. 우리나라에서는 아마 그 값의 7~8배는 주어야만 하지 않을까. 회를 뜨면 여섯 명 정도는 거뜬히 먹고도 남는다. 주말이면 종종 포구를 찾아 싱싱하고 값싼 생선과 새우를 샀다.

싱싱한 해산물로 만든 여러 음식도 정말 맛있다. 싱싱한 새우를 넣고 만든 화이트 크림 파스타는 내 입맛을 완전히 사로잡았다. 입안에서 부드럽게 톡톡 터지는 새우살의 신선한 맛, 치즈와 우유 등이 어우러진 화이트 크림의 고소함, 그리고 부드러운 누들의 식감이 어우러진 그 맛을 잊을 수가 없다. 거기에 가볍게 곁들인 화이트와인 한 잔은 입맛을 산뜻하게 할 뿐만 아니라 그 향이 후각을 즐겁게 한다.

패스트푸드점은 미국의 거리로 착각할 정도로 즐비하다. 맥도날드, KFC, 버거킹, 서브웨이, 웬디스, 피자헛, 스타벅스 등등 거의 모든 브랜드가 들어와 있다. 값은 미국에서의 가격과 비슷하다. 다양한 패스트푸드는 어디를 여행하든 시간과 경비를 절약할 수 있게 만든다.

전통 음식으로는 단연 뿌뿌사Pupusa와 또르띠야Tortilla를 들 수 있다. 두 가지 모두 서민들의 주식이다. 뿌뿌사는 아침과 저녁, 도르띠야는 점심으로 먹는다. 쌀이나 옥수숫가루로 만든 뿌뿌사는 우리나라 호떡과 비슷하다. 쌀이나 옥수수로 만든 반죽 안에는 팥, 양념 돼지고기나 닭고기, 채소와 치즈 등을 한 가지만 넣거나 두어 가지를 섞어서 넣고 호떡처럼 불판에서 익힌다.

안에 무엇을 넣었느냐에 따라 맛이 각기 다르다. 따뜻했을 때 먹어야 부드럽고 맛있다. 씹을수록 고소하다. 가정에서 만들기도 하고 식당에서 팔기도 한다. 아침 출근 거리 길목에서 즉석 뿌뿌사를 만들어 파는 행상들을 볼 수 있다. 찰진 반죽을 만들기 위해 손바닥에 반죽을 떼서 얹어 놓고 두 손바닥으로 연신 열심히 두드리는 모습을 볼 수 있다.

주재국 건설교통부 장관 및 간부들과는 돌아가면서 밥을 사며 만났다. 주요 인프라 건설프로젝트에 관한 협력을 논의하기 위해서다. 서너 번째 되었을 때, 어떤 메뉴를 선택할 것인가를 물어왔다. 뿌뿌사를 맛있게 하는 식당에 가고 싶다고 했다. 브루 마스Bru Mas에서 만나자고 연락이 왔다.

산살바도르를 내려다볼 수 있는 보께론 화산의 중턱에 있는 유명한 식당이다. 전경이 매우 아름다운 곳에 자리 잡은 식당이다. 시원하게 펼쳐진 전경은 가슴을 후련하게 한다. 아름다운 장소만으로도 충분히 상업성이 있을 법한 곳이다. 우리가 찾았을 때, 많은 손님으로 북적였다. 아름다운 곳에 자리한 식당이어서인지 젊은 남녀들이 유달리 많았다.

뿌뿌사가 나왔다. 4가지였다. 치즈, 팥, 돼지고기, 채소를 각각 넣은 것이었다. 따뜻하고 보들보들했다. 고소함에 감칠맛이 더한 맛있는 뿌뿌사였다. 그들이 박스로 가지고 온 레히아Regia 맥주를 마실 겨를이 없었다. 어른 손바닥 크기의 도톰한 뿌뿌사를 무려 다섯 개나 먹었다. 고소한 맛이 너무 좋았다. 어느 나라를 가든 맛있는 전통 음식이 있다. 그중에서도 뿌뿌사는 매우 인상적이다. 배가 불러 산뜻한 맛의 레히아 맥주는 뒷전이었다.

현지인들은 포크를 사용하지 않고 뿌뿌사를 손으로 찢어 떼어서 먹는다. 우리 일행 앞에 앉은 장·차관이나 국장급 간부들도 모두 손으로 먹고 있었다. 그 이유를 물었다. 옛날부터 그랬고 그래야 뿌뿌사 맛을 제대로 즐길 수 있다는 것이다. 이해가 되지 않았다. 주위를 둘러보았다. 뿌뿌사를 먹는 사람들 모두 손으로 떼어 먹고 있었다.

네팔의 어느 호텔에서 식사할 때 보았던 예쁜 숙녀 모습이 떠올랐다. 접시 위의 카레와 밥을 손으로 섞어서 집어 먹었다. 멋있는 복장에 짙은 화장, 매니큐어를 바른 긴 손톱의 손가락으로 카레밥을 만지작거리며 먹고 있었다. 현지의 식사 방법이지만, 그 숙녀의 모습은 두고두고 머리에 남아 있었다.

다음에 뿌뿌사를 먹을 기회가 있어서 나도 용감하게 손으로 먹어 보았다. 나에게는 포크로 먹거나 손가락으로 먹거나 그 맛이 그 맛이었다. 오래전부터 그렇게 먹다 보니 자연스럽게 그들의 문화가 된 것이다. 뿌뿌사에는 약간 신맛의 소스를 친 당근이나 양배추 등이 같이 나온다. 꾸르띠도Curtido라고 부른다. 식초에 살짝 절인 것도 있다. 새콤달콤한 맛으로 입맛을 새롭게 해준다. 야채를 먹는 효과도 고려한 음식 궁합이다.

또르띠야는 옥수수 분말로 만든다. 부드러움과 맛을 더하기 위해 감자나 밀의 분말을 섞기도 한다. 뿌뿌사와는 달리 속에 아무것도 넣지 않고 크기도 약간 작다. 반죽한 것을 손으로 호떡처럼 둥그렇게 만들어 기름을 친 불판 위에서 굽는다. 그냥 먹지 않고 여러 가지 전통 소스에 찍어서 먹는다. 맛과 냄새가 참 고소하다.

또르띠야는 따꼬나 브리또를 만들기 위해서 얇고 넓게 만든 것도 있다. 부드럽게 또는 바삭바삭하게 만들기도 한다. 엘살바도르에서 많이 잡히는 새우와 아보카도, 그리고 여러 가지 소스를 넣은 부드러운 따꼬도 정말 맛있다. 두 개 정도 먹으면 배가 부른다. 그러나 두 개로 만족할 수는 없다. 배가 불러도 그 맛 때문에 한 개를 더 먹게 된다.

서민들이 이용하는 거리의 행상이나 식당에서 만든 뿌뿌사와 또르띠야는 값이 무척 싸다. 2달러어치를 사면 하루 식사로 충분하다. 1달러를 주면 따끈따끈하고 고소한 냄새가 코를 즐겁게 하는 또르띠야 12개 혹은 16개를 준다. 3개나 4개 먹으면 배가 부른다. 돈을 아끼면서 여행을 즐기는 배낭족에게 충분히 환영받을 음식이다.

신이 내린 과일

●●●●

엘살바도르 사람들은 채소를 별로 먹지 않는다. 채소가 귀하기 때문인지 모른다. 채소 재배에 잘 맞지 않은 토양, 그리고 숲으로 덮인 산지와 계곡이 많은 탓이다. 필요한 채소는 주로 과테말라나 온두라스에서 수입한다. 채소로부터 보충해야 할 영양소를 과일에서 많이 보충한다.

관저 뒷마당에는 꽤 오래된 큰 아보카도 나무가 있다. 두 주먹을 합친 것만 한 크기의 아보카도가 매년 2~3백 개 정도가 열린다. 가득 열린 한국의 대봉 감나무를 연상시킨다. 4월 말쯤부터 따기 시작하면 한 철은 거뜬히 먹는다. 관저에서만 먹는 것이 아니라 대사관 직원들에게도 나누어주곤 했다.

아보카도는 '과일 중의 진주'라는 별칭을 가지고 있다. 얼마나 영양이 좋았으면 그런 별칭이 붙었겠는가. 맛도 은근하게 고소하지만, 그 영양은 여기서 설명할 필요가 없다. 인터넷 검색해보면 풍부한 영양소가 잘 설명되어있기 때문이다. 다만, 동맥경화나 고혈압, 고지혈증, 과체중 등에 효과가 크다는 점만 적는다.

'신이 내린 과일'이라는 별칭을 가진 노니도 빼놓을 수 없다. 영양이 매우 탁월하고 항염 효과 또한 뛰어난 과일이다. 우리나라에서도 암 치료에 탁월한 효과가 있다고 해서 매우 비싼 값으로 인기리에 팔린 적이 있다. 지금도 노니 제품들이 상당한 인기를 누리고 있다. 그러나 대부분 베트남에서 생산된 것들이다.

엘살바도르나 중미권 사람들 대부분이 성별에 상관없이 성인이 되면 배가 나오고 허리둘레가 굵어진다. 처녀와 총각 시절의 보기 좋은 몸매가 결혼하고 나서는 비만으로 체형이 망가진다. 우리가 흔히 쓰는 표현으로 비만의 정도가 장난이 아니다. 육류와 치즈, 설탕과 옥수수 등의 식단 때문이다. 영양상으로도 상당한 불균형이다.

비만의 정도로 보면 수많은 사람이 고지혈증, 동맥경화나 고혈압, 당뇨와 같은 성인병에 시달릴 것으로 여겨질 수 있다. 그러나 실제는 그렇지 않다. 평소에 우리 한국인들처럼 건강관리를 철저히 하지도 않는다. 소득이 낮은 대다수 살바도란은 다이어트 혹은 웰빙 식단과 운동으로 몸 관리를 할 만한 상황이 아니기 때문이다. 먹고 자고 일하는 일상의 반복이다. 그러면서도 여러 질병의 위협으로부터 잘 버티는 것은 아보카도와 노니 같은 좋은 과일 때문이다.

아침 출근길에서 흔히 볼 수 있는 거리의 행상이 파는 것 가운데 하나가 여러 과일을 깎고 섞어서 작은 용기나 비닐봉지에 담아 파는 것이다. 무척 싸다. 50센트나 1달러다. 우리 돈으로 오백 원이나 천 원 정도다. 이 사람 저 사람이 사 들고 가는 것을 볼 수 있다.

_ 푸짐한 과일과 야채

20여 가지의 풍부한 과일 가운데 바나나 파인애플 파파야 망고 라임 코코넛 수박은 우리에게 매우 익숙한 것들이다. 영양도 좋지만, 맛도 뛰어나다. 농장에서 키운 것도 맛있지만, 계곡에서 자란 그야말로 자연산 과일은 맛과 향이 독특하다.

우리나라에서는 그런 과일은 대부분 수입해서 판다. 미처 익지 않은 것을 수확해서 보내기 때문에 맛이 현지의 맛과 같을 수가 없다. 바나나 망고, 파인애플만 해도 한국에서 먹은 맛과 엘살바도르에서 먹은 맛에는 상당한 차이가 있다.

과일이 무척 싸다. 우리나라에서는 괜찮은 크기의 수박 한 덩어리에 2만 원이 넘는다. 우리 수박보다 크기는 조금 작지만, 한 덩이에 겨우 2불 정도다. 2천 원 정도라는 얘기다. 맛은 우리 것과 비슷하다. 매우 싼 현지 수박을 맛있게 먹으면서 귀국한 다음 비싼 우리 수박을 어떻게 사서 먹을 수 있을까를 걱정한 적도 있다.

바나나 한 손에 1불, 천 원이다. 자연산 바나나는 농장에서 키운 바나나보다 크기는 작다. 그러나 나는 그 맛에 그만 매료되고 말았다. 당

_ 빨강 바나나

도는 비슷하지만, 단맛이 농장에서 키운 바나나와 다르다. 농장에서 키운 바나나는 약간 찰지고 끈적거리는 찰떡과 같다면 자연산 바나나는 슬기 떡과 같은 느낌이다. 단맛의 미묘한 차이를 어떻게 설명해야 할지 나로서는 적당한 표현을 찾기 힘들다. 아무튼, 향도 다르고 단맛도 다르다.

수입되는 모든 과일의 맛이 그렇다고 할 수 있다. 직접 생산지에서 먹는 맛이 좋을 수밖에 없는 것은 상식이다. 냉동육과 신선한 생고기, 냉동 생선과 바다에서 바로 건져 올린 생선이 싱싱함과 맛에서 차이가 나듯이 과일도 마찬가지다.

여행지를 선택할 때, 흔히 볼거리에다 먹을거리가 있는지를 확인한다. 엘살바도르의 과일은 그 맛과 향, 그리고 싼 가격이 충분히 매력적이다. 천 원어치의 라임 한 묶음을 사면 일주일은 넉넉히 신선한 라임 주스를 즐길 수 있다. 그곳 과일이 지닌 영양과 맛을 여기서 일일이 설명할 수가 없다.

엘살바도르와 중미, 카리브해 관광을 권하고 싶다. 일출과 일몰, 하늘색과 물색 등 탄성이 절로 나오는 아름다운 자연풍광이 뛰어난 곳이다. 거기다 더해 맛있는 음식과 싱싱한 과일이 있다. 현지인의 순박한 미소는 덤이다. 먼 곳이라고 가기를 망설이는 사람들이 많다. 멀다고 해도 작아진 지구 위에 있다. 그리고 먼 만큼 보상이 기다리는 곳이다.

과일 관련해서 한 가지 덧붙이고 싶은 얘기가 있다. 호텔이나 고급 식당에서 과일을 주문하면 과일을 놓은 접시 위에 꿀이 담긴 조그만 용기가 올려져 있는 것을 흔히 볼 수 있다. 처음에는 단맛이 덜 든 과일인가 하는 생각을 했다. 그렇지 않았다. 과일은 충분히 달았다. 왜 꿀을 내놓는지 그 이유를 묻지 않아서 잘 모른다. 단 음식을 좋아하는 현지의 식습성 때문으로 생각한다.

호기심으로 파인애플 조각을 꿀에 찍어 먹어 보았다. 이상하게도 단맛이 강하다는 느낌이 들지 않았다. 꿀과 파인애플의 맛과 향이 절묘하게 어울리는 것을 느낄 수 있었다. 그 여운은 입속에 오래 남았다. 과일을 꿀에 찍어 먹는 것이 단것을 좋아해서인지 아니면 그 절묘한 어울림을 즐겨서인지 알 수가 없었다.

엘살바도르와 중미에서 생산되는 꿀은 품질이 좋은 것으로 정평이 나 있다. 온화한 기후로 인해 사철 내내 꽃이 피는 곳이기 때문이다. 추위가 없는 곳이기 때문에 겨울에 설탕으로 벌을 관리할 필요가 없다. 맛과 향이 뛰어나고 색깔도 진하다. 대부분 미국과 유럽으로 수출된다. 귀국 전에 사서 가지고 올 수만 있다면 사고 싶은 것 중 한 가지가 꿀이었다.

아름다운 꽃나무

●●●●

엘살바도르는 사시사철 꽃이 피는 나라다. 추위가 없는 나라이기 때문이다. 그래서 더 아름다운 나라다. 꽃은 사람을 차별하지 않는다. 잘 사는 동네와 가난한 서민이 사는 동네를 구분하지 않는다. 거리 곳곳에서 형형색색으로 피고 지는 꽃들을 어디서든, 언제든 볼 수 있다.

언제부터 엘살바도르에 그처럼 아름다운 꽃들이 사방에 뿌려졌는지 알 수 없다. 일 년에 한 계절 동안 피는 꽃들도 있고, 여러 차례 피는 꽃들도 있다. 피고 지고를 계속하면서 일 년 내내 피는 꽃들이 많다. 언제든 어느 곳이든 아름다운 꽃들이 눈과 마음을 즐겁게 한다.

살바도란이 심성이 곱다는 것은 그들이 꽃을 좋아하고 가꾸는 정성에서도 알 수 있다. 관저에서 조금 올라가면 서민의 집들이 도로변에 다닥다닥 붙어 있는 곳이 있다. 작은 집들이 너무 초라했다. 들어가 보지 않았지만, 문이 열려 있는 집을 보면 너무 좁고 바닥에는 콘크리트조차 깔리지 않는 흙바닥이었다. 집 앞에서는 웃통을 벗고 고물차를 두세 사람이 고치는 모습이나 아낙 서너 명이 모여 앉아 음식을 나누면서 담소

하는 것을 흔히 볼 수 있었다.

매일 출퇴근하면서 그곳을 지나갔다. 초라한 집에서 사는 사람들을 보면서 마음이 무겁기도 했으나 위안이 되는 것은 활짝 핀 꽃들이었다. 집 앞에 꽃나무를 심거나 화분을 놓아두었기 때문이다. 아름다운 꽃들은 낡은 지붕이나 담장과도 잘 어울렸다. 꽃을 좋아하는 가난한 살바도란, 언젠가는 그들의 삶이 꽃처럼 아름답게 활짝 피기를 기원하곤 했다.

먼 이국에 머물다 보면 외로움이 가슴을 채우는 때가 있다. 관저의 정원을 거닐다가도 문득 그리움에 우리나라 쪽을 쳐다보곤 했다. 그런 외로움을 달래 준 것 가운데 하나가 아름다운 꽃들이었다. 크고 작은 꽃나무에 핀 꽃들을 어디에서든 볼 수 있어서 참 좋았다.

작은 꽃나무의 꽃도 아름답지만, 큰 나무에 피는 꽃들은 더 아름답고 인상적이었다. 아름다운 자태로 눈길을 잡아끄는 꽃나무를 소개한다. 첫째가 불꽃Flor de Fuego이다. 스페인어로 플로르Flor가 '꽃'이고 푸에고Fuego는 '불'이다. 초록빛 잎사귀 위로 꽃대가 나와 주홍빛으로 꽃이 피면 마치 나무에 불이 붙은 것처럼 보여서 붙여진 이름이다.

우리 부부는 차를 타고 도로를 달릴 때마다 도로변에 피어있는 불꽃을 보고 '여기 있다. 저기도 있다'를 반복하면서 좋아했다. 아름다운 것을 볼 때마다 감탄을 잘하는 아내는 불꽃을 특히 좋아했다. 꽃이 피면 쉽게 시들지도 않는다. 두 달쯤 피고 진다. 벚꽃처럼 며칠 피는 꽃나무와는 다르다. 우리나라는 사철 절기가 분명해서 벚꽃이 봄에만 피듯이 같은 꽃나무들이 피는 시기가 모두 같다. 그러나 엘살바도르는 일 년 내내 기후가 따뜻해서 같은 꽃나무일지라도 같은 시기에 한꺼번에 피고 지지 않는다.

야외로 나서면 가로수처럼 도로변에서 흔히 볼 수 있는 꽃이 '성인 앤드루 꽃San Andres'이다. 가톨릭 전통을 지닌 나라나 지역은 각각 '수호성인'이 있다. 신은 아니지만, 성인으로 추앙받는 인물을 지역의 상징으로 내세우고 섬긴다. 수호성인의 날이라고 해서 공휴일로 하고 축제를 즐기기도 한다.

앤드루는 예수 그리스도의 수제자라고 할 수 있는 사도 베드로의 형이다. 동생 베드로와 함께 고기 잡는 어부였는데 예수의 부름을 받았다. 그는 그리스에서 선교하다 그곳에서 기독교에 대한 박해로 대각선

십자가에 못 박혀 순교했다. 그가 순교 후, 그의 유품 일부가 스코틀랜드에 전해졌다. 그것이 이유가 되어 앤드루는 스코틀랜드의 수호성인이 되었다. 스코틀랜드를 상징하는 깃발의 하얀 대각선은 그가 순교한 십자가를 나타낸다.

그 수호성인 앤드루의 이름이 어떻게 엘살바도르에서 꽃 이름으로 되었는지 그 유래는 알 수가 없다. 엘살바도르도 가톨릭 토대 위에 세워진 나라이기 때문에 지역마다 '수호성인의 날'이 있다. 두 번째 대도시인 산타 아나Santa Ana시는 성모 마리아의 어머니인 아나Ana를 수호성인으로 하고 있고, 세 번째 대도시인 산미겔San Miguel은 천사 미카엘Michael을 수호성인으로 하고 있다. 그 외에도 도시마다 가브리엘 천사나 성모 마리아 등을 수호성인으로 지정하고 축제일로 지키고 있다. 교회 권위와 교세를 지키기 위한 가톨릭 나름의 방안이었다.

성인 앤드루 꽃은 밝은 노란색의 작은 꽃이 나무 전체에 핀다. 역시 옆은 초록색 잎과 절묘한 조화를 이루면서 눈길을 끈다. 매우 순결하고 청순한 이미지의 꽃이다.

나는 불꽃과 성인 앤드루 꽃이 너무 아름다워서 묘목을 구했다. 관저 정원에 심기 위해서다. 어렵사리 1.5m 정도 큰 불꽃의 묘목은 돈을 주고 구했다. 그러나 성인 앤드루 꽃은 어느 곳에서나 쉽게 볼 수 있어서인지 묘목을 구할 수가 없었다. 식물원마다 찾았지만 허사였다.

내가 앤드루 묘목을 백방으로 찾았지만 찾지 못하자 식물원을 찾아 다녔던 직원이 어느 날 관저로 꽃나무를 가져왔다. 너무 기뻤다. 1.5m 정도로 심기에 매우 적당한 크기였다. 어디서 구했는지를 묻자 사는 동네에서 캐왔다고 했다. 꽃나무를 찾지 못해서 푸념하는 나를 딱하게 생각했던 모양이다.

나는 그 두 그루의 꽃나무가 아름답게 꽃 피는 것을 보지 못하고 관저를 떠났다. 그러나 관저에서 매년 아름다운 꽃이 필 것이라는 생각만으로도 기뻤다. 그리고 5년, 10년이 지나면 큰 나무로 성장해서 관저의 상징나무가 되리라는 상상만으로도 기분이 좋았다.

두 꽃 이외에도 아름다운 꽃나무가 참 많다. 나무 전체가 꽃 덩어리라고 해도 과언이 아닌 꽃나무들이 있다. 나뭇잎은 없이 가지에 꽃송이만 주렁주렁 매달린 마낄리슈아뜨Maquilishuat 꽃나무도 대표적이다. '화장 꽃'이라는 의미다. 스페인어로 마낄리쉬maquilish가 '화장하다'라는 의미다. 진하고 연한 다양한 분홍색 꽃들이 피는 꽃나무들이다.

진한 핑크빛의 꽃들로 뒤덮여 마치 나무 전체가 꽃 덩어리처럼 보이는 꽃나무도 여러 종류가 있다. 호숫가를 찾은 적이 있었다. 마낄리슈아뜨 꽃나무들이 여러 색으로 아름답게 피어있었다. 마치 미인대회처럼 꽃들이 아름다움을 서로 뽐내는 것처럼 느껴졌다. 어찌나 그 조화가 아름답던지 한참이나 눈을 뗄 수가 없었다. 에덴동산이 바로 이런 곳이 아니었을까 하는 생각이 들 정도로 아름다웠다.

핑크빛 꽃 무리의 트럼펫 꽃나무Arbol de trompeta와 옅은 노랑 꽃 무리의 꼬르떼즈 블랑꼬Cortez Blanco 등 말로 표현하기 어려운 아름다운 꽃들이 많다. 잘사는 나라처럼 돈을 들여 다듬고 가꾼다면 아름다운 꽃과 자연환경이 기가 막히게 어우러질 수 있는 엘살바도르다.

꽃과 관련해서 엘살바도르에만 있는 현상이 있다. 나라꽃인 국화로 요리해서 먹는다. 엘살바도르의 국화는 '이쏘떼Flor de Izote'라는 꽃이다. 우리나라에서 볼 수 있는 용설란과 같은 종류다. 긴 꽃대에 하얀 방울이 주렁주렁 매달린 것처럼 꽃이 핀다.

꽃잎을 따서 여러 채소와 함께 섞어서 기름에 볶는다. 거기에 달걀과 우윳가루 등을 넣어 크고 작은 부침개를 만들어 먹는다. 어떤 채소와 섞느냐에 따라 맛이 다르다. 꽃잎을 차로 만드는 경우는 많이 있지만, 음식의 소재로 사용하는 경우는 매우 드물다.

조물주는 어느 곳에서나 공평하다. 사람이 살기 어려운 추운 동토나 뜨거운 사막 아래에 천연가스와 석유를 묻어두었다. 열대의 황무지에 다이아몬드와 금을 묻어두기도 했다. 화산과 지진의 땅인 엘살바도르에도 아름다운 것들을 많이 남겨두었다. 그 가운데 하나가 다양한 꽃나무들이다.

하늘 캔버스의 수채화

엘살바도르는 7백만 인구를 품고 있어도 땅덩어리는 매우 작은 나라다. 우리나라 5분의 1 정도의 면적이다. 작지만, 천연 그대로의 아름다움을 간직하고 있는 땅이기도 하다.

이제까지 세계 여러 곳을 여행해 보았지만, 엘살바도르에서만큼 아름다운 일출 장면이나 해지는 석양의 노을을 본 적이 없다. 해가 얼굴을 보이기 직전의 장면들이 변화무쌍하고 볼수록 황홀하다. 수도인 산살바도르에는 지진 때문에 높은 빌딩이 많지 않다. 그래서 툭 터진 넓은 하늘을 어디서고 볼 수 있다. 한마디로 넓은 하늘의 캔버스다.

매일 아침 동트는 하늘에 대한 호기심을 갖고 일어난다. 오늘 아침은 과연 어떤 장면일까 하는 설렘이다. 새소리, 닭 울음소리가 새벽을 알리면 동쪽 하늘에서 동트는 장면이 서서히 그 화려한 쇼의 막을 올린다. 아주 멀리 하늘과 땅이 만나는 곳에서 드러나기 시작하는 하늘, 구름, 색상의 조화는 장엄하다. 신이 섭리로 연출하는 일출의 화려한 쇼다.

매일 동틀 때 나타나는 그 색은 밝기와 색상을 달리한다. 어떤 날은 검붉은 색상이기도 하고, 또 어떤 날은 황금빛이 나타난다. 자줏빛으로 시작하기도 하고 연분홍으로 선을 보이기도 한다. 그때부터 그야말로 시시각각으로 쇼는 색상을 달리한다.

시원하게 열린 거대한 하늘 캔버스에 태양이 그리는 수채화는 거의 5초 간격으로 밝기와 색상을 변화시킨다. 그처럼 빨리 색상이 변화하는 것은 엘살바도르의 위도가 북위 11도이기 때문이라고 여긴다. 적도에 가깝다. 지구가 자전하는 속도는 일정하다. 그러나 적도 부근, 즉 지구의 몸통 부분에 자리한 엘살바도르는 훨씬 북쪽에 있는 한국보다 더 빠른 속도로 자전한다. 지구의를 놓고 생각하면 간단하다. 지구의 자전에 따라 한반도가 그리는 궤도보다 엘살바도르가 그리는 궤도가 훨씬 크다. 따라서 해가 솟아오르는 속도 역시 한국보다 엘살바도르에서 더 빠르다.

해가 솟아오르면서 하늘에 떠 있는 구름이 그 색을 받아 화려하고 장엄한 쇼를 선보인다. 한마디로 환상적이다. 아~! 하는 탄성이 절로 나오지 않을 수 없다. 내 글재간으로 그 아름다운 하늘 쇼를 제대로 표현할 수가 없는 것이 안타깝다.

우기에 구름이 잔뜩 낀 날이나 비가 내리는 날을 제외하고 아름다운 하늘 쇼는 매일 다른 색상으로 연출된다. 하늘 끝자락에서 동이 틀 때부터 30분 정도, 그리고 석양에는 해가 자취를 감추고 나서부터 20분

_ 동트는 하늘

정도가 쇼의 절정이다. 아름다운 하늘 쇼를 사진이나 동영상으로 찍어 지인들에게 자랑삼아 보내기도 했다.

표현하기 어려운 아름다운 천연의 색상은 깨끗한 공기 영향도 있다. 우기에는 매일 내리는 비가 먼지를 쓸어내리고, 건기에는 태평양에서 불어오는 바람이 매일 공기를 바꾼다. 하늘색이 깨끗한 배경이다. 시리도록 푸르다는 표현이 딱 어울린다. 초저녁이나 새벽에 쉽게 볼 수 있는 밝은 샛별은 가까이서 크고 영롱하게 빛난다. 어찌나 가깝게 보이던지 어릴 적 들판에서 잠자리 잡던 채로 딸 수 있을 것처럼 보였다.

맑고 깨끗한 하늘과 구름, 공기는 가난하고 치안이 불안한 나라에

_ 동트는 하늘

대한 신의 축복이다. 시꺼먼 매연을 뿜어대는 차량이 거리에 많다. 비탈을 오르는 버스나 트럭은 연막탄을 터뜨리고 가는 것처럼 보인다. 그래도 공해가 누적되지 않는다. 태평양에서 불어오는 바람이 있기 때문이다. 신은 공평하다. 그래서 어느 땅이건 신이 내린 축복은 같다. 인간의 기준으로 판단해서 차이가 있는 것처럼 보일 뿐이다.

인간의 욕망은 어디에서나 끝이 없다. 처음 엘살바도르에 부임했을 때는 매일 매일 하늘 쇼의 모든 장면이 너무너무 아름다웠다. 감탄의 연속이었다. 스마트폰을 들고나와 연일 사진을 몇 장씩 찍곤 했다. 그러나 시간이 흐르면서 욕심은 내 눈을 사시로 만들었다. 어지간히 아름답지 않으면 힐끗 눈길만 주고 만다. 인간의 만족할 줄 모르는 욕망 탓이었다. 이런 인간의 욕망은 인간을 부패와 타락의 길로 이끌기도 했고, 더 나은 문화와 문명을 추구하게 만들기도 했다. 욕망이 지닌 양면성이다.

엘살바도르를 처음 찾은 사람들은 처음 부임했을 때의 나처럼 모든 장면에 감탄을 연발했다. 대사로 있는 동안 한국과 미국에서 친구들이 몇 차례 방문한 적이 있다. 그들에게 가장 큰 선물은 아침과 저녁으로 보여주는 하늘 캔버스 위의 수채화였다.

대사로 있으면서 아름다운 몇 장면을 모아서 유튜브를 만들었다. '엘살바도르의 일출Sunrise in El Salvador'과 '엘살바도르의 석양Sunset in El Salvador'을 유튜브에서 검색하면 나온다. 유튜브를 만들만한 실력이 되지 않아서 자료를 주고 한국에 있는 친구에게 부탁했다. 그는 아름다운 음악까지 담아서 훌륭한 작품을 만들어 주었다.

내 스마트폰에는 아름다운 하늘 쇼가 사진과 동영상으로 2백여 개 넘게 들어 있다. 아름다운 장면에 무뎌진 내 눈에 평범하게 보이는 것은 아예 찍지도 않았다. 사진전이라도 하고 싶어서 전문가인 후배에게 물었다. 화질이 선명하게 나올 수 있는 좋은 카메라로 촬영해야 크게 확대할 수 있다고 했다. 스마트폰으로 찍은 것이 후회되고 안타깝다. 매우 유감이다.

아름다운 화산 호수

대사로 부임하고 얼마 지나지 않은 어느 날 주요 인사로부터 초대가 있었다. 호숫가에 있는 별장으로 놀러 오라는 것이었다. 소개해 줄 유력한 사람도 온다고 했다. 갓 부임한 대사에게 유력한 인사를 소개해주겠다는 말은 매우 솔깃했다.

전임 대사도 몇 차례 초청을 받았기에 운전사가 위치를 잘 알고 있었다. 관저에서 자동차로 1시간 30분 정도 걸리는 거리였다. 호수를 끼고 들어서는 길은 울퉁불퉁한 비포장이었다. 20분 정도를 흔들리면서 들어갔다. 포장이 안 된 도로에 약간 짜증도 났다. 도로가 포장도 안 된 곳이라 별장도 별 볼 일 없을 것이라는 생각이 들었다.

어디서든 선입견은 금물이다. 도착했을 때, 매우 잘 다듬어진 별장의 전경은 우리 눈을 놀라게 했다. 파란 잔디와 야자수, 화초들이 싱싱한 푸르름으로 아름다운 조화를 이루고 있었다. 우리 부부의 입에서 탄성이 흘러나왔다. 눈에 들어온 호수의 물색이 너무 아름다웠기 때문이다. 부드러운 에메랄드빛이었는데 보는 각도에 따라 물색이 변했다.

_ 꽈떼뻬께 호수

엘살바도르 호수 가운데 제일 아름답다는 꽈떼뻬께 호수Coatepeque Lake였다. 부임한 지 얼마 되지 않았기에 그때까지 이름조차 들어보지 못했던 생소한 호수였다. 꽈떼뻬께는 그 지역에 살았던 나우아뜰족의 언어로 그 의미는 '뱀들의 언덕Hill of Snakes'이다. 마야나 아즈떼까 문명에서 뱀은 매우 신성한 동물로 여겨졌다. 유명한 모든 유적에 뱀의 형상이 등장하는 까닭이다.

꽈떼뻬께는 호수 주변에 뱀이 많아서 붙여진 것이 아니다. 뱀을 신성하게 여기는 인식에서 붙여진 이름이다. 하얀 연기가 분출되는 분화구

자체가 나우아뜰족에게는 신성한 곳으로 여겨졌고, 거기에는 신성한 뱀이 살고 있을 것으로 믿었다.

엘살바도르에는 4개의 화산 분화구가 만든 호수가 있다. 그 가운데 두 개가 유명하다. 하나는 꽈떼뻬께 호수이고 다른 하나는 요빵고 Llopango 호수다.

꽈떼뻬께 호수는 약 7만 년 혹은 5만 년 전의 대폭발로 생긴 분화구에 물이 고여 생긴 것이다. 호수의 넓이가 자그만치 26㎢나 된다. 해발 750m 위치에 있고, 깊이는 120m다. 폭발 당시의 규모는 반경 20km에다 깊이가 무려 2-3km나 되었던 것으로 과학자들이 추산하고 있다. 우리의 상상을 초월하는 규모의 폭발이었다. 오랜 시간 침식으로 분화구가 좁아지고 그곳에 빗물과 지하수가 고여 호수가 형성된 것이다.

물색의 변화는 참으로 신비롭다. 계절에 따라 푸른색, 연초록색, 그리고 에메랄드색이 밝기를 달리하면서 요정의 옷처럼 색상이 바뀐다. 7월과 8월이 가장 아름답다. 그 까닭은 우기에 많은 빗물이 흘러들어와 고여있던 물과 섞이면서 바닥에 있는 물이 수면으로 올라오기 때문이라는 설명을 들었다.

설명에 의하면, 호수 바닥을 이루는 화산재가 물색에 영향을 주는 직접 요인이다. 화산재는 많은 미네랄을 함유하고 있다. 미네랄이 물에 녹아서 아름다운 색상을 이룬다. 그리고 더 신비로운 것은 짧게는 3년 길게는 7년마다 색상이 크게 변한다고 하니 무슨 조화인지는 알 수가 없다.

초청한 인사가 부인과 함께 반갑게 맞아주었다. 다른 부부도 와 있었다. 별장은 호수로 내려가는 경사진 곳에 조성되어 있었다. 그리고 호수 쪽으로 더 내려가면 호숫가 수면 위에 지어 놓은 커다란 정자를 연상케 하는 별채가 있었다. 호수를 가깝게 바라보면서 음식과 술, 대화를 즐기는 공간이다.

호수를 내려다볼 수 있도록 설계된 별장은 규모도 크고 여러 수목과 화초로 잘 가꾸어져 있었다. 별장 건물 역시 아름다웠다. 이런 별장이 호수를 둘러싸고 4백여 채가 있다고 했다. 물론 주인들은 모두 엘살바도르를 지배하고 있는 돈 많은 백인계다.

따꼬, 치즈 등 간단히 먹을 수 있는 음식이 준비되어 있었고, 그릴에서는 각종 고기와 소시지가 익고 있었다. 그리고 맥주와 와인, 위스키, 콜라 등이 준비되어 있었다. 처음 보는 신비로운 물색과 아름다운 호수 주변의 풍경에 빠진 우리 부부에게 음식은 별 관심의 대상이 되지 못했다.

유니폼까지 챙겨 입고 시중드는 현지인들이 부지런하게 움직였다. 별장지기 가족들이라고 했다. 아들과 딸들까지 동원되어 시중을 드는 것이다. 나중에 안 사실이지만, 매달 관리비 5백 달러가 그들의 생계비다. 오는 길에 별장 건너편 쪽으로 군데군데 초라한 집들이 동네를 이루고 있는 것을 보았다.

주말에 잠깐 오는 별장 주인을 맞기 위해 별장지기 가족은 날마다 청소하고 화초를 가꾼다. 수목도 돌보고 잔디도 깎아야 한다. 온다는 연락을 받으면 필요한 음식도 준비해 두어야 한다. 모터가 달린 12인승 보트와 물 위를 질주하는 모터바이크까지 관리하고 손질한다. 서양 영화에서나 종종 보는 노예나 하인과 다를 바가 전혀 없다.

별장 주인과 별장지기 가족의 삶은 무척 대조적이다. 한쪽은 모든 것을 가진 계층이고, 다른 한쪽은 가진 것이라고는 몸뿐인 계층이다. 주인은 16세기 초 침략해서 수백 년 동안 그 땅을 지배해온 백인계이고, 별장지기는 원주민 인디오의 피가 많이 섞인 메스티소였다. 음식 접시나 빈 병을 치울 때, 눈이 마주치기라도 하면 햇볕에 검게 그을린 얼굴에서 순박한 미소가 피어났다. 아름다운 사람들이다. 그 순박한 미소를 보면서 괜히 미안하고 안쓰러움을 느꼈다.

또 다른 아름다운 호수는 요빵고Llopango 호수다. 규모는 꽈떼뻬께 호수보다 크지만, 아름답기는 조금 뒤진다. 꽈떼뻬께 호수가 여성스럽다고 한다면, 요빵고 호수는 남성형이다. 주변이 다듬어지지 않은 자연 그대로를 유지하고 있기 때문이다.

요빵고 호수 역시 산살바도르에서 1시간 30분 거리에 위치한다. 우리나라처럼 도로 사정이 좋으면 1시간도 채 걸리지 않는 거리다. 요빵고 호수는 535년에 처음 화산이 폭발한 것으로 과학자들은 추정한다. 그 이후 여러 차례의 분화가 있었고, 가장 최근의 폭발은 1891년에 있었다. 호수는 해발 450m 높이에 있고, 수심은 250m나 된다. 총 길이가 11km, 폭이 8km나 되는 거대한 분화구에 물이 고인 호수다.

처음 폭발했을 때, 그 규모가 근세에 가장 큰 폭발로 알려진 1980년의 세인트 헤레나Saint Helena 화산의 폭발보다 무려 20배 이상의 규모였다고 한다. 폭발 당시 분화구의 깊이만 해도 7km에 달했다고 하니 역시 상상을 초월하는 규모다.

요빵고 호수 주변의 자연 수목은 아직도 원시림 상태를 유지하고 있다. 적당히 오르락내리락하면서 숲속을 걷는 트레킹 코스는 가히 일품이다. 배낭에 간단한 음식과 음료를 준비하고 하루 정도 여유롭게 아름다운 자연을 즐기기에 딱 좋다. 온갖 아름다운 새소리는 덤이다. 외국에서 온 젊은 여행객들은 캠핑까지 하면서 트레킹을 즐긴다.

극심한 빈부 격차와 가난으로 인한 범죄가 많은 나라, 엘살바도르에는 다른 곳에서 보기 어려운 아름다운 풍광이 참 많다. 이처럼 아름다운 나라에서 날마다 갱단에 의한 살인과 납치 등 슬픈 일이 많이 일어나는 것은 무슨 저주일까? 평화롭던 땅에 정복자가 가지고 온 침략과 수탈이라는 인간의 욕망이 부른 저주일지도 모른다.

터질 것 같은 화산

엘살바도르는 전체 국토가 환태평양 조산 및 지진대에 속해 있다. 전체 국토가 화산활동으로 생성되었다고 해도 과언이 아니다. 그래서 땅이 젊고 미네랄이 풍부한 화산 토양이다. 이곳 커피가 독특한 풍미를 지니는 이유다.

엘살바도르의 대표적 화산이 산타아나Santa Ana 화산이다. 높이가 2,365m로 그렇게 높지는 않다. 한라산보다 조금 높고 백두산보다 조금 낮다. 그러나 활화산이다. 지금도 정상 부근에서는 유황 냄새가 진동하고 김이 모락모락 피어오른다.

수도 산살바도르에서 차로 두 시간 거리다. 차창으로 엘살바도르의 자연환경을 감상할 수 있다. 어디든 푸른 녹음으로 덮여 있다. 도로변에는 두세 사람이 팔을 벌려 감싸 안아도 부족할 정도의 몸통을 지닌 큰 나무들을 볼 수 있다. 나무 형태도 너무 멋있다. 가히 백만 불짜리 나무라고 할 수 있다. 평야는 보기 힘들다. 간혹 사탕수수를 심은 평지가 보이지만 평야라고 하기에는 크기가 너무 작다. 낮은 산과 계곡들이 연속된다. 비가 전혀 내리지 않는 건기에도 그렇게 큰 나무들이 어떻게 푸르름을 유지할 수 있는지 이해되지 않는다.

엘살바도르는 1년이 우기와 건기로 나뉜다. 11월부터 4월까지 계속되는 건기에는 비가 한 방울도 내리지 않는다. 우기에 많이 내린 비도 토양이 부슬부슬한 화산재이기 때문에 고여있는 곳이 없다. 폭우가 내린 뒤에도 땅이 고슬고슬한 이유가 바로 화산재 토양 때문이다.

6개월 건기 동안 그 나무들이 어떻게 뜨거운 태양 아래서 단풍도 없이 푸르름을 유지하며 버틸 수 있는지 이해되지 않는다. 오랜 세월이 지나면서 나무들도 현지의 기후에 적응하면서 진화해 왔다고 볼 수밖에 없다. 그 외에는 6개월 동안 한 방울의 비도 없이 그렇게 무성한 잎들을 파랗게 유지할 수 있는지를 설명할 길이 없다.

산타아나 화산은 쎄로 베르데 국립공원Cerro Verde National Park 안에 있다. 이잘꼬 화산Izalco Volcano 역시 국립공원 내에 있다. 오르는 길이 서로 다르고, 두 화산 봉우리가 각기 다른 특색을 지니고 있다.

산타아나 화산은 차에서 내려 2시간 내외의 산행을 해야 정상에 도착한다. 가파르게 올라가야 하는 길은 아니다. 산책보다 약간 힘든 산행이라고 생각하면 된다. 마지막 30분은 땀을 내야 할 정도로 조금 경사가 있다. 어느 산이든 정상에 오르면 흘린 땀에 대한 보상이 따른다.

_ 산타아나 화산 분화구 호수

산타아나 화산의 정상이 주는 보상은 엄청난 탄성으로 나타난다. 거대한 분화구의 아래에 있는 호수는 아름다움 그 자체다. 에메랄드색의 호수를 내려다보고 있노라면 머릿속의 모든 상념이 사라진다. 그 아름다운 호수 속으로 빨려 들어가는 착각에 빠진다. 시간의 흐름에 따라 태양의 각도가 달라지고 또 그에 따라 호수의 색이 변한다.

변화하는 색상을 잡으려는 사진작가들도 진을 치고 있다. 그들은 무거운 카메라 장비를 짊어지고 일찍 정상에 올라와 하루 내내 호수를 응시하면서 셔터를 누른다. 곳곳에서 모락모락 피어오르는 증기와 유황 냄새는 이 화산이 살아 있음을 증명한다. 언제 다시 용암을 뿜어낼지 모르는 약간의 긴장마저 느끼게 한다.

췌장암으로 죽음을 불과 몇 개월 남겨놓은 상황에서 〈마지막 강의〉로 전 세계에 감동을 준 랜디 포시Randy Pausch 교수는 후회에 대해 이렇게 정의했다. '설혹 부끄럽고 잘못했던 일이라고 할지라도 거기에 후회는 없다. 진정한 후회는 하지 못한 일들에서 나오기 때문이다'고 했다.

우리가 흔히 '이것을 보지 못했다면 후회할 뻔했다'는 말을 한다. 산타 아나 화산의 정상에 올라 보지 못했다면, 정말 후회가 되었을 것이다. 세상에 볼만한 곳이 거기뿐이더냐고 할 수도 있다. 그러나 올라 보면 아마 왜 이런 얘기를 하는지 실감하리라 생각한다. 화산 정상에 만들어진 호수로서는 지구 상에서 가장 아름답다는 정평이 있다. 생애에 오래도록 기억되는 아름다운 추억의 장면으로 남을 것이다.

이잘꼬 화산 역시 활화산이다. 세로 베로데 국립공원 주차장에서 4시간 가까이 걸린다. 코스가 더 험하다. 비록 가는 길이 거칠지만, 호기심 많은 사람이라면 충분히 가볼 만한 가치가 있다. 거친 호흡을 가다듬을 여유도 없이 분화구를 내려다보는 관광객들은 경이로움에 사로잡히게 된다. 긴 여정의 피로도 느낄 수가 없다.

정상에서 내려다보는 검고 짙은 회색의 분화구에는 물이 없다. 거칠고 삭막한 감이 있다. 그러나 그 분화구의 깊이에 놀랄 수밖에 없다. 공포감마저 따른다. 아래쪽 깊은 곳에서 검붉은 용암이 솟구쳐 오를 것 같은 위압감을 느낀다. 살아있는 자연 앞에서 인간의 왜소함을 느낄 수밖에 없다.

자연의 경이로움 앞에서 비록 짧은 시간일지라도 인간은 순수함을

_ 이잘꼬 화산

회복한다. 탐욕도 오만도 사라진다. 미움과 시기도 잊게 된다. 인간을 번뇌로 어지럽게 만드는 모든 잡다한 생각들이 사라지게 된다. 어쩌면 인간이 대자연을 찾는 이유일지도 모른다.

산타아나 화산과 이잘꼬 화산의 정상에는 아이스크림이나 물, 약간의 스넥을 파는 행상들이 있다. 그들은 무거운 짐을 지고 날마다 정상을 오른다. 삶의 터전이 거기에 있기 때문이다. 짊어지고 살기엔 너무 무거운 삶이다. 우리 돈으로 2만 원 정도를 버는 날이면 그들은 매우 행복하다. 운수 좋은 날이다.

그들을 보면서 부자와 가난한 자, 고위직에 있는 자와 날품팔이 노동자 사이에 운수 좋은 날의 느낌이나 기분에 어떤 차이가 있을까 하는 생각이 들었다. 힘든 하루를 마치고 막걸리 몇 잔에 취하는 기분과 고급 위스키에 취한 기분에는 어떤 차이가 있을까? 모를 일이다. 다만, 작은 것으로도 행복을 느낄 수 있는 삶은 큰 것으로도 만족할 줄 모르는 삶보다 더 행복하다고 여긴다.

산살바도르 시내 매우 가까운 위치에 화산이 있다. 시내에서 사방으로 눈을 돌려 우뚝 솟은 산을 찾으면 바로 거기다. 산살바도르 화산San Salvador Volcano 또는 보께론 화산El Boqueron Volcano이라고 부른다. 보께론은 '큰 입big mouth'이라는 의미다. 시내에서 무척 가깝다. 관저가 보께론 화산의 아래 자락에 있다. 산살바도르 시내에서 운전할 때 길을 모르면 어디서든 우뚝 솟은 화산 방향으로 운전하면 쉽게 관저에 도달할 수 있었다. 산 높이가 제주도 한라산과 비슷하지만, 주차장에서 걸어 올라가는 데는 10분이면 족하다.

지름이 1.5km, 깊이가 5백m가 넘는 거대한 분화구가 있다. 8백 년 전에 분화했을 때 생긴 것이다. 그 이후로 물이 고여 호수를 이루고 있었다. 그러나 1917년에 다시 분화했을 때, 호수의 모든 물이 날아가 버려서 지금은 물이 없다. 맨 아래쪽에는 1917년의 분화구가 잿빛으로 선명하게 보인다.

산살바도르에 손님이 올 때마다 데리고 가는 단골 장소였다. 화산을 보여주고 내려오는 길목 곳곳에는 좋은 식당이 있다. 산살바도르 전경이 시원하게 보이는 곳에 터를 잡은 식당들이다. 값도 저렴하고 토종 음식에서부터 유럽 음식에까지 다양한 메뉴를 만날 수 있다. 충분히 가볼 만한 곳이다.

일품 맥주

엘살바도르의 맥주는 뛰어난 맛으로 정평이 나 있다. 입안에서 퍼지는 쌉쌀함과 고소한 풍미, 거품 속의 개운함이 일품이다. 중미권은 물론이고 세계 어느 나라의 맥주와 비교해도 뒤지지 않는다. 각국의 외교관들도 맥주 맛에 이론이 없다. 이처럼 좋은 맥주가 탄생하게 된 배경은 독일계 이민에 있다.

독일계 이민이 언제부터 엘살바도르에 들어왔는지는 모른다. 그들은 엘살바도르에서 19세기 말엽부터 맥주를 만들었다. 우리나라에서 조선 말의 갑오경장에 해당하는 시절이다. 서민들에게 인기 있는 필세네르Pilsener 맥주만 해도 생산공장이 세워지고 정식 상품으로 팔기 시작한 것이 1906년이다.

우리에게 엘살바도르는 가난한 후진국으로만 알려져 있다. 틀린 얘기는 아니다. 지금은 국민소득도 낮고 개발이 안 된 분야가 매우 많기 때문이다. 그러나 1970년 때까지만 해도 중미에서 산업이 가장 발달한 나라였다. 당시 우리나라보다 더 잘 살았다. 그러나 불행히도 1980년부

_ 만물상

터 1992년까지의 계속된 내전으로 나라가 온통 망가지고 말았다.

내전으로 나라가 망가지기 전, 다른 나라보다 앞선 산품이 많았다. 남아 있는 것 가운데 하나가 맥주다. 독일 맥주의 전통을 이어받아서 화학물질 같은 첨가물은 일절 사용하지 않는다. 순수한 자연 재료인 호프와 맥아를 사용할 뿐이다. 엘살바도르의 맥주가 맛으로 인정받는 배경이다.

슈퍼에서 쉽게 살 수 있는 맥주로는 필세네르, 수페르마Superma, 레히아Regia, 그리고 생맥주인 까데호Cadejo 브랜드가 있다. 독일과 아일랜드의 전통을 이어받은 생맥주도 다양한 맛과 색깔로 맥주 애호가의 기호를 자극한다. 한국에서 출장 온 사람들 가운데 맥주 맛을 아는 분들이 찬사를 아끼지 않았다.

엘살바도르에서 가장 대중적인 술은 맥주다. 파티나 식사 때는 와인을 곁들이지만, 술집을 찾는다면 맥주를 파는 곳이다. 밤에 행사가 있어서 참석하고 귀가하면서 보면 도로변 맥줏집은 손님들로 늘 북적였다. 값도 저렴하다. 한 병 혹은 한 잔에 2~3달러 정도다. 슈퍼마켓에서는 식스팩이 종류에 따라 약간의 차이가 있지만, 5달러 내외다.

코로나바이러스가 일상을 제한하는 때에도 산살바도르의 맥줏집은 호황이었다. 엘살바도르 정부가 식당이나 술집의 영업에 큰 제한을 두지 않았기 때문이다. 입구에서 알코올로 손 소독하고 체온측정기에 이상이 체크 되지 않으면 누구나 입장해서 맥주를 즐길 수 있었다.

엘살바도르 정부 인사들도 자국의 맥주 맛에 대한 긍지가 대단했다. 나는 엘살바도르의 주요 인프라 개발 프로젝트에 대한 우리나라의 차관 공여나 기업의 참여를 위해 꽤나 노력했다. 그래서 엘살바도르 정부의 관련 부서나 프로젝트의 책임자들과 좋은 관계를 유지하고 있었다. 수시로 그들과 만나 인프라 개발을 위한 한국과 엘살바도르의 협력방안을 얘기하곤 했다.

그들은 내가 맥주 맛이 좋다고 칭찬을 하면 맥주에 대한 자랑을 늘

어놓곤 했다. 솔직히 엘살바도르에서 만들어진 제품 가운데서 자랑할 만한 것을 찾기가 쉽지 않다. 그래서인지 몰라도 커피나 맥주에 대한 자부심은 대단했다.

관저에서 제일 좋아하는 공간이 2층 베란다였다. 십여 평이 넘는 넓은 공간이다. 관저의 위치가 높아서 베란다 소파에 앉으면 산살바도르 시가 훤히 내려다보였다. 밤에는 가로등과 각종 조명 빛이 반짝이는 산살바도르를 베란다에 앉아 내려다보는 기분이 좋았다.

간혹 저녁에 놀러 오는 교민이나 현지 손님들을 2층 베란다에 모시고 맥주를 대접하곤 했다. 곳곳에서 조명이 빛나는 산살바도르 야경을 보면서 마시는 시원한 맥주 맛은 일품이었다. 지금도 그 베란다에서 즐기던 한 잔의 맥주 맛이 생각나곤 한다.

요람의 나라

엘살바도르를 '요람의 나라'라고도 부른다. 요람처럼 흔들린다고 해서 나온 얘기다. 사무실에서나 관저에서 흔들림을 자주 경험했다. 통계에 의하면, 강도 3.0 이상 되는 지진이 하루 두 차례 이상 발생한다. 어떤 날은 몇 번이나 흔들리는 것을 느낄 수 있었다.

엘살바도르에서 발생하는 2.0 이상의 지진은 매년 2천 회 내외다. 2020년은 비교적 지진의 발생 횟수가 적었다. 그래도 1,524회가 발생했다. 쉽게 감지할 수 있는 3.0 이상만 해도 651회였다. 차로 이동하거나 걸어 다닐 때는 잘 느끼지 못한다. 움직이지 않고 가만히 있어야 느낄 수 있다.

하루에도 수십 차례의 지진이 발생하기도 한다. 수십 차례라고 하니 믿기지 않을 수도 있지만, 사실이다. 2021년 11월 26일의 일이다. 퇴근 후, 관저에서 글을 쓰고 있었다. 책걸상이 계속해서 흔들거렸다. 지진의 연속이었다. 다음 날 통계를 확인하니 오후 4시 넘어 3시간 동안 무려 74회의 지진이 있었다. 이쯤이면 가히 요람의 나라라고 할 수 있지 않을까.

우리나라 경상도 크기의 작은 영토가 환태평양의 지진대인 '불의 고리'와 접해 있어서 지진이 자주 발생한다. 이곳 사람들도 지진을 무서워한다. 부자들은 철근 콘크리트로 지어진 견고한 집에서 산다. 대다수 어려운 서민들의 경우는 때때로 생명의 위협을 느껴야 한다. 집이 흙이나 콘크리트 브로크 등 약한 소재로 벽이 세워져 있어서 자칫하면 무너지는 위험이 도사리고 있기 때문이다.

나는 엘살바도르에 부임한 지 2주가 조금 넘어 강도 6.8의 대형 지진을 경험했다. 2019년 5월 29일 밤의 일이다. 결코, 잊을 수 없는 밤이다. 흔히 하는 얘기로 장난이 아니었다. 밤 11시 무렵 잠에 빠져 있을 때였다. 갑자기 침대가 크게 흔들리면서 덜컹거리는 소리가 났다. 잠이 깨면서 혼비백산이 되었다. 공포가 엄습했다.

지진이 발생하면 안전한 곳으로 대피하라는 얘기를 들었지만, 침대에서 일어나기는커녕 꼼짝할 수가 없었다. 아내도 마찬가지였다. 몸이 굳어서 움직일 수가 없었다. 우리는 누운 채로 침대를 잡고 흔들리는 진동을 온몸으로 느껴야 했다. '올 만한 곳이 아닌데 잘못 왔구나'하는 생각이 머리를 채웠다.

다음 날 아침에 지진이 30초 정도 계속되었다는 것을 알았다. 공포감 속에서 30초가 얼마나 긴 시간인가를 그때 처음 알았다. 일본 오까야마에서 3.0 정도의 지진에 놀란 적이 있었다. 그 정도는 애교스러운 것이었다. 다음 날 종일 30여 차례의 여진이 계속되었다. 불안감으로 일이 손에 잡히지 않은 날이었다.

방송을 보니 그날 밤 산살바도르 시내에서만 2백여 채의 집들이 무너졌다. 3명이 죽고 20여 명이 크게 다쳤다. 모두 약한 구조의 벽이나 지붕이 무너져내려 입은 희생이었다. 죽은 사람 모두 가난한 서민이었다. 자연현상도 사람을 차별하는 것일까.

관저에도 균열이 생긴 곳이 있었다. 내 침실과 몇 군데에서 벽과 천정이 만나는 부분에 균열이 생기고 약간의 콘크리트 부스러기가 떨어져 있는 것을 볼 수 있었다. 두려움으로 잠 못 이룬 긴 밤이었다.

엘살바도르에서 엘리베이터를 타면 두 가지 이상한 것을 발견할 수 있다. 첫째는 13층 표시가 없다는 것이다. 처음에는 그 까닭을 몰랐다. 나중에 알고 보니 지진과 관련이 있었다. 2001년 1월과 2월 강도 7.0이 넘는 대지진이 발생했는데 1월 지진으로 9백여 명이 죽고, 2월 지진에 5백여 명이 죽었다. 두 지진 모두 13일에 일어났다. 그 악몽으로 이곳 사람들은 13이란 수를 매우 싫어한다. 우리나라 아파트나 엘리베이터에서 4층 표기가 없는 것과 마찬가지다.

둘째는 지하층의 표시다. 우리와는 달리 지하 층수가 거꾸로 표시되어 있다. 지하가 4층 구조라면, 맨 아래층이 우리는 지하 4층이라고 하지만, 엘살바도르에서는 지하 1층으로 표시된다. 엘리베이터를 탈 때마다 거꾸로 된 지하층 표시 때문에 착각을 하곤 했다.

엘살바도르는 1986년과 2001년에 강한 지진을 경험했다. 두 지진 모두 천 명이 넘는 희생자를 냈다. 지진으로 산사태가 나면서 산비탈에 자리 잡은 마을들이 밤사이에 흔적도 없이 사라져 버린 것이다. 시신을 찾는 데만 수개월이 걸렸지만, 상당수의 시신은 찾지 못했다. 잠을 자다 죽음을 맞이한 비극이었다.

내가 근무했던 2019년, 2020년, 2021년은 지진 주기로 볼 때, 강한 지진이 올 수 있는 시기였다. 그래서 제법 강도가 있는 지진이 있을 때마다 긴장하곤 했다. 특히, 2019년에는 지진이 자주 발생했다. 사무실에 있다가 크게 흔들거려서 전 직원이 복도로 나온 것도 세 차례나 되었다.

강진이 발생할 경우, 공관 직원과 가족의 대피 집결 장소는 관저다. 그래서 관저에는 항시 상당량의 물과 비상식량, 텐트 등이 준비되어 있고, 비상 발전기가 설치되어 있다.

엘살바도르 전 국토가 지진대에 속해 있을 뿐만 아니라, 화산권에 속해 있다. 국토의 생성이 모두 화산활동으로 이루어졌기 때문에 높은 산과 계곡, 저지대로 이루어져 있다. 2천 미터가 넘는 산들도 많다. 거의 모든 산이 활화산대에 속해 있다.

이들 화산은 활화산으로 지금도 화산활동이 진행 중이다. 정상 부근에서는 유황 냄새를 풍기는 화산 증기가 분출되고 있다. 언제 다시 분화할지 알 수 없다. 미국의 지질연구소와 엘살바도르 환경부는 지층 활동을 주시하면서 수시로 주의보를 발령하곤 한다.

'요람의 나라'지만 그곳에서 지진의 우려로 긴장하면서 사는 사람은 없다. 파견된 대사관 외교직원들도 마찬가지다. 인간은 언제 올지 모르는 자연 재앙을 두려워하면서 살지 않는다는 것을 알았다.

제2장

슬픈 거리

어린 소녀가 삶이 무엇이고 죽음이 무엇인지 그런 생각을 해보았을 것이라고
생각하지 않는다. 모든 인간이 때때로 죽음의 공포를 느끼며 살지만,
그 소녀는 죽음의 공포를 생각할 여유도 없이 삶을 마쳤다.

어느 소녀의 죽음

●●●●

산살바도르에 도착해서 꼭 열흘째 되던 날이다. 오전 9시쯤 코이카 소장이 전화했다. 현지에 사업차 온 민간회사 직원이 산미겔에서 현장으로 가던 중 오토바이를 들이받는 교통사고를 냈다는 보고였다. 산미겔은 산살바도르에서 자동차로 3시간 거리다.

몇 분이 지나지 않아 다시 코이카 소장으로부터 전화가 왔다. 오토바이에 남매가 타고 있었는데 뒤에 타고 있던 소녀가 병원으로 옮겨졌으나 죽고 말았다는 보고였다. 나는 즉시 코이카 소장에게 현장에 가서 사건을 수습하라고 지시했다. 그리고 대사관 자문 변호사에게 연락해서 사고지역의 유명 변호사를 소개받도록 했다.

이런 경우, 엘살바도르의 관련 법규가 어떻게 규정하고 있는지도 알아보았다. 과실치사의 경우, 72시간 이내에 유족과 보상에 관한 합의가 이루어지면 사건이 그 합의로 종결된다는 것이었다. 합의가 시간 내에 이루어지지 않으면, 사고 유발자는 즉시 구속되고 그때부터 형사 절차가 진행된다.

다급한 상황이 되었다. 유족과 어떻게든 원만한 합의가 이루어져야 우리 국민의 구속을 피할 수 있었기 때문이다. 날이 밝자 코이카 소장에게 유족이 원하는 금액을 깎으려고 하지 말고 달라는 대로 합의하라고 지시했다. 주재국의 열악한 시설과 험악한 분위기의 교도소에 수감되는 것은 인간 대접을 포기하는 것이나 마찬가지였기 때문이었다.

궁금해서 이런 경우 어느 정도의 보상으로 합의되는가를 현지인 비서에게 물었다. 대부분 교통사고 사망의 경우, 5천 달러 정도에서 합의가 이루어진다고 했다. 그러나 이 사건은 가해자가 한국인이기 때문에 두 배인 1만 달러 정도 요구할 것이라고 답했다. 한 소녀의 죽음에 대한 보상이 겨우 우리 돈으로 1천만 원 정도라고 하니 정말 어이가 없었다.

아름다운 나라, 엘살바도르가 오랜 세월 벗지 못하고 짊어지고 온 무거운 멍에 탓이다. 수백 년 이어온 지배와 피지배의 사슬, 극심한 빈부 차이, 차별과 억압, 가난의 굴레가 꽃다운 소녀의 죽음에 대한 보상까지 발목을 잡고 있었다. 엘살바도르의 슬픔이다.

비서의 예상은 적중했다. 유족이 1만 달러를 요구한다는 보고가 왔다. 변호사가 유족과 협의를 하면 좀 더 낮게 보상할 수 있다는 보고도 있었다. 나는 코이카 소장에게 1만2천 달러에 합의하라고 지시했다. 유족이 원하는 보상보다 2천 달러를 더 주는 합의였다. 원만하게 합의가 이루어졌다.

우기가 시작한 5월이어서인지 합의가 이루어진 날 밤에 유달리 비가 세차게 내렸다. 잠을 자려고 해도 잠이 오지 않았다. 창을 두드리는 세찬 비 때문이 아니었다. 싸늘한 시신이 되어 누워있을 소녀 생각으로 잠을 이룰 수가 없었다.

인간의 삶은 시간의 제약을 받는 유한한 것이고, 언젠가는 누구든 죽어야 하는 존재다. 다른 사람이 대신 죽어줄 수도 없다. 지위고하나 빈부귀천도 예외가 없다. 그러기 때문에 인간은 죽음에 대한 공포감을 지니고 산다. 이것이 인간의 숙명이다.

그 소녀도 죽음에 대한 공포를 지니고 있었을까. 오빠와 오토바이를 함께 타고 가면서 사고가 나면 죽을 수도 있다는 생각을 한 번이나 해 보았을까. 10대 소녀가 그런 생각까지 하지는 않았으리라고 여긴다. 실존주의 철학자들은 삶이 의미를 갖는 것은 죽음이 기다리고 있기 때문이라고 했다. 시간의 제한을 받는 삶이기 때문에 현재의 삶에 더 집착한다. 그래서 삶의 의미가 더 진지해진다는 것이다.

어린 소녀가 삶이 무엇이고 죽음이 무엇인지 그런 생각을 해보았을 것이라고 생각하지 않는다. 모든 인간이 때때로 죽음의 공포를 느끼며 살지만, 그 소녀는 죽음의 공포를 생각할 여유도 없이 삶을 마쳤다. 충돌하는 순간에도 느끼지 못했을 것이다.

18살 꿈이 있는 소녀였다. 고등학교를 졸업하고 대학에서 간호학을 공부하기를 원했다. 간호사가 꿈이었다. 아버지가 죽고 없는 가난한 시골집에서 대학의 입학금과 학자금을 댈 수가 없었다. 두 오빠가 벌어서 간신히 어머니와 4남매가 생계를 이어가는 형편이었다. 설혹 아버지가 살아 있어도 생활에 큰 변화는 없었을 것이다. 수백 년 가난과 억압의 슬픈 굴레를 운명처럼 짊어지고 살아야 하는 핏줄이었기 때문이다.

소녀는 대학에서의 학비를 벌기 위해 일을 하기로 했다. 전자제품을 파는 조그만 매장에서 일을 구했다. 사고가 난 그날도 다른 날과 마찬가지로 둘째 오빠의 오토바이 뒤에 타고 일터로 가는 길이었다. 엄마와 동생에게 다녀오겠노라고 손을 흔들며 인사를 하고 오토바이 뒤에 몸을 실었다. 몇 분 후에 어느 길목에서 기다리고 있는 죽음을 어찌 알았으랴. 다시는 사랑하는 가족을 볼 수 없는 길을 소녀는 그렇게 웃으며 떠난 것이다.

간호사가 되겠다는 꿈도 소녀와 함께 죽었다. 그런 소녀와 그녀의 꿈에 대한 보상이 겨우 그 정도였다. 신문에서 본 소녀의 얼굴이 자꾸 눈앞에 떠올랐다. 잠을 이룰 수가 없었다. 소녀의 죽음을 생각하면서 허무가 무엇인지를 가슴으로 무겁게 느낄 수 있었다. 며칠 동안 나는 그 소녀의 생각으로 머리가 무겁고 어수선했다.

합의가 이루어지자 바로 소녀의 장례식이 있었다. 가까운 거리면 장례식에라도 가서 소녀의 명복을 빌고 싶었다. 유족의 슬픔도 위로하고 싶었다. 하지만 가지 못하고 조화를 보내는 것으로 대신해야 했다.

그로부터 6개월이 지난 후, 코이카가 추진한 사업 문제로 산미겔 지역에 출장을 갈 일이 생겼다. 업무를 마치고 돌아오는 길에 그 소녀의 집을 방문했다. 포장된 도로를 벗어나서 울퉁불퉁한 비포장 산길 도로를 20분 넘게 달려 그 소녀의 집에 도착했다.

외떨어진 언덕에 자리 잡은 작고 허술한 토담집이었다. 방에만 천으로 된 장판 같은 것이 깔렸고, 부엌 등 다른 곳은 바닥이 흙이었다. 현지에 밝은 일행 중 한 사람이 삶의 형편을 보고 고등학교까지 마쳤다는 것이 믿기지 않는다고 했다. 그처럼 어려운 환경에서 학업을 포기하지 않도록 소녀를 지탱해준 것은 대학 진학과 간호사의 꿈이었다.

소녀의 모친은 나를 보자 아무 말도 하지 못하고 눈물만 흘렸다. 그런 엄마를 어린 막내딸이 꼭 껴안고 있었다. 함께 간 우리 일행 모두 눈시울이 붉어질 수밖에 없었다. 그녀는 내 손을 두 손으로 잡고 한참 동안 눈물만 흘렸다. 무슨 말로 위로를 해야 할지 입을 열 수가 없었다. 그 모친은 잊지 않고 찾아주어서 고맙다는 말을 몇 번이고 했다. 그러면서 보상으로 받은 돈은 생활이 어려워도 한 푼을 쓰지 않고 은행에 저축해두었다고 했다. 딸의 죽음에 대한 보상을 차마 쓸 수가 없었다는 얘기였다.

준비해간 선물을 주고 떠나오려고 했을 때, 산에서 따온 것이라며 바나나 두 보따리를 주었다. 대사가 이렇게 누추한 곳까지 오셨는데 줄 것이 이것뿐이어서 미안하다는 말도 덧붙였다. 천성이 아름답고 고운 모친이었다.

사고를 낸 젊은 한국 직원도 불쌍했다. 그 직원은 사고가 수습되고 얼마 되지 않아 귀국했다. 그 직원도 자신의 실수로 죽은 소녀에 대한 미안함으로 평생을 괴로워할지 모른다. 그 직원이 떠나기 전, 관저로 그 회사 사람들과 함께 초청해서 소주를 곁들인 만찬을 같이 했다. 작은 위로가 되었길 바랄 뿐이다.

그 회사 책임자에게 그 지역에 출장 갈 때마다 그 집을 찾아보라고 했다. 그 책임자 역시 같은 생각이었다. 어느 날, 내 사무실에 들러서 죽은 소녀의 동생 얘기를 꺼냈다. 우리가 방문했을 때, 울던 엄마를 꼭 껴안고 있던 막내딸 얘기였다. 중학생이 되어 농구부에 들어갔는데 운동화와 체육복, 농구공 등을 사지 못해서 걱정하는 얘기를 듣고 얼마간 도움을 주었다고 했다.

나도 장학금으로 얼마를 담아 다음에 갈 때 전해달라고 그 책임자에게 건넸다. 그 소녀가 공부를 제법 잘한다는 얘기에 죽은 언니의 꿈을 대신 이어가길 마음속으로 간절히 기원했다. 죽은 사람의 소원을 이루어주면, 복을 받는다는 속설도 있다. 그 소녀가 언니의 소원이었던 간호사의 길을 걸으면서 복을 받는 삶을 살았으면 하는 바람이 크다.

어느 날, 그 회사 책임자가 편지를 가져왔다. 중학생이 된 동생이 나에게 고맙다는 꼬부랑 글씨의 감사 편지였다. 그 내용 중에 공부 열심히 해서 훌륭한 사람이 되겠다는 약속이 적혀 있었다. 어린 소녀의 약속이 담겨 있는 그 편지를 지금도 나는 책상 서랍 속에 간직하고 있다.

_ 시골 5일장

황당한 신용카드

엘살바도르의 은행에다 계좌를 열고 신용카드를 발급받았다. 절차가 무척 까다로웠다. 신설 계좌가 갱단이나 마약 범죄에 이용될 수 있다는 전제하에 신분 확인, 수입 내력과 거래 규모 등을 사전에 확인하는 절차였다. 대사 신분이 확실해도 절차는 그대로였다.

갓 부임한 의욕으로 엘살바도르의 정치권이나 정부의 주요 인사들을 부지런히 만났다. 만나는 장소는 대부분 호텔이나 고급 식당이었다. 내가 만나자고 했기에 당연히 내가 식사비를 계산했다. 그때마다 은행에서 발급해 준 신용카드를 사용했다.

공적 목적으로 식사할 경우, 그 식대는 공금으로 지급된다. 이럴 경우, 한국에서는 법인카드가 있어서 편리하다. 그러나 엘살바도르에서는 법인카드가 발급되지 않는다. 개인 신용카드나 현금을 사용해야 한다. 법인카드가 발급되지 않는 이유는 개인의 사적 지출에 법인카드를 이용해서 탈세하는 것을 막는다는 것이었다. 쉽게 납득이 되지 않았다. 그래서 공적인 지출에도 개인 신용카드나 현금을 사용하는 경우가 많았다.

사비로 먼저 지출하고 영수증을 첨부하여 공금을 신청해야 한다. 불편한 일이었다.

나는 현금 대신 은행에서 준 신용카드를 사용했다. 어느 날 비서가 은행으로부터 전화가 왔다면서 어제 백화점에서 비싼 물건을 구매했냐고 물었다. 뜬금없는 소리였다. 물건도 사지 않았고 신용카드도 사용한 적이 없다고 했다. 그랬더니 몇 가지 구매에 대해 사용 여부를 더 물었다. 전혀 사실과 다른 내용이었다.

비서를 은행으로 보냈다. 은행은 대사관 건물이 있는 광장에 있어서 매우 가까웠다. 비서가 은행에서 가져온 신용카드 사용 내력을 보고 어이가 없었다. 내가 사용하지도 않은 여러 곳에서 무려 2천 달러에 가까운 금액이 청구된 것이다. 사유를 알고 나서 나는 다시 한 번 놀랐다. 누군가 내 카드를 도용한 것이었다.

현지에서 외국인을 상대로 이런 일이 자주 일어난다는 것을 나중에 알았다. 신용카드를 사용할 때는 눈앞에서 결재가 이루어지도록 반드시 지켜보고 카드를 즉시 회수해야 한다는 것이다. 나는 그런 줄도 모르고 일하는 종업원들에게 신용카드를 건네준 것이다.

은행에서 어떻게 회수했는지 몰라도 나는 한 푼도 손해 보지 않고 계좌에서 빠져나간 돈을 한 달 후쯤 모두 되돌려 받았다. 친했던 일본 대사가 자신은 현금만 사용하고 있다면서 현금 사용을 권했다. 그 이후로 보험료 같은 비용은 수표를 사용하고 모든 거래에서 현금을 사용했다.

우리 말에 '눈만 감아도 코를 베인다.'는 말이 있다. 조금만 방심해도 큰돈을 잃을 수 있는 곳이 중남미다. 특히, 관광 후 현지를 떠나 다른 곳으로 가거나 귀국할 때는 그런 사고가 나더라도 대책이 없다. 유럽과 미국 등 선진국을 여행할 때는 신용카드를 사용해도 괜찮다. 그러나 중남미를 여행할 때는 불가피한 곳이 아니라면, 현금을 사용해야 한다. 멋모르고 신용카드를 사용했다가는 후회해도 때가 늦은 경우가 얼마든지 있을 수 있다.

슬픈 거리

'가난이 죄다'는 얘기가 있다. 왜 가난이 죄가 되는지 모른다. 가난해도 남을 원망하거나 해가 되는 일을 하지 않고 열심히 사는 사람도 많다. 비록 가난이 무거운 멍에가 되어 삶을 고단하게 할지라도 하루하루 성실하게 노력하면서 살아가는 사람이 수도 없이 많다.

그러나 때론 가난이 형벌처럼 가혹하게 삶을 짓누른다. 하루하루의 삶이 너무 무거워 지친 사람들이 어디든 많다. 일하고 싶어도 일자리가 없다. 치료받고 싶어도 치료비가 없는 사람들도 많다. 인내의 한계에서 남의 집 담장을 넘기도 한다. 그래서 가난이 죄라고 얘기하는 모양이다.

그런 사람들이 유독 많은 곳이 엘살바도르와 중남미다. 침략과 착취의 역사는 민주와 법치의 그늘에서 지금도 보이지 않게 계속되고 있다. 부자는 모든 것을 가졌고 대다수 서민은 몸뚱이 외에는 가진 것이 없다. 일하고 싶어도 일자리가 없다. 그들은 날마다 생계를 위해 할 수 있는 수단과 방법을 찾아야만 한다.

산살바도르 거리에는 가슴 아픈 장면이 많다. 빨간 신호가 켜지고 차들이 멈추면 온 가족이 나와 차의 앞유리에 물을 뿌리고 닦는다. 부모와 일곱 살 정도 되는 어린애들도 도구를 들고 나선다. 낙태를 처벌하는 곳이기 때문에 네다섯 명의 자녀가 있는 가정도 많다. 거리에서 차의 앞유리를 닦는 가족을 보면 어린애들이 적지 않다.

물어볼 시간조차 없기에 멈춰 선 차의 앞유리창을 매우 빠르게 닦는다. 어린애들까지 나서서 차를 닦는데도 동전 하나 주지 않고 가버리는 사람들이 많다. 좋은 차를 타고도 그런 사람이 적지 않다. 나야 잠시 사는 사람이어서 그들이 신경 쓰이는지 모른다. 그곳에서 사는 사람들은 너무 자주 보아서 무신경해진 탓인지도 모른다. 그곳에서 사는 사람들은 거리에서 매일 보는 모습이다. 그래도 그냥 가버리는 운전자는 얄밉다.

삶은 나눔이라고 했다. 인간이 홀로 살 수는 없다. 공동체를 유지해야만 하는 존재다. 그래서 나눔의 미학이 존재한다. 그런데도 나눔에 유독 인색한 사람들이 많은 곳이 엘살바도르다. 엘살바도르만이 아니고 중남미의 공통적 현상이다.

공동체의 의식이 희박하기 때문이다. 사회적 계층에 따른 상하관계나 차별의식이 존재하는 곳에서 공동체 의식이 강할 수 없다. 민족주의나 애국주의도 우리와는 다르다. 침략과 지배의 역사가 있고, 인종적 배경이 다르기 때문이다. 피가 섞인 메스티소 가운데서도 섞인 정도가 서로 다르다. 동질성이 희박할 수밖에 없다.

거리에는 두 다리를 잃은 앉은뱅이도 있고 싱글맘도 있다. 앉아서 잠자리채로 적선을 호소한다. 어린애를 가슴에 안거나 업고 구걸하는 사람도 많다. 깡통을 들고 구걸하는 행색이 남루한 노인들도 있다.

내가 본 제일 섬뜩한 구걸은 여기에 쓰기에도 사실 주저된다. 초췌하고 파리한 얼굴에 홀쭉 야윈 사람의 옆구리에는 가는 호스가 연결되어 있고, 앞에 찬 비닐 주머니에는 복수가 흘러나와 반쯤 차 있었다. 나는 너무 어이가 없고 놀라서 돈을 주어야겠다는 생각조차 할 수 없었다. 아무리 복지나 보건의료 시스템이 엉망이라고 해도 그런 환자가 거리에 나와서 구걸을 해야만 하는 것인지 이해할 수 없었다.

신호가 바뀌고 차량이 움직이자 나도 차량의 흐름에 따라 지나치고 말았다. 코로나 19 바이러스가 유행하던 기간 1년 넘게 출퇴근 때는 내가 직접 운전했다. 공식 업무에서 불가피한 경우만 운전사를 이용했다. 현지인 운전사로부터 혹시 있을 수 있는 감염을 피하기 위해서였다.

너무 충격적인 모습이었다. 관저에 돌아온 후에도 지갑에 있는 돈을 주지 못했다는 자책과 후회로 너무 마음이 아팠다. 얘기를 들은 아내가 언젠가 또 볼 수 있을 테니 항상 차에 돈을 꺼내 놓고 만나면 주라고 위로했다.

그 후로 한동안 퇴근길을 유심히 살폈지만, 그를 볼 수가 없었다. 그 사이 죽었을지도 모른다는 생각이 들 때마다 가슴이 무척 무거웠다. 한 달 정도가 지났을 무렵 나는 그를 다시 보았다. 같은 모습이었다. 너무 반가웠고 그가 살아있음에 감사했다. 가볍게 경적을 울렸다. 그 소리를 듣고 그가 절뚝거리며 다가왔다. 아내 말처럼 팔걸이 앞쪽에 내놓은 돈을 주었다. 그가 받아본 액수로는 제일 큰 금액이었을지도 모른다.

나눔은 나눈 것보다 더 큰 기쁨을 준다는 얘기를 실감했다. 체증이 내려간 것처럼 가슴이 후련했다. 그렇게라도 삶을 연명하고자 하는 삶이란 도대체 무엇인가. 그런 상태에서도 삶을 포기하지 않는 그 사람의 삶에 대한 집념은 어디서 나온 걸까. 죽지 못해 산다는 말의 의미가 그런 것인가.

거리에는 구경거리를 제공하는 사람도 있다. 신호등 앞에서 각종 묘기를 부리고 차 앞을 다니면서 손을 내민다. 축구공이나 곤봉, 심지어 긴 칼로 아슬아슬한 묘기를 부리는 사람도 있다. 얼굴과 팔에 여러 색깔로 장식하거나 웃음이 나오는 복장으로 묘기를 부리는 사람도 있다.

어찌 생각하면, 그들이 묘기로 보여준 몸짓 하나하나가 삶을 위한 처절한 몸부림이다. 그러나 창문을 열고 그들에게 코인이나 달러를 주는 사람은 매우 드물다. 그들도 하루 세끼를 매일 먹어야 한다. 부양해야 하는 가족도 있다. 매일 거리로 나오는 이유다. 슬픈 거리의 모습이 언제쯤 사라지게 될지 모른다.

해변의 아이들

엘살바도르는 중남미 다른 국가들과 마찬가지로 빈부 격차가 극심한 나라다. 빈부 격차는 침략과 식민의 역사가 뿌린 독버섯이다. 그 독버섯은 생명력이 질기고 질기다. 수백 년의 변화하는 환경에서도 살아남았다. 부유층은 대대로 너무 잘 살고 극빈층은 대대로 못산다. 동일한 공간일지라도 그들은 서로 다른 세계에 살고 있다.

도시권보다 해변과 농촌에 특히 극빈층이 많다. 해변 지역의 사정은 농촌의 상황보다 더 어렵다. 농촌에 사는 사람들은 대대로 그곳에서 생계를 유지해 온 사람들이 많다. 작은 농토를 가지고 있거나 커피 농장 혹은 사탕수수 농장에서 일하면서 생계를 유지한다.

해변이라고 해서 다 지독히 어려운 것은 아니다. 포구가 있어서 고깃배가 나가고 들어오는 지역은 그래도 생계유지를 위한 수단을 가지고 있기에 괜찮은 편이다. 고깃배를 타고 나가거나 생선을 팔아 생계를 유지할 수 있기 때문이다. 그러나 작은 고깃배를 타고 험한 바다로 나갈 때마다 목숨을 걸어야 한다.

엘살바도르의 지도를 보면, 태평양과 마주한 지역에서 남쪽으로 내려가면 우슬우딴Uslutan과 라우니온La Union이 나온다. 그곳을 살피면 바다가 내륙 안쪽으로 들어간 곳이나 몇 개의 섬이 보인다. 그런 곳에는 뻘이 조성되어 있고 맹그로브mangrove 숲이 있다. 맹그로브는 세계 각처의 아열대와 열대 지역의 해변이나 내륙으로 바닷물이 들어간 곳에서 자라는 나무다. 소금기가 많은 바닷물 속이나 습지에서 자라면서 호흡을 하는 뿌리가 습지 위로 솟아 있어서 뿌리 호흡 나무라고도 불린다.

나는 우슬우딴 해변의 맹그로브 숲을 구경하다가 어린아이들을 보고 깜짝 놀란 적이 있다. 새까맣게 그을린 얼굴에 남루한 옷차림, 그리고 그들은 작은 발에 신발조차 신고 있지 않은 모습이었다. 마치 가출한 애들이 떼 지어 구걸하는 것처럼 보였다. 가난한 나라여도 도시에서는 신발을 신지 않은 채 돌아다니는 아이들은 없다. 헤진 운동화나 너덜거리는 슬리퍼라도 신는다.

_ 맹글로브 숲의 아이들

그들이 입고 있는 옷은 온통 뻘이 묻어 있고 물에 적셔 있었다. 물에 빠졌다 나온 생쥐 꼴이었다. 모두 손에 들거나 옆구리에 작은 주머니를 차고 있었다. 무엇이 안에 들어 있는지 현지 동행인에게 물었다. 바닷가 재나 조개라고 했다. 먹기 위해서 잡는 것이 아니라 가족의 생계를 위해서 잡는다고 했다. 대부분이 열두세 살이지만 가족의 생계를 책임지고 있는 아이들이었다.

그들이 하루 내내 잡은 것을 팔면 고작 3달러 정도를 받는다고 했다. 하루 종일 맹그로브 숲을 뒤지다 벌레에 물리고 미끄러져 팔이나 다리에 생채기가 생기는 것이 다반사였다. 미끄러져서 나무뿌리에 옆구리를 심하게 다쳐 몇 개월 고생한 아이도 있었다. 하루를 고생해서 버는 3달러는 그들에게 가족의 생명선이다.

시간 가는 줄 모르고 맹그로브 숲 속을 뒤지다 밀물이 들어 온 적도 많다고 했다. 그럴 때면 그들은 나무 위로 피신해서 물이 빠질 때까지 꼼짝없이 기다려야 했다. 나무 위에서 물이 다시 빠지기를 기다리는 몇 시간 동안 이 소년들의 머릿속에는 어떤 생각들이 오고 갔을까. 우리 돈 3천 원을 벌기 위해 어린 몸으로 학업까지 포기해야만 하는 이 소년들에게 세상은 무엇이고 삶은 또 무엇일까. 그들에게는 오직 가족의 생계가 전부일 뿐이다. 너무 가혹한 삶이다.

아버지가 없는 아이들이 대부분이다. 당연하다. 아버지가 있다면 어린 나이에 가족의 생계를 책임지는 일은 없었을 것이다. 죽었거나 아니면 가족을 남겨놓고 떠나버린 무책임한 아버지였다. 돈을 벌어 돌아오겠다고 떠난 아버지도 있었다. 그 아버지가 언제 돌아올지는 기약이 없다. 살아 있지만, 병이 나서 일을 할 수 없는 아버지도 있었다. 그들이 철부지 어린 나이에 생활 전선에 나서야 했던 이유다. 그들이 하루 종일 맹그로브 숲의 뻘밭을 뒤져 버는 3달러 안팎의 돈이 서너 명 식구들의 생계를 지탱하는 거의 유일한 수단이다.

공부하면서 뛰놀며 자라야 하는 시기에 그들은 생활 전선에서 피곤한 하루하루를 보낸다. 얘기하는 동안 간간이 웃는 그들의 얼굴은 순박하고 천진난만하기 그지없었다. 학교에 등록은 되어 있지만 사실상 학업을 포기한 지 오래다. 이들이 지고 있는 삶의 무거운 짐은 어디서부터 시작된 업보일까. 분명한 것은 그들의 조상이 만든 업보도 아니고 그들이 만든 것은 더더욱 아니다. 총칼 들고 대서양을 건너온 사람들이 만든 것이다.

살바도란의 가족적 유대감이 남달리 강하다는 배경에는 가난이 자리 잡고 있다. 어려운 생활을 함께 겪으면서 생긴 유대다. 심리학에서도 인간적 유대는 고난의 과정을 함께 했을 때가 행복한 과정을 함께 했을 때보다 훨씬 강하게 형성된다고 한다. 생계를 위해 갱단에 들어갈 때도 그런 유대감 때문인지 가족 단위 혹은 친구 집단이 함께 갱단원이 되는 경우가 많다. 가난이란 불행이 부른 또 다른 불행이 엘살바도르와 중남미를 계속 위험한 지역으로 만들고 있다.

방황하는 청소년

엘살바도르에서 청소년 문제는 매우 심각하다. 한 마디로 치안 문제 때문이다. 학교에서 친구들과 어울리거나 아니면 집에서 시간을 보내야 한다. 우리나라처럼 청소년들이 가고 싶은 곳을 가고 자유롭게 시간을 보낼 수 있는 환경이 아니기 때문이다.

차량이 적은 거리에는 위험이 도사리고 있다. 돌아다니다 거리에서 휴대폰이나 지갑 등을 강탈당하기도 한다. 그래도 그 정도는 문제가 되지 않는다. 납치되어 강제로 갱단원이 되기도 하고 여학생의 경우는 성폭행이나 납치의 대상이 되기도 한다.

관저의 일을 보는 가정부는 일찍 남편이 가정을 버리는 바람에 혼자 아들 하나를 키우며 살고 있다. 그녀의 유일한 희망은 아들이다. 고등학교에 다니는 아들은 할머니가 보살피고 있다. 그녀는 하루에도 몇 번이고 통화하면서 아들의 안전을 확인하곤 했다.

중미 국가의 공통 현상이지만, 엘살바도르 교육제도는 이해하기 어

_ 부유층 자녀들

려운 점이 많다. 그 가운데서도 가장 심각한 문제는 학생들의 수업량이 절대적으로 부족한 점이다. 초등학교에서 고등학교까지 오전 수업으로 마치는 경우가 대부분이다. 비싼 수업료를 내고 다녀야 하는 사립학교는 예외다.

사립학교는 부유층 자녀가 누리는 특권이다. 좋은 교육시설에서 충분한 교육을 받는다. 주말에는 각종 취미 생활을 한다. 좋은 스포츠 클럽에서 테니스와 수영을 하기도 하고 골프장을 찾아 어린 나이에 일찍 골프를 배우기도 한다. 호텔을 이용해서 그들끼리 모임을 갖고 즐거운 시간을 함께 보내기도 한다.

옛날 우리 조상들이 여성은 가정교육으로 족하다고 생각한 적이 있었다. 남자는 열심히 서당에도 보내고 신식 교육이 들어왔을 때는 학교에도 보냈다. 그러면서도 여자의 경우는 많이 배우면 문제가 생기고 집안이 소란스러워진다고 여겼다.

딱 그 짝이다. 중미권 나라에서 교육에 적극적 투자를 하는 나라는 거의 없다. 서민이 많이 배우면 빈부차이나 신분 차별에 대한 반감이 커질 수 있다. 그로 인해 나라가 소란스러워진다는 생각을 지배층이나 기득권층이 하고 있는지 모른다. 빈약한 교육 투자의 내밀한 배경일 수 있다.

가난한 나라를 일으키기 위한 우리의 과거 노력과는 너무 다르다. 우리는 허리띠를 졸라매고 교육에 할 수 있는 모든 투자를 했다. 교육에 투자하지 않고 나라가 잘되기를 바라는 것은 몽상에 불과하다. 중남미의 소수 크레올 지배층은 교육 투자를 통한 부강한 나라 건설에 대한 열정도 없고 비전도 없다. 그들은 오래전부터 나라가 엉망이어도 이미 충분히 부와 권력을 대대로 누리고 있기 때문이다.

학제도 우스꽝스럽다. 초등학교, 심지어는 유치원에서부터 고등학교까지 남녀 공학으로 한 캠퍼스에서 교육을 받는다. 학교 시설을 분리해서 만들거나 필요한 적정 수의 교사를 확보할 돈이 없기 때문이다. 이런 환경에서 초중고 학생들에 대한 특색있는 교육은 사실상 불가능하다.

오전 수업이 끝나고 방과 후에는 청소년들이 마땅히 갈 곳이 없다. 부유층 자녀들은 예외다. 각종 스포츠와 오락을 즐길 수 있고 모임을 가질 수 있는 장소가 있기 때문이다. 서민 자녀들은 집에서 공부하거나, 텔레비전 혹은 스마트폰으로 무료한 시간을 보내야 한다. 가족 생계를 위해서 일할 자리를 찾아 푼돈에 몸과 시간을 맡기는 경우도 많다.

10대 임신이나 조혼이 많은 배경은 그런 교육 현실과 관련이 있다. 무료한 시간을 벗어날 방법이 별로 없다. 스트레스가 많은 그들에게 이성에 대한 호기심이나 욕구가 강하게 나타나는 것은 자연스러운 현상이다. 일찍 이성을 사귀게 되고 10대의 혼전 임신이 많을 수밖에 없다.

그래서 엘살바도르와 중미권에서 10대 임신율과 사산율이 매우 높다. 이혼율도 높다. 쉽게 만났다가 싫어지면 그냥 갈라선다. 갈라서면 아이는 여자 쪽이 맡아 기르는 것이 보통이다. 요즘은 우리나라에서도 많이 희미해져 가고 있지만, 중미권의 가난한 서민층에서 결혼하기 위해 부모나 양가의 동의, 결혼 예식 등의 절차는 별로 의미를 지니지 않는다. 서로 눈이 맞으면 그것으로 족하다.

인색한 교육 투자로 인해 야기되는 청소년 문제는 갈수록 심각해지고 있다. 충분한 교육과 안전한 사회, 일할 수 있는 산업체가 절실하다. 그러나 부유층과 지배층은 그런 절실함을 아예 모른다. 그래서 빈곤의 악순환 고리를 끊을 수가 없는 현실이다. 엘살바도르에 근무하면서 가장 마음을 아프게 한 현상 가운데 하나였다.

렌따

●●●●

'렌따Renta'를 우리 말로 하면 자릿세나 영업세라고 할 수 있다. 국가가 징수하는 세금이 아니다. 상인들이나 업자로부터 갱단이 뜯어 가는 돈이다. 엘살바도르에만 있는 현상이 아니다. 중남미 어디서든 렌따가 있다. 과거 한국에도 있었다. 작은 나라 엘살바도르에서 매년 갱단이 뜯어 가는 렌따는 경제 규모에 비하면 천문학적인 돈이다.

악명 높은 두 개의 갱단 조직인 MS13과 Barrio18이 서로 혈투를 벌이는 이유 중 하나가 렌따다. 렌따를 뜯을 수 있는 관할 구역을 확보하기 위해서다. 그 두 조직은 전국적 조직을 유지하고 있다. 두 갱단 조직이 이권을 놓고 서로 죽이고 죽는 살인이 엘살바도르 전체 살인 건수의 절반에 해당한다.

2022년 1월 엘살바도르 유력 신문이 렌따의 구조와 액수에 대해 매우 상세한 기사를 실었다. 대단히 용감한 기사였다. 그런 기사를 실으면 취재기자나 신문사 편집장 혹은 사주는 생명의 위협을 감수해야 한다. 물론 취재기자의 이름은 밝히지 않았다. 그런 취재를 허용한 신문사 경영진이 있다는 것이 그나마 다행이다. 어둠 속의 빛과 같은 존재들이다.

갱단의 조직은 군대 조직과 비슷하다. 전국을 관장하는 총사령관 격인 두목이 있고, 그 두목 아래 마약, 밀수, 총기, 렌따 등을 책임지는 분야별 책임자가 있다. 그리고 분야별 책임자 아래는 광역과 소규모 지역을 관장하는 2단계의 지역별 책임자가 있다. 책임자 아래는 이른바 행동대원 조직이 있다.

신문 기사에 의하면, 2021년에 갱단이 버스 업자들에게 뜯어 간 렌따만 해도 무려 1천2백만 달러가 넘는다고 했다. 우리 돈으로 130억이 넘는 돈이다. 인구 7백만 명 정도인 작은 나라에서 버스 업자들에게 뜯어낸 것으로는 천문학적 금액이다.

택시 영업을 하는 업자도 예외가 아님은 물론이다. 심지어 오토바이를 타고 다니는 사람들도 지역에 따라 일부 렌따를 낸다고 한다. 그 신문 기사에 의하면, 영업 면허를 행정기관에서 받으면 그것으로 되는 것이 아니다. 지역 갱단과 렌따를 약정하고 갱단의 영업허가를 받아야 영업을 할 수 있다. 법치 국가에서 어떻게 이런 일이 있을 수 있는 것인지 상상을 초월하는 얘기다.

치안이 확보된 수도 산살바도르 시내를 제외한 지역에서는 시장이나 거리 상가에서 영업하는 가게나 식당은 갱단이 정한 소정의 렌따를 매달 지불해야 한다. 산살바도르 시내의 재래시장 센뜨로에서 장사하는 상인들도 예외가 아니다. 그렇지 않으면 영업을 할 수 없거나 살해 위협에 시달리기 때문이다.

전국적으로 뜯어 가는 렌따의 총액이 매년 얼마인지는 아무도 모른다. 해당 신문 기사도 거기에 대해서는 가히 천문학적이라는 표현을 쓰고 있을 뿐이다. 천문학적이라면 도대체 얼마나 될까. 한 업계에서 뜯어 가는 규모가 1천만 달러를 넘는다고 하면 아마도 수억 달러는 거뜬히 넘을 것이라는 추산이 가능하다.

나는 대사로 있는 동안 우리 교민이 운영하는 사업체를 시간이 나는 대로 방문했다. 사업의 형태도 파악하고 애로점은 없는지 알아보기 위해서였다. 대사가 직접 찾아온 것은 처음이라면서 모두 반가워했다. 기념사진도 찍고 이런저런 애환이나 성취감을 듣기도 했다.

교민 가운데서도 갱단에게 렌따를 주어야 하는 분들이 있었다. 가장 기억에 남는 분이 있다. 산살바도르 외곽 지역에서 의류 제조업을 하는 우리 교민이다. 직원이 3백 명에 이르는 제법 큰 규모의 사업이었다. 한 달에 5백 달러씩 렌따를 주고 갱단이 추천한 사람을 경비로 쓰고 있다고 했다. 경비는 사실상 갱단원이다. 안타까웠다. 그러나 해결할 방법이 없었다. 그야말로 주먹은 가까이에 있고 법은 멀어도 너무 멀리 있었다.

위험을 무릅쓰고 렌따를 거부한 교민도 있었다. 산살바도르 재래시장인 센뜨로에서 잡화점을 큰 규모로 운영하고 있다. 남미에서 사업을 하다가 엘살바도르로 옮겨 온 사람이다. 건물을 사서 영업을 시작했는데 갱단원이 찾아오기도 했고 가게에 메모를 보내기도 했다. 렌따를 내라는 거였다. 거부하자 살해 위협도 있었다. 간이 매우 큰 사람이다. 끝까지 못 낸다고 버티자 갱단도 포기했다. 갱단이 포기한 데는 외국인이라는 점도 작용했을 것이라고 했다.

갱단의 조직은 방대하다. 두 갱단 조직의 숫자가 6만 명에 달한다. 경찰과 군병력을 합쳐도 2만5천 명에 불과하다. 6만 명 전체가 행동할 수 있는 숫자는 아니다. 가족이 모두 이름을 올린 경우가 많기 때문이다. 그럴지라도 갱단의 위력을 짐작할 수 있다. 갱단원 전체가 총기를 소유하고 있는 것도 아니다. 전체 인원의 5~10% 정도가 총기를 소지하고 있다. 그래도 그 수는 대단한 규모다.

갱단 조직이 그처럼 큰 것은 가난이 원인이다. 일하려고 해도 고용해 줄 곳이 없다. 먹고 살아야 하는 절박함 앞에서 갱단의 유혹을 뿌리칠 수가 없다. 일단 갱단원이 되면 가족을 부양할 수 있다. 살인이건 강탈이건 시키는 일을 하면 생계는 보장되기 때문이다. 생존이란 현실적 문제 앞에서 어둡고 불안한 미래를 받아들이는 사람들이다.

중·고교 학생들이 종종 실종된다. 갱단의 눈에 들어 납치되기 때문이다. 살해 협박을 가하거나 그늘을 타락시켜 갱단 조직에 가담시킨다. 경찰이 찾아서 가족에게 돌려보내도 이미 그들은 조직을 떠날 수 없는 상태가 대부분이다. 갱단원 가운데는 신규 경찰 모집에 응시해서 경찰이 되기도 한다. 경찰 내부에서 스파이로 활동하면서 여러 정보를 갱단으로 넘기는 역할을 한다.

정부는 무엇을 하고 있는지 알 수가 없다. 대통령 선거가 있을 때마다 치안 확보가 주요 공약이 되곤 했지만, 공약대로 실천하는 대통령은 없었다. 대부분 선거에서 우선 이기기 위해 뒤로는 갱단과 협상을 했기 때문이다. 갱단이 장악하고 있는 시골 지역에서 갱단의 협조 없이는 표를 얻기가 매우 힘들다.

내가 대사로 있을 때도 마찬가지였다. 총선과 지방선거를 앞두고 정부가 갱단과 협상했다는 것이 주재국의 용감한 언론에 의해 밝혀졌기 때문이다. 미국도 갱단과 협상한 정부 인사들을 밝히고 제재 명단에 그들을 올렸다. 새로 생긴 여당이 국회에서 다수 의석을 얻을 수 있도록 지원하기 위해 정부 인사가 협상에 나선 것이다. 갱단의 협력을 받아서인지 신생 여당은 전체 의석의 3분의 2를 얻는 압승을 거두었다. 지방선거에서도 물론 압승했다.

백인 중심의 소수 지배층이 벌이는 권력 투쟁에서 국가나 국민의 안위는 별로 안중에 없다. 깨어있지 못한 국민은 그들에게 이용당하는 도구일 뿐이다. 악순환은 오늘도 계속된다. 이런 문제를 안고 있는 중남미 국가의 미래가 밝을 수 없다. 정치권력의 부정부패와 가식적 민주주의가 해소되기 위해서는 대중이 깨어나야 할 텐데 그럴 기미는 보이지 않기 때문이다.

갱들의 혈투

●●●

중남미의 치안 불안은 정도의 차이만 있을 뿐 거의 비슷하다. 어디는 안전하고 어디는 불안하다는 식의 구별은 힘들다. 멕시코에서부터 브라질과 칠레의 끝까지 치안이 안전한 곳은 한 나라도 없다. 한군데 예외가 있다면, 오랜 사회주의 독재 체제인 쿠바가 있을 뿐이다.

각국의 범죄 통계를 보면 살벌하다. 어디든 날마다 살인, 납치, 강도, 마약과 불법 총기 거래 등 심각한 범죄가 상당수 발생한다. 엘살바도르는 강력 범죄가 약간 더 많은 나라일 뿐이다. 갱단 조직에 이름을 올린 것만 해도 전체 경찰의 인원보다 2배를 웃돈다. 미국 트럼프 대통령이 멕시코 방면의 국경을 폐쇄하면서 언급했던 갱단 MS-13이나 R-18은 그 조직의 뿌리를 엘살바도르에 두고 있다.

그렇다고 엘살바도르에서 유독 범죄가 많은 것처럼 알려진 것은 과장된 것이다. 중남미의 치안 문제는 도토리 키재기 식으로 별 차이가 없다. 그런데도 엘살바도르 범죄가 유독 심각한 것으로 우리에게 알려진 것은 우리나라 대표 방송인 KBS의 무분별한 보도 탓도 적지 않다.

마치 사람이 살 수 없을 정도로 갱단의 범죄가 많은 국가처럼 과장 보도했기 때문이다.

좀 성격이 다른 비교지만, 우리나라에서 일어나는 자살과 비교해 보면 어떨까. 자살률은 우리나라의 부끄러운 단면이다. OECD 국가에서 자살률이 가장 높다. 일일 통계를 평균 비교하면, 엘살바도르의 살인과 납치 건수는 우리나라 자살 건수보다 적다. 이런 수치를 기준으로 어느 나라가 더 안전한 나라냐고 묻는다면 대답하기 난감할 것이다.

대부분의 살인은 서로 다른 갱단 조직이 이권이나 영역을 확대하려고 벌이는 다툼에서 일어난다. 일반인을 죽이는 살인은 그렇게 많지 않다. 범죄 현장을 본 사람이 갱단에 의해 살해당하는 경우도 종종 있다. 증거인멸을 위해서 현장을 본 사람을 죽이는 것이다.

대사로 있을 때, 인근 국가에서 한국대사의 현지인 운전기사가 살해당한 사건이 있었다. 대사를 관저에 내려주고 밖으로 나왔을 때, 몇 발의 총탄을 맞고 죽었다. 관저 앞을 지나면서 범죄 현장을 본 사람도 역시 총을 맞고 죽었다. 이 사람은 운이 나빠도 너무 나쁜 경우다.

비슷한 시기에 에콰도르 과야킬의 리토랄 교도소에서 하루에 118명이 살해당하는 끔찍한 일이 있었다. 교도소 내에 수감 된 갱단원들 사이에 죽이고 죽는 집단 살해극이 벌어졌기 때문이다. 나중에 밝혀진 수는 그보다 이십여 명이 더 많았다. 영화나 드라마에서나 가능한 일이 현실에서 벌어진 것이다. 전 세계적 뉴스가 되었음은 물론이다.

매년 중남미 국가들의 교도소에서 갱단원 사이의 싸움으로 수십 명 이상이 살해된다. 전국 규모로 계산하면 수백 명을 넘기고 중남미 국가의 전체로는 수천 명이 넘는다. 거짓말 같은 사실이고, 우리 상상을 뛰어넘는 얘기다. 우리나라 교도소에서 조폭 사이의 싸움으로 1명이라도 죽는다면 전국적 뉴스가 될 것이고 교정 책임자는 자리를 보존하기 어려울 것이다. 그러나 중남미 국가에서 갱단 사이의 싸움으로 몇 명 죽는 정도는 아예 뉴스거리가 되지 않는다.

엘살바도르 부켈레 대통령이 취임하고 나서 범죄와의 전쟁을 선포했다. 초기에는 강력했지만, 앞에서 얘기한 대로 총선과 지방선거를 앞두고 정부 인사가 갱단과 협상을 했다. 군대를 동원해서 많은 갱단원을 체포 수감했다. 그때 효과를 본 정책 가운데 하나가 갱단원의 조직을 구분하지 않고 같은 공간에 수감할 것이라고 발표한 것이다.

이 얘기는 교도소에서 다른 조직끼리 서로 죽이라는 얘기나 마찬가지다. 당시까지 갱단원을 수감할 때는 갱단 소속에 따라 다른 공간이나 장소에 수감했다. 서로 죽이는 것을 방지하기 위함이다. 교도소에 들어가면 언제든 죽을 수 있다는 공포감에 범죄율이 많이 떨어졌다.

갱단 조직 사이에 그처럼 큰 적대감이 존재하는 이유를 알 수 없다. 영역이나 이권을 침범한 다른 조직의 갱단원은 반드시 보복의 대상이 된다. 거리에서도 죽이고, 밤중에 집으로 찾아가 죽이기도 한다. 세계적인 명화로 남은 영화 〈대부〉는 마피아들의 이권에 얽힌 얘기를 배경으로 한다. 그 영화에 등장하는 살해나 폭력은 중남미 갱단의 상황을 놓고 볼 때 매우 점잖은 스토리에 불과하다.

한국의 조폭들도 과거 영역 다툼이 치열했다. 몽둥이와 칼을 휘두르면서 집단 난투극을 벌이는 폭력과 살상이 있었다. 영역 내 유흥업소 등의 이권을 챙기고 돈을 뜯기 위해서였다. 역시 중남미 갱단들의 잔혹한 싸움에 비할 바가 못 된다.

중미나 멕시코, 남미에서의 갱단원 간 혈투는 대부분 총기에 의한 범죄다. 단속하는 경찰도 보복의 대상이 되는 경우가 흔하다. 경찰 본인이나 가족이 살해되는 경우도 종종 있다. 그래서 경찰도 갱단을 체포 혹은 소탕하러 갈 때, 얼굴을 볼 수 없도록 검은 두건으로 가리고 가는 경우가 많다.

갱단들이 외국인을 죽이는 경우는 흔치 않다. 마약이나 매춘 거래가 있는 우범지역을 찾거나 혼자 밤길을 돌아다니는 외국인의 경우 금품을 뺏기는 경우가 종종 있다. 중남미 여행에서 주의할 점은 강도를 만났을 경우 얼굴을 보지 말라고 한다. 얼굴을 보면 강도가 증거인멸을 위해 죽이는 경우가 있기 때문이다. 외국인에 대해서는 뺏는 것으로 족하고 죽이는 경우는 흔치 않다. 외국인을 죽일 경우, 자칫 외교 문제로 번지거나 관광객이 줄어들 수 있다. 그렇게 되면 수사가 강력해지고 갱단에 큰 피해가 되기 때문이다.

엘살바도르에서는 없었던 일이지만, 외국인을 납치해서 돈을 요구하는 경우는 중남미나 멕시코에서 종종 일어난다. 멕시코나 아이티 등에서 우리 국민도 납치당하는 사건이 종종 있었다. 우범 지역이나 인적이 드문 곳은 찾지 않아야 하고 밤에 혼자 돌아다니는 것은 스스로 범죄의 대상을 자초하는 격이다.

무작정 떠나는 사람들

엘살바도르와 중미권, 멕시코에는 유독 실종자가 많다. 범죄가 주원인이다. 치안이 취약해서 살인이나 납치 같은 일이 많이 일어나기 때문이다. 납치된 남성들은 강제로 갱단원이 되기도 하고 여성들은 인신매매 조직단에 넘겨지기도 한다.

실종자 가운데는 실업과 극빈을 벗어나기 위해 무작정 미국을 향해 떠나는 사람도 많다. 가난에서 빠져나올 수 있는 길이 전혀 보이지 않는 상황에서 생각할 수 있는 유일한 돌파구다. 미국을 향한 중미권의 캐러밴이 생긴 배경이다. 그들은 목숨을 걸고 수백, 수천 리를 걷거나 차로 미국 국경 근처까지 가서 경계가 허술한 곳을 찾아 밀입국을 시도한다.

육로에 대한 차단과 경계가 심해지자 멕시코 해안에서 고깃배를 타고 나가 밤에 헤엄을 쳐서 상륙하기도 한다. 쿠바에서는 아예 삼사십 리나 되는 바다를 헤엄쳐 미국의 플로리다로 잠입한다. 매년 수백 명이 위험한 방법으로 밀입국을 시도하다 목숨을 잃는다. 가난을 벗고자 발버둥 치다가 맞는 비극이다.

실종되어 죽은 줄 알았던 가족에게 1년 혹은 몇 년이 지난 다음 살아 있음을 알리는 불법 체류자도 적지 않다. 그런 소식을 들은 가족은 두 번 운다. 납치 혹은 살해된 줄 알고 울었고, 살아 있음을 확인하고 또 운다.

미국은 매년 뒷마당인 멕시코, 과테말라, 온두라스, 니카라과, 엘살바도르로부터 밀려오는 밀입국자로 보통 골치가 아픈 것이 아니다. 매년 이들 나라로부터 1백만 명에서 1백8십만 명이 밀입국을 시도한다. 2021년에 체포된 숫자만 해도 1백66만 명이다. 첨단 과학기법의 감시망 때문에 밀입국에 성공한 숫자는 적어지고 있다.

그러나 가난과 폭력에서 벗어날 수 있는 유일한 희망을 향한 걸음은 그치지 않는다. 불법 이민자가 골칫거리지만, 미국은 그들이 없이는 안 되는 나라다. 저임금으로 온갖 험한 일을 그들이 하고 있기 때문이다. 미국의 2020년 인구 통계를 보면 백인이 58%, 흑인이 12%, 그리고 라틴계 히스패닉이 19%다. 라틴계 히스패닉의 상당수가 불법 이민자 출신이다.

엘살바도르 출신 히스패닉도 미국에서 거의 3백만 명에 가깝다. 거의 3분의 1에 해당하는 수는 불법 체류자 신분이거나 한시적 체류 허가자TPS: Temporary Protected Status다. 미국에서 우리 교포가 가장 많이 사는 로스앤젤레스의 한인타운 바로 옆에 살바도란 커뮤니티가 있다.

미국에 합법이든 불법 체류든 가족을 두고 있지 않은 살바도란 가정은 없다고 해도 과언이 아니다. 우리 대사관의 현지인 직원 가운데도 밀입국으로 미국에 형제자매를 두고 있는 사람이 두 사람이나 있었다. 나하고 친한 유력한 중진 국회의원도 젊은 시절 미국에 밀입국해서 불법 체류하다가 체포되어 강제 송환된 적이 있다. 그 전력으로 인해 그는 국회의원 신분이면서도 미국 방문이 허용되지 않는다.

미국에서 청소, 건설 노동자, 쓰레기 수거 등 온갖 힘든 바닥 일을 하는 사람의 대부분이 히스패닉 출신들이다. 특히 미국에서 불법 체류 신분인 히스패닉들은 최저 임금에도 미치지 못하는 임금을 받고 온갖 힘들고 거친 일을 하고 있다.

그래도 그들은 행복하다. 불법 체류 신분이라는 불안감은 늘 따라다니지만, 돈을 벌어 가족에게 보낼 수 있기 때문이다. 자기 나라에서는 하루 내내 중노동을 해야 벌 수 있는 돈을 미국에서는 단 두 시간이면 벌 수 있으니 그들에게는 큰 기쁨이 아닐 수 없다.

엘살바도르 전체 인구 7백만 명 중 25%가 미국에서 보내오는 가족의 송금에 의존해서 살고 있다. 중남미 국가 가운데 살바도란은 가족의 유대가 강하기로 유명하다. 엘살바도르에 송금해오는 금액은 2021년도에 74억 달러로 엘살바도르 전체 GDP의 24%에 해당한다. 미국에서 오는 송금이 없다면, 나라도 국민도 유지 될 수 없는 형편이라고 해도 과언이 아니다. 미국이 원조를 제공하면서 강력한 국경 단속을 요청에도 엘살바도르 정부가 미국을 향해 무작정 떠나는 살바도란들을 방치하는 이유다.

_ 서민 주택들

2021년 미국 남서부 국경에서 밀입국을 시도하다 체포된 인원은 166만 명이다. 그 가운데 멕시코 출신이 60만, 과테말라 28만, 온두라스 31만, 엘살바도르 출신이 9만6천 명이다. 체포되지 않고 밀입국에 성공한 사람의 수는 얼마인지 모른다. 엘살바도르에서만 매일 3백 명이 나라를 떠나고 있는 셈이다.

가족의 생계를 위해서, 그리고 미래의 희망을 찾아 무작정 떠나는 사람들은 대부분 미국 땅을 밟기도 전에 체포되어 강제 송환된다. 그 가운데 다시 밀입국을 시도하는 사람도 상당수다. 국민이 죽음을 무릅쓰고 미국을 향하지만 정작 중미 국가는 무덤덤하기만 하다. 마치 당연한 현상인 것처럼 여긴다.

미국은 밀입국을 막기 위해 원조를 미끼로 대책을 강구할 것을 요구하곤 한다. 그러면 해당 국가는 미국의 지원을 받기 위해 정책을 만드는 시늉만 할 뿐이다. 밀입국을 시도하는 사람이 많은 것도 나쁘지 않다는 속내도 있다. 자국 내의 높은 실업 문제나 미국으로부터 보내오는 송금을 생각한다면 긍정적 측면이 있기 때문이다. 생계를 위해 갱단원이 되는 것보다 미국행을 택한다면 이 또한 매우 긍정적이다. 무책임한 지도자와 정부는 목숨까지 걸어야 하는 무작정의 길을 국민에게 '갈 수 있으면 가라'고 방치하고 있는 것이 중미의 현실이다.

제3장

실패와 좌절

일해서 가족의 생계를 부양할 수 있다면 그들은 행복하다.

성인 로메로 신부

1980년 3월 24일, 엘살바도르에서 한 신부가 미사를 집전하던 중 암살조 군인의 총격을 받고 현장에서 순교했다. 그의 나이 53세였다. 가톨릭 교구병원의 예배당에서 환자들을 위한 미사를 집전 중이었다. 그가 바로 엘살바도르인은 물론이고 전 세계 가톨릭계에서 성인Saint으로 추앙받는 오스카 로메로Oscar Arnulfo Romero 신부다.

"교회의 사명은 가난하고 억압받는 사람들과 함께하면서 그들에게 희망과 구원을 제시하는 것이다."

그의 종교적 신념은 그가 한 이 말에 다 들어있다. 그는 신념을 실천하면서 희생의 길을 택했다.

엘살바도르는 지금도 가난과 범죄, 정치적 부패, 빈부 격차의 심화로 장래가 보이지 않지만, 로메로 신부가 활동했던 시절은 군부독재로 인해 지금보다 더 암울했던 시기다. 그는 약자들의 인권과 생계 보호를 위해 군부독재에 저항했다. 권력을 쥔 군부 세력에게 눈엣가시와 같은 존재였다. 그러나 그는 억눌린 살바도란에게는 유일한 희망의 빛이었다.

1980년 3월 30일, 그의 장례미사에는 25만 명의 군중이 모여들었다. 라틴아메리카에서 단일 행사에 참가한 군중 규모로는 지금까지 깨지지 않는 기록이다. 대부분이 살바도란이었지만, 중남미, 그리고 세계 도처에서 그의 죽음을 애도하는 사람들도 달려왔다.

엘살바도르인은 그날을 매우 슬픈 날로 기억한다. 희망의 빛이던 그를 떠나보낸 장례일이기도 하거니와 또 그날은 50여 명이 총탄을 맞고 죽은 날이기도 하기 때문이다. 상상을 뛰어넘는 수많은 군중이 모이자 위기를 느낀 군부정권이 강제 해산을 시키기 위해 발포를 한 것이다.

로메로 신부의 장례일 참극은 그동안 억눌려왔던 민심의 항거를 폭발시켰다. 반정부 폭동과 내전이 시작된 것이다. 군부정권 중심의 우파와 민중 중심의 좌파가 벌인 내전은 무려 12년 동안이나 계속되었다. 무수한 사람이 죽고, 나라의 모든 에너지는 고갈되고 말았다.

나는 어느 날 로메로 대주교가 총탄을 맞은 현장을 찾았다. 이방인이지만, 그를 추모하기 위해서였다. 그의 종교적 양심, 가르침, 그리고 대주교이면서도 가난한 삶을 살면서 서민의 애환을 잊지 않았던 그의 위대한 정신이 나를 그곳으로 불렀다.

총 맞은 현장에 앉아 그를 추념했다. 그는 대주교로서 누릴 수 있는 모든 것을 포기하고 오직 성직자의 사명에만 충실했다. 침대도 거부하고 마룻바닥에서 잠을 잘 정도로 철저히 서민의 삶을 살았다. 총구멍과 선혈 자국이 선명한 그의 미사 복식이 무언가를 웅변하고 있었다.

그의 유품을 모아놓은 기념관은 그의 삶처럼 소박하고 단출했다. 입구에는 두 평 남짓의 작은 정원이 있고, 기념관 내부도 크기가 열 평이 넘지 않았다. 쓰던 안경과 만년필, 노트, 신부 복식, 컵 등 몇 가지 되지 않은 유품이 그가 어떻게 살았는지를 말해주고 있었다.

총 맞은 예배당, 기념관이 딸린 병원은 암 환자 전용으로 바뀌었다고 원장 수녀가 설명했다. 의사부터 청소원까지 모두 자원봉사자 중심으로 운영하고 있었다. 의지할 곳이 없는 가난한 말기 암 환자의 안식처였다. 로메로 신부의 종교적 신념이 그대로 묻어 있는 곳이다.

나는 원장 수녀와 의사의 소개로 병원 내부를 둘러보았다. 나를 안내한 의사는 개업의인데 일주일에 이틀 그곳에서 자원봉사를 하고 있다고 했다. 침대 사이를 천으로 가림막을 치고 그곳에 환자들이 줄줄이 누워있었다. 시설과 의료 기구들 모두 빈약하기 짝이 없었다.

우리나라에서 현대식 병원을 지어줄 수 있었으면 좋겠다는 생각이 들었다. 지금의 부지에다 5백만 달러, 50억 원 정도만 지원해서 건물을 신축하면 그런대로 만족할 수준의 병원이 될 것이다. 우리나라가 후진국에 코이카를 통해 지원하는 수많은 사업 가운데는 별 효과도 없는 유명무실한 프로젝트가 제법 된다. 그런 프로젝트 하나에 수백만 달러에서 천만 달러를 넘는 금액을 퍼붓기도 한다. 성지라고 할 수 있는 그곳에 우리가 병원을 지어준다면, 매우 의미가 큰 사업이 될 것이라고 여긴다.

로메로 신부는 2018년 10월 로마 교황청 프란시스 교황에 의해 성인 Saint으로 추서되었다. 그는 죽지 않고 살아있다. 엘살바도르 국민의 마음속에, 로마 교황청에, 그리고 영국의 웨스트민스터 사원에서도 그는 살아 있다. 그는 여러 곳에서 지금도 매일 많은 사람을 만나고 있다.

나도 그를 만나고 또 나를 만났다. 그 앞에서 만난 나는 너무 초라했다. 내 삶은 덕지덕지 때가 묻고 헤진 누더기처럼 보였다. 내 삶의 남은 시간을 어떻게 살아야 할까를 물었다. 세속에 찌들어버린 나를 보고 그는 아무 말도 없었다.

나는 또 그를 만나기 위해 그가 누워있는 산살바도르 메트로폴리탄 성당Catedral Metropolitana de San Salvador을 찾았다. 꽤 규모가 큰 성당이다. 성당 안의 미사를 집전하는 곳 우측에 그가 묻혀있었다. 성당에 온 많은 사람이 그가 묻힌 곳을 찾았고 거기서 기도를 했다. 무슨 기도였을까. 나도 두 손을 모으고 머리를 숙였다. 기도라기보다는 로메로 신부가 생전에 추구했던 이상에 대한 추념이었다.

내전의 상처

엘살바도르에도 사회주의 바람이 거세게 분 적이 있다. 1920년대 말엽부터다. 당시 멕시코 등 중남미에 마르크스 레닌주의에 관심을 가진 사람들이 등장했다. 당시 제국주의가 만연한 침략의 역사를 배경으로 수백 년 동안 소수 크레올 중심의 국가는 다수 서민의 빈곤한 삶을 돌보지 않았다. 서민의 빈곤한 처지에 관심을 가진 소수 지식인이 유럽, 특히 러시아의 프롤레타리아 해방운동에서 큰 영향을 받았다.

마르크스 레닌주의자들이 1920년대 말엽부터 엘살바도르에서 활동을 시작했다. 그 가운데 대표적 인물이 파라분도 마르띠Farabundo Marti, 1893-1932다. 그의 이름이 사회주의 정당인 FMLNFrente Farabundo Marti para la Liberacion Nacional에 들어 있는 것을 보면 그의 이데올로기적 상징성을 짐작할 수 있다.

마르띠는 스페인계로 비교적 부유한 집안에서 태어나서 국립 엘살바도르대학에서 법학과 사회학을 전공했다. 멕시코와 미국, 영국을 여행하면서 그는 마르크스 레닌이 주창한 공산주의에 심취했다. 그는 공산주의야말로 그의 조국 엘살바도르의 억압받은 국민을 위한 유일한 해법이라고 여겼다.

마르띠는 엘살바도르에서 동지를 규합하고 농민운동을 조직하는 등 공산주의 이념 활동을 전개했다. 그런 활동으로 구속수감과 추방을 당하기도 했다. 그는 1930년 엘살바도르 공산당PCN: Partido Communista Salvadorano의 창당을 주도했다. 엘살바도르 공산당은 극좌 이념을 지향했다. 빈부의 극심한 차이, 식민과 약탈의 족쇄를 끊기 위한 선택이었다.

19세기 말엽부터 대규모 커피 농장을 조성하기 위해 권력을 쥔 부호들이 토착 농민들의 농토를 강제로 뺏기 시작했다. 농민들은 농지를 뺏기고 커피 농장의 싸구려 일꾼으로 전락했다. 소규모 땅이라도 가지고 있을 때보다 삶은 더 고단하고 피폐해졌다. 내일에 대한 어떤 희망도 보이지 않았다. 그런 농민들에게 마르띠와 공산당은 어둠 속의 빛처럼 보였다. 그는 좌절 상태에 있던 대중의 환호를 받으면서 일약 전국적 인물로 성장했다.

마르띠는 1931년 농민봉기를 조직했다. 군부독재를 깨고 새로운 지평을 열기 위해서는 대규모 민중봉기 외에 다른 대안이 없다고 생각했다. 농민을 중심으로 봉기가 전국 각 지역에서 시작했다. 군부정권은 무자비한 유혈진압으로 3만 명 이상이 살해된 참상이 벌어졌다.

1932년 1월 19일 그는 다른 주동자 2인과 함께 체포되고, 불과 2주가 채 지나지 않은 2월 1일 형장의 이슬로 사라졌다. 그는 죽을 때, "역사를 펜으로 쓸 수 없다면 총으로 써야 한다"는 말을 남겼다. 그 이후, 그는 엘살바도르 좌파의 순교자로 추앙되고 지금까지 사회주의 운동의 정신적 지주가 되고 있다. 군부독재의 잔혹한 탄압으로 인해 마르띠 이후 사회주의 운동은 크게 주춤할 수밖에 없었다.

1960년대 중반부터 겨우 명맥을 유지하고 있던 사회주의 좌파 운동이 다시 활기를 찾기 시작했다. 쿠바와 니카라과의 민중봉기와 무장 게릴라 운동에 영향을 받았기 때문이다. 1970년대에 엘살바도르에서 다양한 사회주의 좌파 활동이 조직되었다. 사회주의 무장 게릴라 조직도 등장했다. 그리고 1980년 10월 10일에는 사회주의 정당인 FMLN이 결성되었다. 당시까지 존재했던 5개 좌파 조직이 연합해서 정당을 만든 것이다. 파라분도 마르띠의 이름을 당명에 넣은 것은 그의 이념을 추종 계승한다는 의미를 지니고 있다.

FMLN을 창당한 5개 단체는 모두 지향하는 이념적 목표가 서로 달랐다. 극좌 민중봉기파에서부터 온건 합리적 사회주의 단체까지 있었다. 그들은 하나의 정당조직으로 흡수되기 전에는 서로를 적대시하는 심각한 갈등을 겪기도 했다. FMLN을 창당한 이후에도 그런 갈등은 쉽게 봉합되지 못한 채, 각기 다른 이념 지향에 따른 분파 행동을 취하기도 했다.

사회주의 무장 조직은 극우 군부독재의 폭압에 억눌렸던 민중이 가

세했다. 그들은 산발적으로 봉기를 일으키곤 했다. 봉기의 규모가 커지고 전국 지역으로 확산세를 보이자 군부도 군대와 보안군을 투입해서 대대적 탄압을 가하기 시작했다. 참혹한 12년 내전의 서막이 서서히 오르고 있었다.

미국은 엘살바도르에 좌파 공산 사회주의 정권의 등장을 극도로 경계했다. 우익 군부독재의 통치를 혐오했지만, 지원하지 않을 수 없었다. 그러나 한 번 번지기 시작한 봉기는 쉽게 진압되지 않았다. 정부군에 맞설 무장은 극도로 취약했지만, 조직된 노동자와 농민, 학생들의 힘은 무력에 의해서도 쉽사리 제압되지 않았다.

당시 엘살바도르인들의 정신적 지주로 추앙받는 인물은 가톨릭의 오스카 로메로Oscar Romero 대주교였다. 그의 전 생애는 언제나 핍박받는 고달픈 서민의 편에 서 있었다. 먹고 입는 것 모두 서민과 같았다. 앞에서 얘기한 대로 침대조차 사용하지 않고 예배당 바닥에 담요를 깔고 잤다. 성자의 생활이었다.

그는 미국의 지미 카터 대통령에게 서한을 보내 군사정권에 대한 지원을 중단하라고 요구했다. 미국의 지원이 부패한 정권의 기득권 유지에 이용되고, 살바도르인에 대한 억압과 살상으로 이어지고 있음을 지적했다. 사회주의 확산을 우려한 미국은 그의 얘기를 경청하지 않았다.

그는 정부군에 대해서도 봉기 진압을 명분으로 민간인에게 발포하라는 명령을 거부하도록 호소했다. 1980년 3월 24일 교회에서 미사를 집전하던 중 그는 민간인 복장을 한 세 명의 군인들에 의해 총탄을 맞고 생을 마감한다. 이 사건은 민중봉기에 불을 지른 격이었고, 엘살바도르를 걷잡을 수 없는 내전으로 몰고 갔다.

공산 사회주의 좌파의 연합정당인 FMLN은 민중의 폭동을 조직, 선동하고 무장 게릴라를 편성해서 정부군과 전투를 시작했다. 12년 내전을 본격화한 것이다. 그러나 무장도 변변치 않고 전투 경험도 없는 게릴라 부대가 정부군을 이기는 것은 불가능했다.

결국, 사회주의 좌파와 게릴라들은 산속으로 은신처를 옮길 수밖에 없었다. 그리고 투쟁 방식을 단기전에서 장기전으로 바꿨다. 무기 수리소를 만들고 부상당한 전투원을 위해 후송병원도 지었다. 지역마다 비밀 세포조직을 만들고 게릴라 전투부대를 다시 편성했다. 전투 지휘계통도 만들어 지역에 산재한 게릴라 부대와의 연계도 도모했다.

세포조직과 게릴라 전투부대의 연대를 위한 수단이 필요했다. 정부군은 독점한 전파를 통해 대대적으로 선전전을 폈다. 국민을 겁박하기도 하고 좌파들이 모조리 소탕되는 것처럼 방송을 이용했다. 이에 대한 대응으로 좌파들도 두 개의 라디오 방송을 만들어서 선전과 전투에 활용했다.

미국은 우익 군부독재 정부를 지원했고, 쿠바와 니카라과는 사회주의 좌파를 지원했다. 초기에는 정부군이 이기는 듯했지만, 전투가 장기전으로 되면서 FMLN은 꾸준히 장악 영역을 넓혀갔다. 우익 정부군은 미국의 강력한 군사 지원에도 불구하고 민중의 지지를 업은 좌파 세력을 이길 수가 없었다.

1992년 평화협정이 체결되기까지 양측은 지역을 뺏고 뺏기면서 비참한 살상을 계속했다. 수많은 무고한 생명이 희생되었다. 대략 3만 명의 전투 요원이 죽었고, 4만5천 명의 민간인이 희생되었다. 1만 명에 가까운 실종자와 50만 명의 난민이 엘살바도르를 떠나 인접 나라들로 흩어져 들어갔다. 지금 유럽의 여러 나라에 있는 엘살바도르 출신들은 모두 내전을 피해 멀리 떠난 사람들이다.

유엔의 진실 위원회Truth Commission가 조사한 바에 의하면, 내전 기간 중 민간인 희생자의 85%가 정부군에 의해서, 그리고 5%가 FMLN에 의해서 살해된 것으로 조사되었다. 12년 내전이 남긴 상처는 지금까지 치유되지 못하고 엘살바도르가 풀어야 할 과제로 남아있다.

사회주의 좌파의 실패

1989년 민중의 지지에 자신감을 얻은 FMLN은 내전 종식을 위한 제안을 했다. 미국과 엘살바도르의 군부가 이 제안을 받아들여 9월 워싱턴에서 첫 회담이 열렸다. 그리고 1990년 페레즈Perez 유엔 사무총장 입회하에 제네바 합의Geneva Agreement를 통해 내전 종식을 위한 쌍방의 이행 절차를 담은 합의에 이르렀다. 하지만 회담이 열리는 동안에도 전투는 계속되었다.

1992년 1월 16일 멕시코 차뿔떼뻭Chapultepec에서 마침내 평화협정Peace Accords가 체결되었다. 이 협정은 다음의 두 가지를 핵심으로 하고 있다. 첫째는 군부독재를 청산한다는 것이고, 둘째는 FMLN이 합법적 정당으로 정치권에 들어온다는 것이다.

FMLN이 합법적 정당으로 탈바꿈하는 데는 상당한 진통이 수반되었다. 5개의 무장 게릴라 단체를 해산하고 FMLN에 합류하는 방식과 이념 설정을 두고 서로 견해를 달리했기 때문이다. 산고를 거듭한 끝에 평화협정 체결 3년 후인 1995년에 개최된 전당대회에서 간신히 최종 합의에 이르렀다.

FMLN의 정치권 진입의 첫 번째 시험대는 1994년에 실시된 대통령 선거였다. 내부 파벌 간의 합의를 거쳐 루벤 자모라Ruben Zamora를 후보로 선출했다. 그는 해방신학을 전공한 자로 일찍부터 농민운동에 투신했고, 1980년에는 FMLN의 5개 축 가운데 하나인 민주혁명전선FDR을 창설했던 인물이다.

자모라는 31.7% 득표로 상대 후보인 우파 ARENA 당의 아르만도 깔데론Armando Calderon 후보에게 크게 패했다. 같은 해에 실시된 총선에서 FMLN은 전체 의석 84석 가운데 21석을 얻어 의회에 정착했다. 그러나 기대에 미치지 못했다. 민중의 큰 지지에도 불구하고 4분의 1 의석에 그친 것은 정당 내부의 분파에 따른 갈등이 정리되지 않은 탓이었다. 국민은 지지할 준비가 되어 있었지만, FMLN은 그런 국민의 지지를 담아낼 수 있는 상태가 되지 못했다.

FMLN이 지향해야 할 노선을 두고도 갈등과 충돌이 반복되었다. 극좌파에서 중도 좌파에 이르기까지 이념적 스펙트럼이 넓었기 때문이다. 지향할 이념적 좌표를 두고 치열한 내부투쟁을 거쳐야 했다. 2000년 실시된 전국대회에서 유럽식의 사회민주주의Social Democracy를 FMLN의 이념적 좌표로 설정했다. 극좌를 배제하고 온건 합리적 사회민주주의를 채택했다. 엘살바도르를 위해서뿐만 아니라, 인접 중미 국가와 미국을 위해서도 매우 다행스러운 일이었다.

FMLN은 2009년 3월 대선에서 마우리시오 푸네스Mauricio Funes를 당선시키고, 같은 해 실시된 총선에서도 절반 의석인 42석을 획득해서 마침내 집권 세력이 되었다. 푸네스는 기자와 언론인 출신으로 무장 게릴라 출신이 아니었다. 부통령 러닝메이트는 교수와 게릴라 사령관 출신인 산체스 세렌Sanches Seren이었다.

그리고 2015년 대통령 선거에서 FMLN은 부통령이던 산체스 세렌을 후보로 내세워 다시 승리했다. 반군 게릴라 사령관이던 그가 대통령이 된 것이다. FMLN의 집권 배경에는 1989년부터 2009년까지 집권했던 보수 정당인 ARENA의 부정부패와 실정이 큰 몫을 차지했다.

그러나 FMLN의 10년 집권은 과거 그들이 타도를 외쳤던 군부와 우익정당의 부정부패를 그대로 답습했다. 두 대통령 모두 재임 시 부패혐의로 임기가 끝나자마자 해외로 도피해야만 했다. 두 사람 모두 횡령액이 3억 달러를 넘는다. 작은 나라에서 이 정도의 금액을 횡령했다면 그 부패가 어느 정도인지 능히 짐작할 수 있다. 좌파가 썩으면 더 악취가 심하다는 얘기를 그들이 증명한 셈이다.

마우리시오 푸네스나 산체스 세렌 두 사람은 손자 손녀들까지 데리고 모두 니카라과로 망명해서 그곳 국적을 취득해 잘살고 있다. FMLN은 집권 기간 의회 제1당이었지만, 2021년 3월 총선에서는 84석 가운데 겨우 6석으로 명맥을 유지하는 데 그쳤다. 목숨을 바쳐 함께 투쟁했던 민중을 부정부패로 철저히 배신한 결과였다.

대통령과 각료, 의원들 대부분이 백인 피를 이어받은 크레올이다. 군부독재를 했던 인사들도 그렇고 반대 투쟁했던 사회주의 좌파 지식인, 게릴라를 지휘했던 인사들도 모두 크레올이다. 그들만의 리그에 농민과 서민들은 단순히 동원된 도구에 불과했다. 불쌍한 도구들이 수많은 희생을 했지만, 그들에게 돌아온 것은 아무것도 없었다. 침략과 수탈, 노예의 역사는 지금도 변하지 않고 계속되고 있다.

희미한 민족주의와 정체성

중남미 국가에서 민족주의Nationalism나 정체성National Identity을 찾기란 어려운 일이다. 전혀 없다는 얘기가 아니다. 형식적이고 희미하다는 얘기다. 민족주의는 국가를 구성하고 유지, 발전시키는데 핵심적 요체라고 할 수 있다.

정체성은 민족주의의 핵심이다. 정체성은 혈연이나 언어, 역사와 문화를 토대로 같은 민족이라는 의식을 형성한다. 민족주의는 수구적 혹은 폐쇄적 이데올로기로 이용되어 인류사에서 전쟁과 침략이라는 불행을 초래하기도 했다. 그러나 민족주의는 국민의 결속력과 의지를 집합시켜 국가를 발전시키는 원동력이기도 했다. 따라서 정체성이나 민족주의가 존재하지 않는 국가가 부강해질 수 없음은 역사가 증명한다.

그렇다면 왜 중남미에서 그런 정체성과 민족주의를 찾아볼 수 없는가? 혈연이나 언어, 역사와 문화에서 동질성을 찾기 어렵기 때문이다. 중남미 국가는 브라질이 포르투갈어를 사용하고는 있지만, 기독교와 스페인어라는 공통분모가 있다. 그러나 그것만으로 정체성을 확인하기란 어렵다.

중남미 국가에서 민족주의가 성장할 수 없는 배경에는 두 가지 요인이 있다. 하나는 인디오라는 뿌리가 사라지고 메스티소라는 혼혈이 탄생했기 때문이다. 그리고 다른 하나는 혼혈을 지배하는 크레올이 수백년 동안 지배구조를 형성하고 있기 때문이다크레올은 중남미에서 태어나고 성장한 백인계를 말한다.

중남미 대륙에서 혼혈 인구의 압도적 다수를 이루는 메스티소도 혼혈의 정도와 그 피의 뿌리에 따라 서로 다르다. 같은 메스티소로 분류되지만, 백인의 피가 5% 정도 섞인 사람도 있고 90%인 메스티소도 있다. 백인계 피의 뿌리도 스페인계를 비롯한 독일, 이탈리아, 영국 등 다양하다. 자신의 혈통을 기억하는 메스티소는 거의 없다. 피의 다원적, 다층적 구조를 지니고 있고, 그에 따라 외모도 각기 차이가 있다.

창조주가 인류를 만들 때, 이런 진화를 예상했을지 의문이다. 남미좌파 포퓰리즘의 대표적 인물로 부국 베네수엘라를 파산시킨 사람이 우고 차베즈다. 그는 남미 원주민인 인디오, 스페인, 그리고 아프리카, 세 인종의 피가 섞인 혼혈이다. 그의 머리는 곱슬로 아프리카, 피부는 인디오, 생김은 스페인계의 혈통을 이었다. 이런 메스티소가 자기 뿌리가 어디라고 생각할지 궁금하다.

우리나라와는 비교할 수 없는 피와 외모의 구성이다. 우리는 단일 민족으로 오랜 역사를 함께 쓰면서 살아왔다. 한반도에서 같은 문화와 언어를 공유하면서 함께 살아온 단일 혈족이고 민족이다. 이런 정체성으로 마음을 하나로 모아 나라를 지키고 발전시키기 위해 노력해왔다.

중남미 국가에서 우리가 지닌 그런 정체성이나 민족주의를 찾기란 불가능하다. 16세기 이후 스페인과 유럽에서 건너온 침탈 이민자들과 원주민 인디오 사이에 종족, 문화, 역사, 언어 등 핵심적 요체들이 서로 섞이고 얽혀있기 때문이다.

소수 크레올 중심의 부와 권력의 독점, 그리고 부와 권력의 세습도 민족주의가 성장하길 어렵게 만든 요인이다. 백인계 크레올의 분포는 나라마다 다르다. 중앙아메리카에서 코스타리카가 40%로 가장 높고 엘살바도르는 12% 정도다. 과테말라 17%, 벨리즈 5%, 온두라스 1%, 니카라과 6%, 그리고 파나마가 16% 정도로 조사되고 있다. 이 통계는 2016년 조사Latin Barometer Survey에서 응답자들이 자신에 대해 갖는 인식을 토대로 하고 있다. 중미권에 사는 인종은 메스티소Mestizo, 크레올Creole, 원주민Native, 흑백 혼혈Mulatto, 흑인Black, 기타Other로 분류된다.

중남미의 역사는 침탈과 식민의 역사다. 1492년 콜럼버스가 아메리카 대륙을 발견하고 1504년에 스페인의 에르난 코르테스Hernan Cortes가 침략의 역사를 시작했다. 처음은 스페인이, 뒤이어 유럽에서 온 침략자들이 원주민인 인디오를 죽이거나 노예로 삼고 토지 등 모든 것을 착취했다. 그 토대 위에서 나라가 형성되고 권력과 사회질서가 만들어졌다.

중남미 국가들의 성립과 독립은 원주민과는 사실 별 관계가 없다. 그들은 오직 수단이었을 뿐이다. 유럽의 이민자들이 미국을 세우고 영국으로부터 독립을 쟁취한 것처럼 중남미에 진출한 백인들이 나라를 세우고 독립을 쟁취했기 때문이다. 그들이 침탈로 얻은 권력과 부가 대대로 세습되어 올 수 있는 배경이다.

그런 역사적 배경 때문에 중남미의 백인인 크레올들은 서구의 백인들과 의식구조가 다르다. 자기중심적 합리주의가 매우 강하다. 비록 법률적으로는 주권재민의 민주정체를 선언하고 있지만, 나라와 국민, 민주와 인권 모두 자신들 중심이어야 한다는 의식을 지니고 있다. 그래서 지배층을 구성하고 있는 크레올은 자신들의 특권을 당연한 것으로 여긴다. 법적으로 특권은 어디에도 존재하지 않는다. 그러나 자신들의 우월성, 부와 권력의 독점, 특권의식, 사회적 차별은 당연한 것으로 그들의 의식 속에 자리하고 있다.

백인으로 매우 유식하고 인품이 좋을 뿐만 아니라, 사회적 지위도 높은 인사가 호숫가에 있는 그의 아름다운 별장으로 우리 부부를 몇 차례 초청했다.

주말에 초청을 받은 우리 부부가 그 인사에게 관저 요리사와 함께 참석하겠다고 했다. 아내가 요리사도 관저에서 심심하니 같이 가야 한다고 했다. 내가 요리사를 데리고 가겠다고 했더니 그 인사는 정중하게 우리 부부만 오라고 했다. 우리와 자기 친구들이 어울리는데 어떻게 요리사가 함께할 수 있겠느냐는 것이었다. 결국, 우리 부부만 참석할 수밖에 없었다. 도착해 보니 백인 세 커플이 기다리고 있었다.

상류층이 사는 저택에는 아예 하인과 같은 메스티소 두세 사람이 함께 살면서 하인처럼 집안일을 한다. 그리고 비싼 아파트에는 가정부들이 아침이면 줄지어 출근한다. 그들은 출입구에서 경비들에 의해 핸드백 등 소지품 검색을 받는다. 퇴근할 때도 마찬가지다. 심각한 인권침해지만, 그들은 당연하게 여긴다.

중미권에서 저소득층은 정치나 투표에 별로 관심이 없다. 하루하루 생계유지가 그들의 관심사일 뿐이다. 그러니 돈과 물품, 향응과 선동이 먹히는 게 현실이다. 자발적으로 투표장에 나가는 사람들은 그래도 의식이 있는 사람들이다. 권력을 놓고 다투는 지배층이 얄팍한 금품으로 유권자를 동원하기에 딱 좋은 여건이다.

메스티조가 압도적 다수를 이루고 있지만, 희미한 정체성과 백인계 지배층에 의한 오랜 속박은 그들의 의식을 여전히 굴레 속에 가두어 놓고 있다. 그들은 매일 어렵고 힘든 현실이지만, 사랑하는 가족들과 일상을 유지할 수 있다면 그것으로 만족한다.

상류층과 서민층은 사는 지역도 다르고, 장을 보는 시장이나 식당도 다르다. 1960년대까지 미국 사회에 흑백차별 현상이 있었던 것처럼 중남미에도 신분 차별 현상이 존재한다. 소수 부유한 지배층이나 다수의 가난한 피지배층 모두 그런 차별을 당연한 것으로 여긴다. 중남미에 유럽인들이 들어온 이후, 5백 년 이상을 그런 환경에서 살아온 그들이기에 DNA가 변형되었을지도 모른다.

관저에 상주하면서 일하는 현지인들이 있다. 부엌일, 정원관리, 관저 청소 등을 담당한다. 모두 20년 가까이 관저에서 일해오고 있다. 가정부의 경우는 우리 말도 제법 할 줄 알고 한국 음식을 만들 줄도 안다. 현지에서 나오는 작은 무로 깍두기도 만들고 된장국 정도는 쉽게 끓인다. '서당 개 3년이면 풍월을 읊는다'라고 하는데 하물며 사람인들 그 세월에 얼마나 많이 보고 들으면서 배웠겠는가.

아내는 그들에게 불편함이 없게 많이 베풀면서 잘해주었다. 그들이 거처하는 방의 침대나 가구와 소품 등에 대해서도 관심을 가지고 너무 오래되고 낡은 것은 교체해주었다. 20년을 관저에서 근무한 가정부는 새 침대를 주자 생전 처음이라고 했다.

어느 날, 아내는 가정부와 정원 관리사에게 함께 같은 식탁에서 밥을 먹자고 했다. 두 사람이 무척 망설이다가 아내가 어서 음식을 가지고 오라고 채근하자 겨우 오더라는 것이다. 그들이 오랜 세월 근무하면서 대사 부인과 같은 식탁에 앉아 식사한 것 역시 처음이라고 했다.

가정부나 정원사 등 관저에서 근무하는 사람은 식사를 스스로 해결해야 하는 것이 계약사항이다. 그러나 아내는 먹을 것을 모두 제공했다. 우리가 먹는 것과 차별을 두지도 않았다. 가족으로 대했다. 어느 날 아내가 이해할 수 없다는 듯이 나에게 말했다. 무엇을 먹을 때마다 먹어도 되느냐고 물어본다는 것이다. 묻지 않고 먹어도 된다고 해도 여전히 물었다.

먹을 때마다 물어보니까 아내는 주스와 우유, 콜라 등 마실 것과 간식 등을 별도로 다른 냉장고에 넣어 주고 먹고 싶을 때 먹으라고 했다. 그래도 먹을 때마다 물어보는 습관은 변하지 않았다. 심지어 정원 장미꽃에 뿌리고 버려야 할 약품 통을 버리라고 할 때까지 그 자리에 두고 있었다. 매사의 처리가 그랬다. 수백 년 이어온 슬픈 족쇄는 지금도 그들의 발목을 잡고 있다.

관저 생활에 만족해하는 그들을 보면서 우리도 즐거웠다. 그러나 때때로 우리 눈에는 참 슬픈 사람들로 보였다. 신분 차별은 어제와 오늘 그들의 의식 속에 자리 잡은 것이 아니다. 수백 년을 지배층의 감시와 감독, 차별 속에 피지배층으로 살아온 사이 형성된 의식구조다.

같은 유럽에 뿌리를 두고 있지만, 중남미에서 기득권을 가지고 지배층으로 살아온 백인들은 유럽이나 미국의 백인들과 민주나 인권 문제에 대한 의식구조가 다르다. 그들 역시 오랜 시간 동안 지배층으로 군림하면서 DNA가 자기중심적 에고이스트로 변형되었기 때문이다. 그들의 신분 차별이 언제 끝날지 기약이 없는 현실이다.

실패한 애국주의

민족주의Nationalism와 정체성Identity, 애국주의Patriotism는 세 측면을 지닌 동일체로 볼 수 있다. 서로 분리해서 생각하기 어렵기 때문이다. 미국과 같은 다인종 사회에서 애국주의가 자리 잡은 예외도 있다. 그러나 보편적으로 민족주의와 정체성, 애국주의는 서로 끈끈하게 얽혀있다.

애국주의는 19세기 이래 근대 국가 형성의 기본토대가 되었다. 국가에 대한 애정과 충성심은 민족과 역사, 전통과 문화, 언어 등에 대한 소속감으로 표출된다. 민주와 자유, 평등과 같은 정치적 가치의 유지나 가정의 행복과 평화를 지킬 수 있는 사회경제적 여건은 애국주의의 필요적 조건이다. 개인이나 가정의 행복 추구가 보장되지 않는 나라에서 국가에 대한 충성을 기대하기 어렵다.

역사를 보면, 전체주의나 전제군주국가에서 침략전쟁 등을 합리화하기 위해 조작된 애국주의가 선동 동원된 사례가 적지 않다. 대표적으로 히틀러의 나치즘이나 일본의 제국주의가 그랬다. 그러나 이런 형태는 선전 선동과 집단세뇌 교육으로 조작되고 강제된 것일 뿐 진정한 애국주의라고 볼 수 없다.

국민이 국가에 대한 소속 의식을 가지고 자발적 애착과 긍지를 느낄 때, 비로소 진정한 의미의 애국주의가 발현될 수 있다. 따라서 자발적 애국주의는 민주, 인권, 평화, 행복의 개념과 뗄 수 없는 밀접한 함수관계를 갖는다고 볼 수 있다.

안타깝게도 엘살바도르를 비롯한 중미권이나 남미권에서는 이런 자발적 애국주의가 자리할 수 있는 여건이 갖추어져 있지 않다. 앞에서도 언급한 바와 같이 지배층과 피지배층의 존속, 사회경제적 기회의 불평등과 차별, 다인종적 사회구성 등은 애국주의가 정상적으로 성장할 수 없게 만드는 장애 요인들이다.

중남미에서 애국주의가 국민 사이에서 외면되는 상황을 정치, 사회 및 경제 개혁을 통해 개선을 시도한 사람이 베네수엘라의 우고 차베스 Hugo Rafael Chavez Frias였다. 그는 자신을 마르크스주의자라고 스스로 규정했다. 그의 이념이 볼리바리주의Bolivarianism와 좌파 사회주의에 토대를 두고 있었기 때문이다.

볼리바르주의는 남아메리카의 독립 영웅인 시몬 볼리바르1783-1830의 사상을 의미한다. 볼리바르는 베네수엘라에서 크레올로 태어나 프랑스에 유학하던 중, 프랑스 혁명에 크게 영향을 받았다. 그는 귀국하여 스페인으로부터 남미의 독립을 주창했다. 그의 주도로 남미가 독립을 쟁취하는 계기를 만들었다. 당시 스페인은 나폴레옹의 침공으로 남미에 대한 장악력이 매우 약한 상황이었다.

볼리바르는 좌파 사회주의 이념을 토대로 남미를 미국과 같이 큰 공화국, '대콜롬비아'건설을 목표로 했다. 그러나 정치적 분열로 꿈을 이루지 못했다. 다만, 그의 노력으로 콜롬비아, 베네수엘라, 에콰도르, 페루, 볼리비아 5개 국가가 독립을 쟁취했다.

그의 사회주의 사상은 남미 좌파 사상의 뿌리다. 그의 사상은 다섯 가지의 골간을 가지고 있다. 첫째는 남아메리카의 정치적, 경제적 주권 회복, 둘째는 모든 국민의 자유 투표권 인정, 셋째는 경제적 자급자족, 넷째는 국민에게 애국주의 계몽교육 실시, 그리고 다섯째는 천연자원의 공정한 분배다.

볼리바르의 후계자를 자칭한 차베스는 좌익 포퓰리즘 또는 좌익 민중주의를 기치로 사회개혁에 착수했다. 그는 대통령에 4번이나 당선되면서 줄기차게 사회개혁을 시도했다. 그의 집권 초기에는 상당한 성과가 있었다. 당시 고유가로 인해 베네주엘라는 풍부한 재정을 확보하고 있었다.

풍부한 재정을 기반으로 주요 기간산업의 국유화, 식량과 주택 지원, 의료와 교육의 무상화를 추진했다. 국가적 차원의 엄청난 개혁조치였다. 2010년 6월에는 베네주엘라의 부를 장악하고 있던 상류층을 대상으로 일대 경제개혁을 선포하기도 했다.

그가 의도한 사회경제 개혁은 나라의 부를 토대로 피지배층인 서민에게 무상 지원을 확대하고, 지배층인 소수 크레올이 장악한 부를 국가에 환원시키고자 했다. 압도적 다수의 혼혈 메스티조의 빈곤과 문맹을 퇴치하고 삶의 질을 개선해 줌으로써 그들에게 민족주의와 애국주의가 살아나기를 의도했다. 국가 개조를 위한 의도는 좋았다. 그러나 눈앞에 베네수엘라의 침몰이 기다리고 있는 줄을 그는 몰랐다.

2010년에 들어서면서 베네수엘라에 경제위기가 다가왔다. 천문학적인 재정이 동원된 급진적 좌파 사회주의 개혁정책 때문이었다. 빈곤과 문맹, 삶의 질 개선, 소득 불평등 해소 등에서 나타난 효과는 미미했다. 적자재정과 인플레이션, 물자 부족 등의 어두운 그림자가 나라 전체를 덮기 시작했다. 위기를 느낀 차베스는 가격통제 정책을 폈으나 오히려 불에 기름을 붓는 격이 되고 말았다. 시장이 마비되고 물자는 자취를 감추었다. 서민층의 삶이 개선은커녕 나라가 총체적 어려움에 빠지고 말았다.

차베스의 실험은 결국 실패로 끝나고 말았다. 그가 통치한 12년 동안의 정치, 사회, 경제 개혁 조치들이 모두 엄청난 부작용을 수반하면서 나라를 도산시켰다. 급진적이고 다듬어지지 않은 즉흥적 정책 때문이었다. 부유한 나라였던 베네수엘라가 국가 경제의 도산으로 4백만의 난민을 양산했다. 유엔난민기구 등 국제 난민기구들이 그들의 구호를 위해 나서고 있으나 그 심각성은 지금도 여전히 진행형이다.

차비즘Chavism 또는 차비스모Chavismo라고 불리는 차베스의 이념과 정책은 어설펐다. 잘 다듬어지고 체계화된 개혁정책이 아니었다. 반제국주의, 반미주의, 국유화와 반시장 경제, 반자본주의, 무상복지로 특징 지워진 사회주의 좌파의 급진적 실험일 뿐이었다. 나라와 국민의 운명을 건 엄청난 도박이었다.

그러나 차비즘의 실패한 개혁에서 눈여겨볼 대목이 있다. 바로 그가 의도한 좌파 대중주의와 애국주의다. 그의 좌파 대중주의와 애국주의는 남미 역사의 흐름을 바꾸려고 했다. 소수의 지배와 다수의 피지배, 신분 차별과 빈부격차, 계속되는 기득권 세습과 빈곤의 악순환이라는 고리를 끊어보겠다는 시도였다. 이런 악순환의 고리가 지속되는 한, 국가의 영속과 발전을 위해 긴요한 민족주의와 정체성, 애국주의는 기대하기 어려운 환상에 불과하다고 믿었다.

차베스는 실패하고 죽었다. 그러나 그의 이념은 지금도 살아있다. 베네수엘라와 중남미 각국에서 정치와 사회변혁을 꿈꾸는 혁명가들에게 지향점이 되고 있다. 억눌린 메스티조의 수백 년 족쇄를 끊어낼 수 있는 희망이 그의 이념 속에 담겨 있기 때문이다.

끝없는 부패

중남미의 다른 국가처럼 엘살바도르 역시 부정부패의 역사는 매우 질기다. 앞에서 얘기한 대로, 정치 권력은 다수 대중을 도구로 한 백인계 크레올들의 리그에서 승자의 것이고 부정 축재의 수단이다. 권력을 이용한 한탕주의에 대한 인식은 선진권이나 우리나라와는 매우 다르다. 우리의 상식을 벗어난 공공연함이 있다. 말할 수 없는 낯두꺼운 뻔뻔함이고 지지해준 다수 대중에 대한 기만이다.

엘살바도르에서 정치권력을 오래 누렸던 우파는 썩을 대로 썩어서 결국 사회주의 좌파에게 권력을 넘겼다. 엘살바도르에서 최초의 좌파 대통령은 마우리시오 푸네스Mauricio Funes다. 그는 방송사 앵커 출신으로 인기를 얻은 사람이다. 2009년 3월에 실시된 대통령 선거에서 사회주의 좌파 정당인 FMLN의 공천을 받아 당선되었다.

그러나 푸네스 좌파 정부의 집권 5년 동안 엘살바도르의 최대 과제 가운데 하나인 부정부패 차단은 아무런 진전이 없었다. 오랫동안 권력에 굶주린 좌파들 역시 권력을 잡자마자 각종 이권 개입이나 공금 횡령

등 부정을 저지르기 시작했다. 그래도 살바도란 대중은 장기 집권했던 우파에 대해 너무 큰 불신과 염증을 느끼고 있었기에 다음 대선에서도 좌파를 지지했다.

2014년 3월의 대선에서 역시 FLMN 후보인 산체스 쎄렌Sanchez Ceren이 당선되었다. 부정부패 청산의 구호는 선거용에 불과했다. 대통령의 가족과 친족들까지 정부의 요직에 등용되고 각종 부패에 연루되었다. 전임 푸네스 정권에서 저지른 부정부패가 덮어지고 유사한 부정행위는 그치지 않았다.

산체스의 당선으로 좌파 정권의 연장이 이루어졌음에도 푸네스는 임기를 마치자마자 가족을 데리고 미국을 거쳐 니카라과로 도주 망명을 했다. 자신이 저지른 부정부패에 대해 뒤가 켕긴 것이다. 야당과 언론, 시민사회단체의 지속된 수사 요구에 대해 산체스 정권 말기인 2018년 6월 푸네스에 대한 조사가 이루어졌다.

3억5천1백만 달러라는 천문학적인 공금 횡령, 이권에 의한 뇌물, 불법 선거 자금 모금 혐의로 푸네스는 기소되고 범인 인도를 요구했다. 엘살바도르와 미국, 중미권 국가들과 반목 상태에 있던 니카라과의 오르테가 독재 좌파 정부는 그의 인도를 거부했다. 내세운 명분은 망명자의 인권 보호였다. 오히려 푸네스와 그 가족에게 니카라과 국적을 허용하는 결정까지 내렸다. 푸네스가 1억 달러 이상의 상당한 뇌물을 좌파 독재자 오르테가에게 주고 신변 보호를 받고 있다는 것은 중미권에서 공공연한 비밀이다.

산체스 쎄렌 대통령 역시 2019년 6월 임기가 끝나자마자 니카라과로 도피성 망명을 했다. 대통령 재임 중, 그의 형제자매는 물론 심지어 손자며느리까지 공직에 앉히고 엄청난 정부 공금을 횡령했다. 그는 2018년 8월 대만과 단교하고 중국과 외교관계를 맺으면서 중국으로부터도 상당한 금액을 대가로 받았다는 설이 파다했다.

2019년 6월 1일 중도 우파인 부켈레 대통령이 취임하면서 정권이 교체되었다. 푸네스와 산체스의 부정부패에 대한 여러 가지 증거들이 언론에 의해 보도되었다. 그러나 그들을 엘살바도르로 데리고 올 방도는 없었다. 니카라과가 그들에게 망명을 허용했기 때문이다. 이 글이 출판되어 나올 때쯤이면 아마 산체스도 니카라과 국적을 얻게 될 것으로 보인다.

전직 대통령 두 사람이 임기가 끝나자마자 다른 나라로 도피하는 현실을 어떻게 설명해야 할지 모른다. 먹튀도 이런 먹튀가 없을 것이다. 대통령직에 있던 사람이 국가와 국민을 배신해도 이렇게까지 할 수는 없다. 그러나 엄연한 현실이다. 그리고 이런 현실은 정도 차이만 있을 뿐, 중남미 국가에서는 어디서고 충분히 있을 수 있는 환경이다.

멕시코에서부터 아르헨티나와 칠레에 이르기까지 라틴아메리카 33개 국가 가운데 정치권의 부정부패가 심각한 수준이 아닌 나라는 한 곳도 없다. 공금 횡령, 불법 자금, 마약과 무기 거래, 뇌물, 정부의 각종 계약에서의 부정행위 등 공공 부문에서 성한 구석을 찾아보기 어렵다. 침략이든 개척이든 식민의 역사가 남긴 썩은 잔재다. 민주, 인권, 정의, 법치 등은 법조문에나 등장하는 형식적 개념일 뿐이다.

엘살바도르에서 이임하기 직전에 온두라스에서 정권이 바뀌었다. 2014년부터 8년을 집권해 온 후안 에르난데스Juan Hernandez 대통령이 2022년 2월 말 임기를 마치게 되었다. 그의 임기가 끝나는 날 미국 국무부는 그의 미국 비자를 취소하고 대통령 재임 동안에 저지른 부정부패 행위를 언론에 공개했다.

대표적 범죄행위로 미국이 지목한 것은 마약 밀거래에 그가 개입해서 뇌물을 챙긴 것이다. 콜롬비아에서 생산된 코카인 550t을 미국으로 밀반입하는 과정에서 멕시코 마약 조직에게 도움을 주고 수백만 달러를 받았다는 것이다. 미국은 온두라스 신정부와 범죄인 인도 협상을 개시했고, 그는 니카라과로 망명을 타진했다.

온두라스 신임 시오마라 카스트로Xiomara Castro 대통령 정부는 부정부패와의 전쟁을 선언하면서 지난 4월 그를 미국으로 인도했다. 미국으로 압송된 그는 지금 미국의 법정에서 재판을 받고 있다. 미국이 밝힌 그의 마약 밀거래 개입 혐의가 입증되면 그는 종신형에 처해 질 가능성이 크다. 그의 동생도 마약 밀거래 혐의가 입증되어 종신형을 선고받고 미국 교도소에 복역 중이다. 물욕에 눈이 뒤집힌 용맹무쌍한 형제다.

성경에는 '욕심이 죄를 부르고 죄가 죽음을 부르는 것'이라고 욕심을 경계하고 있다. 성경뿐이 아니다. 불경이나 코란 등 모든 종교에서 욕심을 경계한다. 사회지도층에서 물욕이나 권력욕에 빠져 패가망신한 사람들을 수도 없이 보았다. 그런데도 불나방처럼 돈이나 권력을 향해 돌진하는 지도층 인사들이 그치지 않는다.

중남미는 개척이라는 미명을 지닌 식민의 역사가 있는 곳이다. 앞에서 설명한 바와 같이, 국가나 국민의 정체성이 희박하고 민족주의나 애국주의가 성장하기 어려운 환경을 6백 년 이상 지속하고 있다. 지도층 상당수가 이중국적을 갖고 있다. 그들로부터 고단한 삶에 시달리는 다수 국민에 대한 애정과 책임을 기대할 수 없다는 것은 길고 긴 식민의 역사가 말해주고 있다. 슬픈 미로다.

비뚤어진 공직관

엘살바도르 대다수 서민이 한 달 3백 달러 안팎의 최저 생계비 수준에서 삶을 이어가고 있다. 2021년 엘살바도르 정부가 정한 최저 임금을 보면, 커피농장이나 사탕수수 농장에서 일하는 근로자는 시간급 1.2달러, 일당 9달러, 한 달 280달러다. 1달러는 환율에 따라 매일 다르지만 대략 우리 돈 1천1백 원 정도다.

공장 근로자의 최저 임금은 약간 높다. 시간급이 1.5달러, 일당 12달러, 월 365달러다. 건설 현장에서 일하는 근로자는 하루 15달러 혹은 20달러를 받는다. 엘살바도르의 햇볕은 무척 따갑다. 적도에서 가깝기 때문이다. 그 따가운 햇볕을 받으며 하루 내내 일해서 손에 쥔 돈이 고작 그 정도다.

일해서 가족의 생계를 부양할 수 있다면 그들은 행복하다. 가족적 유대가 무척 강한 사람들이다. 가족과 하루 세 끼니를 걱정 없이 먹을 수 있다면, 힘든 어떤 일도 마다하지 않는다. 그 자체를 행복으로 여긴다.

_ 야채가게 아이들

관저 리모델링 공사를 할 때 유심히 살펴보았다. 일하는 시간으로 일당을 계산해서 받는 것이 아니었다. 정해진 작업량을 토대로 일당을 받기도 했다. 아무리 늦어도 그 맡은 일을 마무리해야만 일당을 받을 수 있다. 그렇지 않으면 다음 날 일당이 깎인다.

어느 날, 페인트를 맡은 젊은 청년 두 사람이 밤늦은 시간까지 일했다. 사다리에 올라 긴 도구를 이용해서 페인트를 칠한다는 것은 매우 힘든 중노동이다. 아내가 코카콜라와 간식을 챙겨주면서 안쓰러워했다. 대부분의 살바도란은 콜라를 매우 좋아한다. 그러나 그들의 수입으로는 사 먹기가 부담스러운 비싼 음료다.

내가 오늘은 그만하고 내일 하는 것이 좋겠다고 얘기했지만, 그들은 오늘 할당받은 일은 마무리해야만 한다고 했다. 그래야 일당에 지장이 없기 때문이었다. 얼마를 받는지 물었다. 사다리를 붙잡고 페인트를 부어주는 등 조수인 사람은 15달러, 페인트를 칠하는 사람은 20달러를 받는다고 했다. 일을 마쳤을 때, 두 사람에게 10달러씩을 더 주면서 저녁 식사비를 하라고 했다. 고맙다는 말과 함께 그들의 얼굴에 피어오른 순박한 미소는 20달러로는 살 수 없는 행복을 우리에게 선사했다.

국민 대다수가 그렇게 힘들게 사는 나라에서 공직자라면 더 힘써 국민을 위해 일해야 마땅하다. 우리가 가난했던 시절, 공직자들이 앞장섰다. 국민의 공복으로서 희생과 헌신을 알고 있었다. 무척 박봉이었다. 그렇지만 당연한 것으로 받아들이고 열심히 일했다. 잘 사는 나라, 대한민국이 그들의 헌신을 잊어서는 안 된다.

엘살바도르 공직자는 높은 보수를 받으며 일한다. 공무원의 급여는 민간부문의 급여보다 높다. 특히 고위직으로 가면 갈수록 보수가 매우 높다. 장·차관, 대법관이 월 8천 달러 내외의 수준이다. 우리나라 장관급이 월 1천2백만 원 정도다. 큰 차이가 없다. 우리나라 장관급은 우리 최저 임금의 6배 정도다. 그러나 엘살바도르 장관급은 그 나라 최저 임금의 20배가 넘는다.

공직자가 국민의 머슴이라는 사상은 어디서도 찾을 수 없다. 오히려 군림하는 격이다. 고위 공직자는 대부분 소수 지배층에 속한 사람들이다. 서민 출신으로 고위 공직에 오른다는 것은 생각하기 어려운 구조를 지닌 나라다. 엘살바도르만 그런 현상이 아니다. 중남미 국가의 공통된 현실이다.

공직자의 기본적 도덕성은 국가와 국민에 대한 봉사와 헌신이다. 고

전적 도덕성인 청렴은 요즘 현대사회의 공직윤리에서 찾아보기 어렵다. 받는 보수의 수준과 관계없이 공직자의 국가관이나 국민관은 분명해야 한다. 그러나 중남미는 침략의 역사에서 시작된 고위 공직자의 특권의식이 지금도 여전히 상속되고 있다.

나는 엘살바도르 외교부의 요청으로 특강을 한 적이 있다. 대상은 엘살바도르 정부 각 부처 고위 공직자들이었다. 외국 주재 엘살바도르 대사들도 온라인을 통해 내 강의를 듣도록 했다. 주제는 '한국의 개발과 발전 전략'이었다. 세계에서 가장 가난한 나라 가운데 하나였던 한국이 짧은 시간에 경제 강국으로 변신할 수 있었던 배경을 듣고자 했다. 경제개발정책 방향과 정부의 강력한 드라이브, 그리고 한국 관료사회의 적극적 참여와 헌신이 그날 내 특강의 핵심적 내용이었다. 사실 1960년대부터 시작한 한국의 경제개발은 공직자들의 헌신을 빼놓고 설명하기란 어렵다. 박봉에 시달리면서도 사명감을 가지고 임했기 때문이다.

과거 한국의 경험을 토대로 공직자의 윤리의식과 헌신을 강조했다. 진지한 경청, 질문과 토론의 분위기를 보았을 때, 내 특강이 관심을 끌었고 의미 있었음을 짐작했다. 그러나 내 특강에서 강조했던 공직자의 국가에 대한 헌신과 국민에 대한 봉사가 그들이 지닌 특권의식에 어떤 영향을 줄지는 알 수가 없다. 특권의식의 청산 없이 공직자의 올바른 국가관이나 국민관을 기대할 수는 없는 일이다.

콘크리트 지배구조와 부실 교육

2019년 대통령 선거와 2021년 국회의원 총선 및 지방선거에서 엘살바도르 부켈레N. Bukele 대통령은 이런 얘기로 대중을 선동했다.

"2%의 소수가 모든 것everything을 갖고 있고, 98%의 절대다수는 가진 것이 어떤 것nothing도 없다. 이것이 엘살바도르의 현실이다."

빈곤에 시달리는 절대다수의 서민과 빈곤층의 표를 얻기에 안성맞춤인 선동성 발언이다. 그러나 부켈레 대통령이 주도한 공천에서 발탁된 사람들 모두 2%에 속한 사람들이었다. 부켈레 대통령 역시 마찬가지다. 그런데도 선거 직전 급조된 여당이 압도적으로 이겼다.

16세기 초부터 중남미로 몰려온 스페인 중심의 정복자들이 토지와 자원, 그리고 원주민을 노예로 만들어 모두 분점했다. 권력과 재력, 인종을 토대로 차지한 기득권은 그대로 수백 년 세습되어 오고 있다. 민주와 법치가 자리를 잡으면서 아이러니하게도 그들의 기득권은 더 공고하게 보장되었다.

중남미 대부분 국가에서 정당 시스템은 지배층의 권력 독점을 위한 합법적 장치다. 정당의 공천 없이는 선거에 출마할 수 없다. 여야 정당은 모두 백인계인 크레올이 지배한다. 선거는 지배층 간의 권력 싸움이다. 대중은 그저 선거용 도구일 뿐이다.

부의 상속 역시 마찬가지다. 상속세의 비율이 높지 않다. 상속세를 피할 수 있는 길도 얼마든지 열려 있다. 지배층이 부와 권력을 쉽게 세습할 수 있는 제도를 만들었기 때문이다. 중남미에 대한 침탈 이후, 수백 년 동안 모든 제도가 그들 중심으로 만들어지고 유지되고 있다.

엘살바도르와 중남미 국가에서 권력과 부의 세습이 끊어질 수 없는 배경에는 부실한 교육체계도 자리하고 있다. 서민을 위한 공교육이 부실하기 짝이 없기 때문이다. 교육에 대한 많은 투자가 있었고 교육이 질적 양적으로 개선되었다면, 국민의 지적, 의식적 수준이 더 높아졌을 것은 물론이다. 국민의 의식 수준이 개선되었다면, 지배계층 중심의 사회 구조와 신분 차별을 그대로 용인했을 리도 없다.

초중등 교육이 수업의 질과 양적 측면에서 부족함이 너무 크다. 교사도 부족하고 시설도 열악하다. 수업량이 많아야 할 고교생들이 오전 수업으로 끝난다면 믿을 수 있는 얘기일까. 그러나 현실이다. 학교 시설과 교사 부족으로 오전과 오후로 수업이 진행되는 것이 일반적이다.

초·중·고교의 교육이 대부분 하나의 학교에서 이루어진다. 1학년부터 11학년까지다. 예외적으로 도시권에서는 12학년까지 운영하는 학교도 있다. 수업시수도 부족한데 수업연한까지 1년이 짧다. 대학 진학에 관심과 열의를 갖는 고교생은 극소수에 불과하다. 현실의 장벽 앞에서 일찍 자포자기에 빠진 학생들이 많다.

공립학교 외에도 사립학교와 외국학교가 있다. 모두 서민들은 엄두를 낼 수 없는 수업료를 받아 운영된다. 학교 시설도 매우 좋고 수업시수도 더 많다. 저소득층 서민들은 자녀를 공립학교에 보내고, 중산층은 사립학교, 지배층은 외국학교에 보낸다.

엘살바도르와 대부분 중남미 국가에 외국학교로는 영국학교British School, 미국학교American School, 프랑스학교French School, 독일학교German School가 있다. 모두 영어와 불어, 독어로 교육한다. 중산층 자녀가 다니는 사립학교로는 국제학교International School가 있다.

국제학교는 외국학교보다 수업료가 더 낮다. 학생 1인당 국제학교는 매달 5백 달러, 외국학교는 매달 1천 달러 정도의 수업료를 받는다. 한 달 급여가 4백 달러 미만인 서민들로는 엄두도 내지 못할 천문학적인 수업료다. 4남매를 국제학교에 보내는 대사관의 행정직원은 한 달 급여 절반을 수업료로 낸다고 했다.

지배층의 자녀는 외국학교에서 고등학교를 마치면 영국, 미국, 독일, 프랑스, 아니면 스페인으로 대학 교육을 위해 유학을 떠난다. 그들은 영어나 독어, 불어를 모국어인 스페인어보다 더 잘한다. 초등학교 때부터 외국어로 교육을 받기 때문이다. 유학을 마치고 돌아오면 부모의 권력과 부를 세습할 준비를 한다.

우리나라는 정부가 수립되고 나서 정부나 국민 모두 교육에 대한 열정을 보였다. 우리의 교육열은 사교육이란 괴물까지 불러올 정도로 세계 어느 나라와 비교해도 뒤지지 않았다. 한 마디로 '교육입국' 그 자체였다.

1997년 보수당의 장기 집권을 종식 시키고 노동당의 승리를 이끌었던 영국 총리 토니 블레어Tony Blair처럼 '첫째도 교육, 둘째도 교육, 그리고 셋째도 교육'이라고 외친 지도자를 중남미에서는 찾기 어렵다. 어쩌면 중남미 지도자들은 교육을 통해 대중이 깨어나는 것을 바라지 않았는지도 모른다.

중남미의 지배층은 대부분 주요 산업체나 커다란 농장을 소유하고 있다. 농장을 경영하기 위해서는 저렴한 노동력이 필수다. 인근에 산업체가 들어서면 노동력 확보가 쉽지 않을 뿐만 아니라, 인건비 부담도 늘어난다. 그래서 그들은 산업화를 원치 않는다.

엘살바도르에서 커피나 사탕수수를 재배하는 대규모 농장이 많다. 엘살바도르의 커피는 고산지에서 유기농으로 재배되기 때문에 맛과 향이 독특하다. 파나마의 게이샤 커피에 그 질이 뒤지지 않는다. 그렇지만 게이샤 커피와는 비교할 수 없을 정도의 매우 낮은 가격에 해외로 수출된다. 브랜드화에 나서지 못했기 때문이다. 엘살바도르에서 커피는 재배와 수확이 일일이 손으로 이루어진다. 그래서 규모가 큰 커피 농장은 수확기에 수천 명의 일손이 있어야 한다. 농장 주변에 있는 가난한 인구 대부분이 커피 농장에 생계를 걸고 산다. 커피 농장주들은 산업화를 원하지 않는다. 싼 노동력을 뺏기기 때문이다.

수백 년 동안 대대손손 권력과 부에 대한 세습을 누려온 이들로부터 어려운 서민 대중을 위한 충정을 기대하기란 쉽지 않은 일이다. 세습에 의한 콘크리트 지배구조는 민중의 주권 의식이 깨어날 때까지 지속될 것이다. 그러나 민중이 깨어나 나라의 주인행세를 할 수 있을 때가 언제일지 아무도 모른다. 부실한 교육 현실이 가까운 미래에는 기대하기 어렵다는 것을 웅변하고 있다.

젊은 대통령의 위험한 도박

내가 부임하기 3개월 전, 엘살바도르 대선에서 젊은 후보가 1차 투표에서 압승을 거두고 당선되었다. 그의 이름은 나이브 부켈레Nayib Bukele, 37세의 젊은이로 팔레스타인에서 이주해 온 이민 3세대였다.

그의 할아버지는 유대인들이 몰려와 이스라엘을 건국하면서 그곳에 살고 있던 팔레스타인에 대한 압박이 심해지자 꽤 멀리 떨어진 엘살바도르로 옮겨 정착했다고 한다. 그의 할아버지는 개신교, 할머니는 가톨릭 신자였다. 그의 아버지는 이슬람으로 개종하고 산살바도르에서 이슬람 지도자인 이맘Imam이 되었다. 부켈레 대통령의 형제들은 무슬림이다. 그러나 부켈레 대통령은 특정 종교를 믿지 않는다고 말한다. 오직 유일신만 믿는다고 밝혔다. 부켈레의 부인은 유대인이다. 종교적 뿌리가 얽히고설킨 가족이다.

할아버지가 닦아놓은 토대에서 그의 아버지는 판매업과 고리대금업에 손을 대서 많은 돈을 벌었다. 부켈레 역시 부친의 기반 위에서 사업을 시작했다. 대학생 시절 젊은 나이에 회사를 창업해서 상당한 수완을 발휘했다. 마케팅 컨설팅 회사도 만들었다. 그래서인지 그는 정치선전과 선동의 귀재다.

그는 일찍 정치에 투신하여 좌파 성향 정당인 FLMN에 가입했다. 좌파 정당에 가입한 것은 그가 사업가의 눈으로 가난한 대중의 우파에 대한 불만과 염증을 읽었기 때문이다. 탁월한 정치 감각이었다. 31살에 누에보 쿠스카틀란Nuevo Cuscatlan 시장에 당선되었고, 34살에는 엘살바도르 수도인 산살바도르San Salvador 시장에 당선되었다.

대중의 인기와 더불어 FLMN에서 정치적 비중이 커지기 시작했다. 그를 지지하고 따르는 당원도 늘었다. 그는 그런 당원을 조직화했다. 당내에서 그를 견제하려는 세력들이 긴장할 수밖에 없었다. 그들이 연합해서 당내 분파 금지를 규정한 당헌을 위반했다는 이유로 부켈레를 FMLN에서 제명했다. 엘살바도르 선거법은 대선의 무소속 출마를 허용하지 않는다. 그는 대선 출마를 위해 중도우파 소수 정당인 GANA로 옮겼고 그해 대선에서 압승을 거뒀다.

부켈레 대통령의 선거운동에 관한 재미있는 얘기가 있다. 상대 후보가 땀을 뻘뻘 흘리면서 마이크를 들고 전국을 돌아다닐 때, 그는 에어컨이 나오는 시원한 방에서 나오지 않았다. 그곳에서 스마트폰을 들고 멀리 떨어진 사람들을 상대로 문자를 보냈다. 투표권도 없는 사람들이었다. 바로 미국에 있는 엘살바도르 교민들이었다.

미국에는 엘살바도르 교민이 무려 3백만 명이나 있다. 2백만 정도가 시민권이나 영주권을 얻었지만, 합법적으로 이민한 사람은 많지 않다. 다수가 캐러밴 행렬에서 볼 수 있듯이 가난에서 벗어나기 위해 밀입국한 사람들이다. 미국에는 현재 엘살바도르 출신으로 30만 명의 한시적 체류 허가TPS: Temporary Permit State를 받은 사람이 있고, 70만 명 정도의 불법 체류자가 있다. 부켈레의 문자 선거운동 대상자는 바로 그들이었다. 언제 미국에서 추방될지 모르는 불안감 속에 있는 사람들이다. 그들에게 자신이 대통령에 당선되면 미국을 상대로 체류 합법화를 위해 모든 노력을 다하겠다고 약속했다.

엘살바도르 사람을 중미의 유대인이라고 부른다. 이유는 두 가지다. 근면 성실하다는 점과 가족관계가 매우 끈끈하다는 점이다. 3백만 명의 살바도란 상당수가 미국에서 온갖 거친 일을 하고 있다. 번 돈의 대부분을 보내 엘살바도르에 있는 가족을 부양한다. 매년 송금하는 달러가 엘살바도르 전체 GDP 4분의 1에 달한다. 엘살바도르 나라 재정이 그들의 손에 달려 있다고 해도 틀린 얘기가 아니다.

미국에서 추방될지 모른다는 불안을 안고 사는 사람에게 합법 체류를 도와주겠다는 것보다 더 반가운 얘기는 없다. 그들은 엘살바도르 가족에게 부켈레를 찍어야 한다고 모두 전화를 했다. 가장 영향력 있는 부켈레의 선거운동원이 된 셈이다. 결과는 그의 압도적 승리였다.

그러나 부켈레는 대통령이 되고 난 후에 그가 던진 약속에 충실하지 않았다. 그들의 합법 체류를 위해서라면 미국과 좋은 관계를 유지하는 것이 최우선이었다. 그러나 내가 이임할 때까지 그는 자신의 정치적 야심을 위해 벌인 비민주적 조치들로 미국과의 관계를 계속 악화시키고 있었다.

부켈레 대통령은 취임하고 나서 1년 동안 국회에서 다수당인 좌파인 FMLN과 우파 ARENA이 합세한 견제로 하고 싶은 일을 하지 못했다. 엘살바도르의 국회 권한은 한국보다 매우 크다. 대법관이나 검찰총장을 국회가 선출하고 임명한다. 국회에서 선출된 대법관들은 부켈레의 권위주의적 행정조치를 위헌 심판으로 무력화시켰다. 역시 국회에서 선출된 검찰총장은 코로나 팬데믹 상황에서 의료 물품의 긴급 구매와 관련된 비리를 속속들이 파헤쳤다.

부켈레 대통령은 자신을 지지해 줄 정당과 안정적 국회 의석이 절실할 수밖에 없었다. 그는 2021년 총선을 앞두고 '새 비전Nuevas Ideas'이란 명칭의 여당을 창당했다. 그리고 가난한 유권자에게 물량 공세를 가했다. 그는 선동의 귀재라고 할 수 있을 정도로 선동에 능한 정치인이다.

코로나 팬데믹 상황이라는 이유로 지방자치단체에 주어야 할 교부금을 주지 않았다. 재정이 취약한 지방자치단체는 공무원의 급여도 주지 못할 처지에 빠졌다. 대신 그 재정을 이용해서 모든 서민 세대에 3백 불씩 현금을 지원하고 구호식품 패키지를 만들어 전국에 살포했다. 물량 공세로 총선과 지방선거에서 그의 정당인 NI는 압승을 거두었다.

국회의 판도가 완전히 달라졌다. 신생 여당이 3분의 2 이상의 의석을 확보한 것이다. 그의 비서실장 출신 초선 의원을 국회의장에 앉히고 모든 상임위원장직을 여당 의원들로 채웠다. 국회를 완전히 장악한 것이다. 국회는 2021년 5월 1일 개원 첫날 첫 본회의에서 부켈레의 행정조치에 위헌결정을 했던 대법원장과 대법관 5명, 그리고 정부의 구매 비리를 수사했던 검찰총장을 해임했다. 이해하기 힘든 비민주적 조치였다.

부켈레 대통령은 행정부는 물론이고 입법부와 사법부까지 완전히 그의 통제하에 두었다. 삼권을 장악한 것이다. 해괴한 특별법도 만들었다. 코로나 팬데믹 상황에서 이루어진 정부의 구매에 관한 정보는 7년간 공개될 수 없고, 구매를 담당했던 공직자들은 수사의 대상이 될 수 없다는 입법이었다. 여러 의혹이 제기된 부정부패를 입법으로 덮어버린 것이다.

그는 2021년 9월에는 비트코인을 법정통화로 만들었다. 비트코인 법정통화 문제는 국제적 뉴스가 되었다. 부켈레 대통령 또한 국제적 유명인사가 되었다. 비트코인 법정통화에 따른 국민의 이해나 기술적 문제는 아예 아랑곳하지 않는 조치였다. 그는 비트코인을 채택한 이유로 미국에서 살바도란들이 엘살바도르 가족에게 송금할 때 수수료가 없다는 점과 해외투자가 유입되어 경제가 진작되고 취업이 증대될 것이란 점을 들었다. 비트코인으로 인해 해외투자가 유입될 것이란 점은 전문가들도 이해하기 힘든 이유였다.

비트코인의 시세 변동에 따른 불안정성은 얘기하지도 않았다. 미국이 크게 우려한 마약이나 범죄자금의 돈세탁 용이성도 언급하지 않았다. 법정통화이기 때문에 상거래에서 거부할 경우, 처벌될 수 있다는 경고도 덧붙였다. 경제계를 위시해서 상인연합이 반대 성명을 내고, 시민들이 시위를 벌여도 부켈레 대통령과 여당은 막무가내였다.

마흔을 바라보는 젊은 대통령이 입법과 사법, 행정을 장악하고 하는 일들은 모두 국가의 미래를 불투명하게 하는 일들이었다. 앞에서는 역대 정권의 부정부패를 얘기하면서 뒤에서는 오히려 더 지능적으로 부정부패를 저지르고 있다는 소문도 파다했다. 대형 사업에는 형제들이 개입되고, 비트코인을 법정통화로 만든 것은 자신 일가의 불법 자금을 세탁하기 위함이라는 얘기도 나왔다. 범죄조직의 척결과 치안 안정을 얘기하면서 뒤로는 그들과 손을 잡기도 했다는 뉴스도 나왔다.

연임을 명문으로 금지한 헌법의 규정에도 새 국회에서 선출한 친위 대법관들은 대통령 연임이 가능하다는 유권해석을 내놓기도 했다. 오로지 부켈레 대통령의 관심은 장기 집권에 있을 뿐이다. 과거 독재자들이 밟았던 어두운 전철을 그는 지금 걷고 있다. 경제를 발전시키고 민생 문제를 해결하면서 영웅의 길을 걸을 수도 있는데 지금 그가 택한 길은 전혀 다른 길이다. 자신의 욕심이 이끄는 어두운 미로를 향하고 있다.

비트코인 발상

●●●●

엘살바도르는 세계 최초로 가상화폐인 비트코인을 법정화폐로 채택했다. 이로 인해 세계적 관심을 끌기도 했다. 언론과 사회단체, 전문가와 지식인들로부터는 비난과 반대가 심했다. 그러나 대통령은 거수기 역할에 충실한 여당과 압도적 지지를 보내는 민심을 등에 업고 강행했다.

국회에서 제대로 된 찬반 토론조차 없이 비트코인 법정통화 법안이 통과되었다. 나는 국회의원들과 오찬이나 만찬을 하면서 앞으로 어떤 영향을 장단기적으로 초래할 것인지를 물었으나 제대로 된 대답을 듣지 못했다. 당을 장악하고 있는 대통령이 제안한 것이라 제대로 된 토의도 없이 통과시킨 것이다. 안타까운 일이었다.

부켈레 대통령은 법정화폐 법률이 발효되자마자 무려 4백 개의 비트코인을 샀다. 개인 돈으로 산 것이 아니다. 비트코인 법정통화에 따른 신탁기금 1억5천만 달러를 이용한 것이다. 국가 재정을 비트코인에 투자했다. 하루 만에 값이 폭락했을 때도 폭락할 때가 투자할 때라고 하면서 대통령은 다시 2백 개를 더 샀다. 그 이후 두 차례에 걸쳐 비트코인을 사들여 무려 1,120개나 되었다.

엘살바도르 중앙은행의 전직 총재는 '대통령은 국가 재정을 가지고 도박을 하지만, 국민은 비트코인에 투자할 돈도 없고 손해를 감당할 여력도 없다. 그리고 오를 때까지 기다릴 여유는 더더욱 없다'고 대통령을 비난했다. 크게 공감 가는 지적이었다.

행운의 여신은 잠시 부켈레 대통령을 향해 미소를 보냈다. 미국 증권 시장에서 비트코인에 대한 ETF상장지수펀드 거래가 인정된 것이다. 비트코인 값이 대거 폭등했다. 1개에 5천만 원대에 샀는데 7천만 원을 넘어선 것이다. 대통령은 한껏 자신의 투자역량을 과시했다.

엄청난 이익을 남긴 대통령은 자신만만했다. 거기까지는 좋았다. 기분이 너무 좋아서인지 비트코인 수익 중 4백만 달러로 동물병원을 짓겠다고 했다. 동네 축구에서 흔히 사용되는 말로 '똥 볼'을 찬 것이다.

엘살바도르와 중미 국가들은 보건의료 분야가 매우 취약하다. 도심을 벗어난 지역, 시골 지역에는 구급차조차 없다. 병원도 없고 고작해야 의사 1명 배치된 보건소가 전부다. 그런 나라의 대통령이 비트코인이 수익을 내자 큰돈을 들여 동물병원을 짓겠다고 한 것이다. 생각이 있는 사람은 실소를 금치 못했다.

바로 그 무렵이었다. 국회의원과 시장이라고 신분을 밝힌 두 사람이 대사관으로 나를 만나러 왔다. 국회의원은 넥타이를 맨 정장 차림이었지만, 시장은 청바지에 티셔츠를 입고 운동화를 신은 차림이었다. 우리 상식으로는 이해하기 힘든 복장이었다. 그러나 이곳에서는 통용되는 문화다.

내 사무실에 걸려 있는 엘살바도르 지도에서 자기들 시의 위치를 보여주었다. 산간 지역이었다. 인구가 7만 명이라고 했다. 그 정도면 엘살바도르에서는 제법 규모 있는 도시다. 여러 가지 사회경제적 여건을 소개했다.

같이 온 국회의원의 발언이 공격적이었다. 한국 전쟁 때 엘살바도르가 도운 적이 있다는 얘기부터 꺼냈다. 마치 기선 제압용 발언처럼 들렸다. 약간 언짢은 느낌도 들었다. 그래도 웃으면서 그 도움을 잊지 않고 있고, 그래서 한국도 엘살바도르를 열심히 지원하고 있다고 얘기했다.

얘기의 내용인즉 구급차 몇 대를 도와달라는 얘기였다. 응급환자가 있어도 택시나 경찰차를 이용할 수밖에 없는 실정이라고 했다. 시내권이 아닌 외곽에서 사는 사람의 경우는 밤에 응급상황에 처하면 속수무책이라고 했다. 특히, 임산부와 태아의 희생이 크다고 했다. 엘살바도르와 중남미 국가의 10대 청소년의 임신율은 매우 높은 편이다. 매년 전체 출산율에서 10대 출산이 차지하는 비중이 거의 4분의 1 수준이다. 그래서 10대 임산부의 응급상황도 간과할 수 없는 큰 문제 가운데 하나다.

이런 나라에서 대통령이 비트코인 수익으로 동물병원을 짓겠다고 했다. 사람보다 동물이 먼저일 수 없는데 참 철없고 어이없는 발상이다. 사회단체나 언론에서 이런저런 비판이 나왔다. 그래도 젊은 대통령은 웃어넘기고 아랑곳하지 않았다.

대통령의 발상은 한 걸음 더 나아가 지열발전소를 짓겠다고 했다. 거기서 나오는 전력으로 비트코인을 캐겠다는 것이다. 엘살바도르는 전력이 부족해서 수입해다가 쓰는 처지다. 그런 처지에서 비트코인 캐는 데 전력을 쓰겠다고 하니 이해하기 힘든 발상이었다. 비트코인 수입이 수입하는 전기료보다 더 많을 수 있다는 계산인지 모른다. 그래도 수용하기 어려운 발상이다.

젊은 대통령은 거기서 멈추지 않았다. 경치 좋은 해안에 '비트코인 시티'를 건설하겠다는 계획을 발표했다. 필요한 자금 10억 달러는 비트코인 채권을 발행해서 조달하겠다고 했다. 국내외 금융 전문가들은 실현 가능성이 없는 계획이라고 비판했다. 급기야 IMF는 비트코인 법정통화를 철회하라고 요구했다. 그렇지 않으면, 엘살바도르가 시급하게 필요로 하는 재정차관을 제공하지 않겠다고 했다. IMF의 차관이 막히면, 국가부도는 불을 보듯 뻔하다. 그래도 대통령은 막무가내였다.

그러는 사이에 비트코인 시세는 급락했다. 코로나 상황 이후, 인플레와 고금리, 우크라이나 전쟁 등으로 세계 경제가 불안해진 탓이다. 비트코인에 투자한 나랏돈의 3분의 2가 날아갔다. 가난한 나라에서 천문학적인 금액이다. 그는 투자 손실이 국가 재정에서 차지하는 비중이 미미하고, 값이 크게 떨어진 때야말로 비트코인에 투자할 적기라고 했다. 그의 저돌적 용기가 어디서 나오는지 모른다.

작지만 아름다운 나라, 엘살바도르는 지금 젊은 대통령이 이끄는 대로 더 어두운 미로 속으로 빠져들고 있다. 역사에 남을 길을 보지 못하고 있는 그가 안타깝다. 권력의 길 심층적 분석도 없이 경솔하게 국가 정책을 결정하는 일은 매우 안타까운 일이다. 두 전직 대통령이 임기를 마치자마자 해외로 도피한 전철을 그가 밟지 않길 바랄 뿐이다.

제4장

문화

중미권에서 진정한 성 평등이 이루어지기 위해 앞으로도

얼마나 많은 시간이 필요할지 모른다.

가톨릭의 두 얼굴

●●●●

1498년 콜럼버스의 2차 항해에 가톨릭 신부들이 동행했다. 그때부터 식민 침탈과 함께 가톨릭의 종교 침탈도 이루어졌다. 1508년 교황 율리우스 2세가 정복자의 침략과 약탈, 가톨릭 전파를 공인하면서 종교 침탈은 본격화했다. 어느 지역이 개척되면, 식민 청사와 가톨릭 성당이 함께 세워졌다. 중남미를 여행하다 보면 많은 성당을 볼 수 있는데 대표적 성당은 모두 시내 중심가에 있다. 개척 당시 식민 청사 옆에 세웠기 때문이다.

스페인 정복자들과 함께 들어온 가톨릭 사제들은 성당을 세우고 원주민 인디오들에게 신앙을 강제했다. 잉카와 마야의 토속 신앙이 무장해제를 당하기 시작했다. 잉카와 마야의 유적을 허물고 그 위에 성당을 짓기도 했다. 대대로 내려온 신앙을 버린다는 것은 때론 죽기보다 어려운 일이다. 원주민의 저항이 있을 수밖에 없었다. 그 저항의 대가는 죽음이었다. 수많은 인디오가 학살된 배경 가운데 하나다.

멕시코 시티의 도심 소깔로Zocalo 광장에 메트로폴리탄 대성당이 있

_ 산타아나 대성당

다. 라틴아메리카의 대표적 성당 가운데 하나다. 날마다 관광객으로 붐비는 명소다. 그 장소에는 마야 유적지가 있었다. 성당 건축에 이용된 석물들은 모두 마야 유적을 허물어 분해한 것들이다. 유사한 성당들이 중남미에 매우 많다. 마야문명과 잉카문명이 제대로 보존되지 못하고 파괴된 배경에는 가톨릭이 있다.

라틴아메리카의 역사를 뒤지면, 가톨릭이 원주민의 학살과 토속 신앙의 말살, 유적지 파괴, 그리고 소수 백인 중심의 지배 체제 구축에 깊이 관련된 사실이 수도 없이 많다. 그래서 정복 이후의 중남미 역사는 가톨릭이 기록한 역사라 해도 과언이 아니다. 가톨릭이 감추고 싶지만 감출 수 없는 부끄러운 얼굴이다.

그러나 진정한 신앙으로 원주민들의 생존권 보호를 위해 힘쓴 사제도 많다. 대표적으로 16세기에 활동한 바르톨로메 데 라스카사스Bartoleme de las Casas, c.1484~1566라는 사제가 있다. 지금의 도미니카에 사제로 1501년 부임한 이래, 그는 순수 신앙으로 평생을 원주민을 위해 노력했다. 원주민의 참상을 목도한 그는 기독교의 자성을 촉구했다. 기독교 신앙은 원주민의 학살이나 착취와 양립할 수 없음을 공개 선언하기도 했다.

라스카사스 이후, 중남미의 가톨릭은 상당한 혼선을 겪어야 했다. 정복자의 침탈을 정당하게 보는 상층부와 원주민을 상대로 선교하는 일선의 사제 사이에 갈등이 증폭되었기 때문이다. 중남미에 진출한 프란치스코회, 도미니크회, 그리고 예수회 소속 선교사들이 원주민 보호에 앞장섰다. 교황이나 자국 가톨릭 지도부의 회유와 압박에도 선교사들은 굴하지 않았다. 그로 인해 일부 사제들은 소환되거나 선교회가 해산되는 어려움을 맞기도 했다.

이런 가톨릭 내부의 대칭적, 양면적 흐름은 19세기까지 계속되었다. 우리에게 잘 알려진 영화 '미션Mission'도 가톨릭의 그런 흐름을 잘 보여준다. 가톨릭의 이런 양면적 흐름은 해방신학의 등장으로 연결된다. 인간의 존엄성을 회복하고 정의와 평화를 이루기 위해서 종교는 잘못된 사회 구조의 변혁을 위해 노력해야 한다는 주장이다.

20세기 중반에 이르러 가톨릭은 중남미에서 대전환을 시도한다. 1968년 콜롬비아 메데인Medellin에서 열린 라틴아메리카 주교회의는 채택한 선언문을 통해 '제도화된 폭력이 지배하는 불의한 상황'이라고 중남미의 현실을 진단했다. 정치적, 사회적, 경제적 불평등이 존재하는 곳에서는 주님의 평화가 함께 할 수 없음도 천명했다. 그리고 가난하고 억압받는 자들과의 연대가 교회의 주요한 사명임도 밝혔다.

10년 후인 1979년에 멕시코 푸에블라에서 열린 라틴아메리카 주교회의에서도 동일한 내용을 거듭 확인했다. 우선 전체 가톨릭 교회의 회개를 촉구했다. 그리고 가난하고 억압받는 이들을 위한 노력은 교회의 필수 불가결한 사명임을 분명하게 선언했다.

극심한 빈부 격차와 차별로 억눌린 서민 메스티소의 불우한 처지가 방치할 수 없을 정도로 심각했기 때문이었다. 그런 상황이 만들어진 데는 가톨릭의 책임도 적지 않았기에 전체 교회의 회개를 촉구한 것이다. 정치 사회적 문제들에 대해 적극적으로 소리를 내기 시작했다. 인간은 어려울수록 작은 위로에도 큰 감사를 느낀다. 가톨릭이 서민 대중에게 희망의 빛으로 다가선 것이다.

엘살바도르에서도 가장 영향력 있는 세력이 가톨릭이다. 중남미 국가에서 공통된 현상이다. 가톨릭 토대 위에서 국가가 세워졌기 때문이 아니다. 가톨릭이 가난하고 억압받는 대중의 친구가 되었기 때문이다. 그래서 언론이나 사회단체보다 가톨릭의 영향력이 더 크다. 엘살바도르에는 암살로 고인이 되었지만, 국부적 위상의 로메로 신부가 있다. 그는 살바도란의 가슴 속에 지금도 살아있다.

2021년 3월 젊은 대통령이 3권을 장악했다. 그는 국회가 개원한 날 대법원장과 헌법재판부 대법관 5명을 해임했다. 검찰총장도 역시 해임했다. 국회가 재적 3분의 2 이상의 찬성으로 해임할 수 있도록 헌법이 정하고 있다. 미국을 비롯한 EU 국가들이 삼권분립을 붕괴시키는 비민주적 조치라고 항의를 제기했다. 대통령과 여당은 법대로 한 것이라고 했다.

엘살바도르 가톨릭 주교단 회의에서 성명을 냈다. 정당한 사유 없이 대법관과 검찰총장을 해임하는 것은 삼권분립을 위태롭게 하는 것임을 지적하고, 정치적 혼란은 궁극적으로 어려운 민중의 삶을 더 어렵게 만들 것이라고 성명을 발표했다. 이외에도 비트코인 법정화폐 채택이나 미국과의 외교적 대립 등 주요 문제에 대해 가톨릭은 대중에게 불이익을 초래할 정책을 반대한다는 견해를 밝혔다. 이와 같은 가톨릭의 견해는 많은 살바도란의 판단에 큰 영향을 주고 있다.

지금 중남미 가톨릭은 정복자의 침탈이 가져온 극심한 빈부 차이와 부정부패, 불평등 사회 구조의 개선을 위해 민중의 편에서 노력을 다하고 있다. 그러나 종교의 정치적 중립이라는 한계 또한 뛰어넘지 못하고 있는 것도 현실이다. 그럴지라도 어려운 서민이 기댈 수 있는 든든한 버팀목이 되어주고 있는 것은 매우 다행스러운 일이다.

마치스모의 어두운 그림자

●●●●

라틴아메리카에는 마치스모Machismo의 어두운 그림자가 지금도 가정과 사회 곳곳에 어른거리고 있다. '마치스모'란 남성우월주의를 의미한다. 우리가 과거에 지녔던 '남존여비'나 '여필종부'의 정서와 맥을 같이 한다고 볼 수 있다.

마치스모의 폐해는 여성에 대한 성폭력, 구타 등 가정 폭력, 사회적 차별 등으로 나타난다. 라틴아메리카에서 유독 남성우월주의가 강한 것은 침략과 식민의 역사가 그 배경을 이룬다. 스페인을 필두로 남미로 이주한 유럽의 백인들이 인디오들을 죽이고 뺏는 역사 속에서 남성우월주의가 자연스럽게 형성된 것이다.

또 하나의 배경은 찾는다면 가톨릭의 영향을 들 수 있다. 가톨릭에서 마리아는 그리스도의 어머니로서 순결과 순종의 상징이고 숭배의 대상이다. 여성은 마리아처럼 순결하고 순종적이어야 한다는 의미로 '마리아니스모Marianismo'란 말이 존재한다. '마리아를 닮는 것'이 본 의미다. 그래서 여성의 미덕을 순종, 복종, 순결에서 찾는다.

낙태 금지와 처벌은 중남미에서 여성에 대한 사회적 올무로 작용하고 있다. 이 또한 가톨릭의 영향이다. 원하지 않았던 불가항력적 임신에도 낙태는 매우 무겁게 처벌된다. 가정 문제에서 남성들은 우월적이고 자유스럽다. 언제든 둥지를 떠날 수 있고, 남자가 떠나고 나면 자녀들은 오롯이 여자 책임이 된다.

최근 중남미에서 개신교가 급격히 교세를 키우고 있다. 그 배경에는 남성 중심의 가톨릭에 비해 개신교가 여성에게 더 많은 참여적 기회를 부여하고 있기 때문이다. 교회에서 여러 직책과 활동 기회를 부여받는 것은 마치스모에 눌려온 여성들에게 신선한 자극이 되고 있다.

시대가 변하고 페미니즘이 등장하면서 점차 수그러드는 경향이 있지만, 아직도 그 어두운 그림자는 가정과 사회 곳곳에 음습하게 남아 있다. 유엔에서 발간하는 성차별 혹은 성폭력 등에 관한 보고서에는 아직도 다른 지역보다 중남미에서 그 심각성이 뚜렷하게 나타나고 있다.

엘살바도르 역시 마치스모의 어두운 그림자가 가정과 사회 곳곳에 여전히 존재하고 있다. 여성에 대한 차별적 편견이 자연스럽다. 폭행이나 납치의 대상이 되기도 하고 어려운 생계를 책임져야 하는 경우도 많다. 남성에 의해 쉽게 버림을 당하거나 남편이 있음에도 가정의 생계를 책임져야 하는 경우도 많다. 시골 지역이나 저소득층, 교육 수준이 낮은 계층에서 마치스모의 그림자는 더 진하다.

대사로 있으면서 학교 선생들을 만난 적이 있다. 이런저런 얘기를 나누다가 정년을 물었다. 남성 교사는 60세이고 여성 교사는 55세라고 했다. 남성은 60세까지 월급도 받고 연금도 더 부을 수 있다. 교직에만 있는 차별이 아니고 전 부문에서 여성에 대한 차별이 존재한다.

내가 여성 교사들에게 왜 항의하지 않느냐고 물었다. 의회나 대통령실 앞에서 피켓을 들고 시위도 하고, 아니면 성 평등을 선언하고 있는 헌법 정신에 위반되니 소송을 제기하라고도 했다. 그들은 양성 평등을 선언한 법도 여성 편이 되지 않는다고 했다. 별로 불만이 없는 것처럼 보였다. 이해하기 힘들었다.

중남미 국가에서 2000년대에 들어서면서 여성 대통령이 줄줄이 등장했다. 아르헨티나의 2007년 크리스티나 페르난데즈Christina Fernandez, 브라질의 2011년 딜마 로우세프Dilma V. Rousseff, 코스타리카의 2010년 라우라 친칠라Laura Chinchilla, 그리고 2022년 온두라스에서 시오마라 카스트로Xiomara Castro가 대통령에 당선되었다. 여성 각료들도 수없이 많이 등장했다.

정치권에 여성 진출이 현저하게 증가했음에도 마치스모의 어두운 그림자는 쉽게 개선되지 않았다. 여권 신장을 위해 열정을 바친 여성 정치인들도 많지 않았다. 매우 이해하기 힘든 현상이다. 수백 년을 넘는 오랜 세월 동안 형성된 인습은 쉽게 바뀌지 않음을 증명한다. 불행한 일이다.

중미권에서 여성 실종이 많은 이유 가운데 하나는 마치스모의 그림자에서 벗어나려는 여성들이 미국이나 캐나다로 불법 입국을 시도하기 때문이다. 미국과 캐나다는 엘살바도르와 과테말라, 온두라스에서 피난처를 찾아오는 여성들에게 인도적 차원에서 난민 신분Refugees and Asylum Status을 비교적 넓게 인정하고 있다.

중미권에서 진정한 성평등이 이루어지기 위해 앞으로도 얼마나 많은 시간이 필요할지 모른다. 그러나 변화의 기류도 거세다. 스마트폰과 인터넷의 확산으로 정보의 교류가 매우 빨라지고 있다. 그리고 여성의 경제적 활동이 폭넓게 확대되고 있다. 성차별 철폐를 외치는 여성단체나 사회단체도 늘고 있다. 마치스모의 어두운 그림자가 엘살바도르와 라틴아메리카에서 하루빨리 사라지기를 희망한다.

두 해변

엘살바도르는 태평양을 끼고 있다. 중미권 나라 가운데 대서양과 마주하지 않은 유일한 나라다. 해변이 매우 아름답다. 산이 많고 수목이 어디든 울창하다. 그래서 큰 나무들이 줄지어 있고 산기슭을 따라 개설된 구불구불한 해안도로 역시 참 아름답다.

주말이면 아내와 함께 종종 해변을 찾았다. 산살바도르 시내에서 1시

_ 해변 휴양지

_ 해변의 서민 식당

간 정도 드라이브하면 바다가 시원하게 펼쳐진 전경 좋은 곳이 많다. 그런 곳은 어김없이 식당이 자리 잡거나 아니면 부잣집 별장이 들어서 있다. 위치 좋은 찻집이나 식당에서 탁 트인 아름다운 바다를 내려다보면서 식사를 하거나 풍미가 독특한 커피를 한잔 하는 즐거움이 매우 컸다.

라 리베르따드La Libertad시는 엘살바도르의 대표적 포구 중 하나이자 국제 서핑대회가 열리는 곳이다. 포구에 가면 많은 종류의 생선과 새우를 잡아 들어오는 작은 배들을 볼 수 있다. 상어, 참치, 돔 등 태평양에서 건져 올린 싱싱한 생선들이다. 홍어도 보이고 조기도 있었다. 고기의 모양이 우리나라 생선과 같은 것도 있고, 약간 다른 것도 있다.

_ 생선가게

생선은 매우 싸다. 횟감으로 좋은 돔 종류를 보면, 우리나라 해변에서 20만 원을 넘게 주어야 할 크기가 25달러나 30달러 정도면 살 수 있다. 60 센티미터가 넘는 싱싱한 참치도 겨우 5달러다. 싱싱한 큰 생선 한 마리를 사서 회를 뜨면 10명이 모여 실컷 먹고도 남았다. 아침 일찍 포구에 나가면 밤새 잡은 싱싱한 물고기를 살 수 있다.

생선을 사러 몇 번 주말 아침 일찍 포구를 찾았다. 포구 입구 건물에 생선을 주문대로 다듬어 주는 곳이 있다. 큰 생선을 가지고 가면 회를 뜰 수 있도록 살만 떠주기도 한다. 여섯 명쯤 비닐 앞치마를 걸치고 일을 하는데 칼을 연신 숫돌에 갈면서 매우 능숙하게 생선을 손질한다. 보고 있노라면 시간 가는 줄 모른다. 삯도 매우 싸다. 대충 주는 대로 받는다. 제법 많은 생선을 손질해 주는데도 현지 사람은 2~3달러 정도 주고 간다.

동방예의지국, 그것도 부자나라 한국에서 온 나는 그럴 수가 없었다. 5달러 이상을 주었다. 갈 때마다 생선을 맡기는 내 단골이 있었다. 아주 작은 키였다. 모자를 옆으로 비스듬히 쓴 모습이 익살스러웠다. 내가 포구에 나타나면 어디서 기다리고 있는 것처럼 웃으면서 나타난다. 그의 이름이 아주 거창하다. 이스라엘!

어느 토요일 아침 이스라엘이 보이지 않았다. 다른 사람을 시켜 횟감을 떠서 가지고 나오려는데 그가 나타났다. 왜 늦었느냐고 했더니, 어제 저녁에 아내랑 싸우고 아침에 화해를 위해 사랑을 매우 진하게 하는 바람에 늦었다고 했다. 같이 간 대사관 직원과 함께 박장대소를 할 수밖에 없었다. 어쩔 수 없이 참치 한 마리를 더 사서 그에게 일감을 주었다.

새우는 엘살바도르의 대표적 해산물 가운데 하나다. 대하에서 작은 새우에 이르기까지 많이 잡힌다. 8~9마리가 1파운드 정도 되는 큰 대하는 파운드에 10~15달러 정도다. 현지에서도 비싼 편이다. 싱싱한 대하로 버터구이나 소금구이를 해서 와인 한잔을 곁들이면 그 맛이 일품이다.

포구는 완전 구식이다. 고기잡이배도 아주 작다. 유원지의 모터보트보다 조금 큰 정도다. 들어오고 나가는 배를 구식 크레인으로 들어 올리고 내린다. 작은 배에 많게는 4인 적게는 2인이 타고 태평양 거친 바다로 나간다. 어두운 밤에 밤새 고기를 잡아 새벽이면 포구로 들어온다.

들어 올린 배 위에서 생선을 판다. 많이 잡은 배의 어부는 목소리도 크고 얼굴도 밝다. 그러나 적게 잡은 어부는 풀이 죽고 피곤으로 지친 모습이다. 그들은 생계를 위해 날마다 목숨을 건다. 그들에게 생선을 싸게 달라고 할 수가 없었다. 나는 그들이 값을 부른 대로 주고 샀다. 식당에서 온 사람, 나처럼 한두 마리 사러 온 사람들이 북적인다. 포구는 생존을 위한 치열함이 있는 곳이다.

포구에서 좀 떨어진 곳에는 다른 부류의 사람들이 파도를 즐긴다. 서핑을 즐기는 부유한 계층이다. 서핑을 위해 그곳을 찾아온 외국인들도 많다. 적도에서 가까운 위도여서 그런지 모르지만, 해변에는 큰 파도가 자주 몰려온다. 매년 국제 서핑대회가 열리고 미국이나 캐나다의 서핑 매니아들이 휴가를 이용해서 이곳을 찾는다. 그래서 라 리베르따드 시를 아예 '서프 시티Surf City'라고 부른다.

매년 서핑대회가 열릴 때마다 대사관으로 초대장이 왔다. 친한 정부 인사가 같이 가자고 해서 한 번은 같이 보러 갔다. 해변에서 서핑 경기를 잘 볼 수 있는 계단식 관람석이 있었다. 젊은 남녀 선수들이 색색의 유니폼을 입고 묘기를 선보였다.

아슬아슬하게 파도를 타는 모습에서 인간이 지닌 재능에 새삼 놀랐다. 인간이 나무에서 살았다면 원숭이보다 나무를 더 잘 탔을 것 같고, 물속에서 살았다면 큰 물고기보다 수영을 더 잘했을 것이라는 생각이 들었다. 보기만 해도 시원하고 즐거운데 파도 위에서 서핑을 즐기는 사람들은 얼마나 즐거운 기분일지 부러웠다.

더운 날씨에 습한 바람이 불어와서 경기 관람도 쉽지 않았다. 다행히 맛있고 시원한 음료가 제공되었다. 어떤 과일을 섞어 만든 것인지는 몰라도 한 모금 마실 때마다 입안과 목이 과일 향기로 가득했다. 적당히 단맛에 섞인 과일의 향기와 맛이 절묘했다. 이 글을 쓰는 순간에도 그 맛과 향이 입에서 다시 살아나는 것을 느낀다.

같은 바다에서 파도를 즐기는 사람들이 있고, 작은 배 위에서 날마다 목숨을 걸고 어두운 밤에 고기를 잡는 사람들이 있다. 해변의 두 모습이 조화를 이룰 수 있다면 얼마나 좋을까를 생각해 보았다. 그러나 천국과 지옥이 조화를 이룰 수 없듯이 두 부류의 모습은 어울릴 수 없는 너무 동떨어진 환경에 있었다. 엘살바도르의 슬픈 단면이다.

요란한 크리스마스

엘살바도르에서는 우리 설날 같은 전통 명절이 없다. 대신 크리스마스가 최대의 명절이다. 크리스마스 연휴는 12월 24일부터 신년 업무 개시일까지다. 주말까지 합치면 10일 연휴가 보통이다. 대사관은 현지 주재국의 공휴일을 따른다. 그래서 크리스마스 연휴는 대사관에서 근무하는 우리에게도 최대의 휴가 기간이다.

재미있는 일은 정부와 공공기관은 연휴 동안 10일을 계속 쉬는데, 민간부문의 연휴는 24일과 25일, 그리고 31일과 신년 1월 1일, 이렇게 나흘이다. 기업들이 그렇게 정한 것이 아니라, 정부가 정한 것이다. 이해하기 힘들다. 정부가 앞장서서 더 일하는 모습을 보여야 하는데 공무원은 쉬고 국민은 일하라는 것이다.

물론 개인 기업이 며칠을 쉬건 정부가 쉬지 말라고 하지는 않는다. 그럴지라도 정부 공직자들이 긴 연휴를 즐기면서 근로자에게는 짧은 연휴를 인정하는 것은 이해하기 어렵다. 부유층인 기업주를 배려한 의도가 배경에 있다고 본다.

앞서 얘기했듯이 살바도란은 가족적 유대가 매우 강하다. 거의 동일한 역사를 지닌 과테말라, 온두라스, 니카라과 등 이웃 나라들과 달리 그처럼 가족적 유대가 강한 배경에는 어떤 연유가 자리하고 있는지 알 수 없다. 그 배경을 여러 사람에게 물었지만, 대답은 '가족이기 때문'이라는 평범한 얘기였다. 크리스마스가 되면 국내는 물론이고 해외에 나가 있던 형제자매가 찾아오고 온 가족이 재회의 기쁨을 나눈다. 떨어져 지내고 있는 가족을 만나는 것이 그들에게는 가장 큰 크리스마스 선물이자 축복이다.

크리스마스가 다가오면 나라마다, 그리고 도시마다 특색있는 크리스마스 행사를 기획하고 축제를 벌인다. 우리나라도 예외가 아니다. 기독교 인구가 많거나 기독교 전통이 오래된 나라일수록 다채로운 행사가 벌어진다. 세계의 이목을 집중시키는 크리스마스 축제도 많다.

엘살바도르도 크리스마스 연휴 동안은 축제로 나라 전체가 요란스럽다. 어느 거리에나 다양한 크리스마스 장식을 볼 수 있고, 지역마다 다채로운 축제가 열린다. 도로 체계에서 원형 로터리가 많은 것이 특색인데 어김없이 그곳에는 대형 크리스마스트리를 비롯한 여러 장식이 볼거리를 제공한다. 가난한 나라면서도 크리스마스 장식에는 돈을 아끼지 않는다.

살바도란은 크리스마스에 새 옷을 입는 전통이 있다. 성탄절을 경건하게 맞는다는 종교적 의미가 담겨 있다. 그래서 크리스마스 때 가족이나 친지에게 새 옷을 선물하는 것은 오래된 풍습이다. 새 옷을 입고 가족 모두가 즐기는 만찬Cena familiar은 매우 푸짐하다. 여러 종류의 뿌뿌사, 우리에게도 잘 알려진 따말레스Tamales, 치킨구이나 생선튀김, 과일로 만든 파이와 빵 등 가족이 좋아하는 전통 음식이 준비된다.

그리고 수프와 디저트가 따른다. 그들도 우리처럼 국물을 좋아한다. 그러나 가난한 서민은 평소에 자주 만들어 먹기가 쉽지 않다. 국물에도 여러 종류가 있지만, 우리나라 시래기 된장국처럼 인기 있는 국으로 몬동고숍Sopa de Mondongo이 있다. 소뼈나 돼지뼈를 오래 끓여낸 국물에 굵게 자른 감자와 당근, 옥수수, 시금치 등을 넣고 전통 소스를 넣어 끓인 국이다. 우리 입맛에도 맞는 맛있는 수프다. 우리처럼 뼈를 우려내는 조리법이 있다는 것이 신기했다.

디저트로는 전통 치즈케이크인 께사디야스Quesadillas를 먹는다. 매우 달게 만든 치즈케이크다. 중미에서 비만 체형이나 당뇨 환자가 많은 주요 원인 중 하나가 설탕이 많이 들어간 음식을 좋아한다는 점이다. 사탕수수가 주요 농작물이고 설탕값이 싸기 때문이다. 음식을 이웃이나 친지와 나누는 풍습은 우리와 비슷하다. 이웃과 나눔을 좋아하는 아름다운 심성이다.

엘살바도르의 크리스마스 축제에서 빼놓을 수 없는 것이 폭죽과 불꽃놀이다. 살바로란들은 평소에도 폭죽을 좋아한다. 기분 좋은 일이나 생일 등 무슨 경사가 있으면 폭죽을 쏘아 올린다. 폭죽 소리가 집안의 액운을 쫓아낸다는 미신도 깔려있다. 엘살바도르에 부임해서 처음에는 총기 소리로 착각하기도 했다. 시도 때도 없이 폭죽 소리가 요란하게 들리는 곳이다.

크리스마스 전야는 온통 폭죽과 불꽃놀이 소리 때문에 잠을 자려고 해도 잘 수가 없다. 산살바도르 시내 상당 부분이 내려다보이는 관저 2층에서 크리스마스이브에 즐기는 폭죽이나 불꽃놀이를 보는 것은 큰 재미였다. 자정을 전후해서 산살바도르는 그야말로 불꽃과 폭죽으로 전 시내가 마치 전쟁터를 방불케 한다.

산살바도르에서 조용한 곳이라고는 한 군데도 없다. 마치 모든 동네가 서로 경쟁이라도 하듯 폭죽과 불꽃을 쏘아 올린다. 거기에도 빈부의 차이는 존재한다. 부유한 사람들은 불꽃놀이로, 서민들은 폭죽을 터뜨린다. 정말 볼만한 광경이었다. 시내 전체가 이렇게 폭죽과 불꽃놀이 쇼를 벌이는 곳은 다른 나라에서는 찾아볼 수 없는 풍경이다.

2021년 통계를 보면, 엘살바도르 전체 인구 가운데 82%가 기독교를 믿는다. 개신교보다는 가톨릭 교세가 두 배 이상이다. 엘살바도르는 다른 중남미 국가와 마찬가지로 가톨릭의 토대 위에서 세워진 나라다. 그러나 크리스마스 전야의 불꽃과 폭죽은 종교적 차원을 뛰어넘는 전통문화로 자리 잡은 지 오래다.

황제 골프장

엘살바도르에는 골프장이 겨우 네 곳뿐이다. 산살바도르 시내 최고의 사교클럽인 깜뻬스뜨레 클럽, 우리 교민이 즐겨 찾는 엔깐또 클럽, 아름다운 호수를 낀 꼬린또 클럽, 그리고 바닷가 해변에 있는 또 하나의 골프장이 전부다.

엘살바도르나 중미에서 골프를 칠 수 있는 사람들은 특권층에 속한다. 정부 인사들도 별로 치지 않는다. 주로 기업주나 변호사, 의사들이 골프장을 찾는다. 골프장은 철저하게 회원제로 운영된다. 회원이 초청하는 경우에만 예외적으로 비회원이 골프장을 이용할 수 있다.

클럽 내에 골프장만 있는 것이 아니다. 수영장이나 테니스 코트 등 각종 스포츠 시설이 있다. 그리고 파티를 즐길 수 있는 식당과 연회장, 술을 마실 수 있는 바가 있다. 종합 사교클럽의 성격을 지니고 있다. 그래서 가족이나 단체의 모임 장소로도 이용된다. 서민들은 꿈도 꿀 수 없는 장소다.

_ 깜뻬스뜨레 골프장

엘살바도르의 골프장과 비교한다면, 한국의 골프장은 매우 밋밋하다. 페어가 넓고 매우 쉬운 골프장이다. 수익을 생각해서 골퍼들이 빨리 치고 지나갈 수 있도록 설계되었기 때문이다. 정해진 플레이 시간에 맞추어야 하는 캐디들의 독촉도 심하다. 그래서 우리나라 골프장에서 느긋하게 골프를 즐긴다는 것은 생각하기 어렵다. 전반 9홀이 끝나고 나면 서너 팀이 밀리고 기다리는 것이 보통이다.

엘살바도르 골프장은 매우 아름답다. 1년 내내 기후가 따뜻한 곳이기에 잔디와 수목이 늘 파랗다. 인건비가 비싸지 않아서 코스 관리도 매우 잘 되어 있다. 산기슭의 자연 상태를 그대로 유지하면서 만들었기 때문에 골프장 내에 숲이나 계곡, 구릉도 있다. 따라서 코스가 쉽지 않다. 가히 특급 골프장이라고 해도 과언이 아니다.

_ 깜뻬스뜨레 골프장

캐디는 모두 남성이다. 40대나 50대가 많다. 캐디 나이로는 좀 많은 편이다. 18홀을 돌고 받는 돈은 20달러다. 건설 현장에서 하루 내내 힘든 일을 하고 받는 금액과 같아서 꽤 괜찮은 수입이다. 그들은 그 돈에 매우 흡족해한다. 5달러 정도 팁을 보태주면 그들의 얼굴에 함박꽃이 핀다.

카트는 1인이나 2인이 타고 골퍼가 직접 운전한다. 건기에는 페어에서 공이 있는 데까지 카트를 몰고 다녀도 무방하다. 우리나라 골프장에서는 상상할 수 없는 자유로운 분위기다. 아침에 일찍 가서 18홀 돈을 내고 해질 때까지 27홀을 치든 36홀을 치든 상관하지 않는다.

앞 팀도 보이지 않고 뒤 팀도 보이지 않는다. 한국 골프장에서 이런 경우를 '황제 골프'라고 한다. 한국처럼 팀과 팀 사이에 시간제한이 있는 것도 아니다. 혼자 치는 골퍼도 있다. 혼자 치기 때문에 4인이 치는 팀보다 빠를 수밖에 없다. 자연스럽게 먼저 치고 가도록 양보도 한다. 언제든 황제 골프를 할 수 있는 곳이다.

_ 엔깐또 골프장 골프코스

나는 회원권을 가지고 있는 현지 인사들의 초청을 받아 시내에 있는 고급 사교장인 깜뻬스트레 클럽에서 주말이면 간혹 골프를 즐겼다. 회원은 그린피가 없고, 회원이 초청한 사람은 25달러를 낸다. 초청자가 내 그린피를 내주는 때가 많았다. 그린피와 캐디피, 카트피까지 모두 합해도 우리 돈으로 5만 원이 넘지 않는다. 우리 골프장에 비하면 매우 싸다.

매주 주말이면 우리 교민들이 많이 모여 골프를 즐기는 엔깐또 클럽은 시내에서 차로 30분 정도 떨어진 곳에 있다. 주말이면 어김없이 20여 명의 우리 교민들이 모이는 곳이다. 나도 한인회 임원이나 교민들과 몇 번 같이 치던 골프장이다. 코스가 가장 아름답지만 어려운 곳이다. 코스에 익숙하지 않은 골퍼들은 공을 서너 개씩 잃어버리곤 한다. 물론 그보다 더 잃어버린 사람들도 많다.

우리 교민들은 골프를 하면서 어김없이 돈 내기를 한다. 유독 우리가 내기를 좋아하는 배경이 무엇인지 궁금하다. 나도 내기하는 게임이 훨씬 재미있다. 이기려는 의욕이 더 나기 때문이다. 우리에게 재미있는 내기를 다른 나라 사람들은 하지 않는다. 그들도 클럽하우스에서 골프가 끝나고 돈 내기 혹은 식사 내기 포커 게임을 하기도 한다. 그러면서도 골프 치면서는 돈 내기를 하지 않는다.

골프장에 특이한 장면이 있다. 코스를 돌다 보면 조금 으슥한 곳이 있다. 이런 곳에는 어김없이 소총을 든 경비원이 배치되어 있다. 부유한 사람들만 이용하는 골프장을 갱단이 털 수도 있기 때문이다. 아마 골프장에서 무장한 경비를 볼 수 있는 곳은 엘살바도르와 중남미뿐일 것이다.

골프를 하고 나서 클럽하우스 식당에서 맥주를 곁들여 먹었던 따꼬 Taco 맛을 잊을 수 없다. 여러 소스로 버무린 적당한 크기의 통통한 새우와 아보까도, 토마토 등을 바삭하면서도 부드럽게 구운 또르띠야가 감싸고 있는 따꼬다. 들어간 재료의 맛이 모두 살아있다. 크기도 제법 커서 두 개를 먹으면 한 끼 식사로 족하다. 한 접시에 세 개가 나오는데 값은 9달러로 저렴했다.

골프를 마치고 바에서 술을 마시는 사람들, 한쪽 테이블을 차지하고 포커를 하는 사람들, 음식을 들면서 담소를 나누는 사람들, 모두 팔자가 좋은 사람들이다. 나도 그중 한 사람이었으니 내 팔자도 나쁜 것은 아니다. 안타깝게도 현지의 가난한 서민이 생각할 수 없는 팔자다.

거북이 방생

두 번째 맞는 10월이 거의 지나가던 무렵이었다. 어느 외교관이 현지에서 벌이는 자연생태 보호 캠페인에 우리 대사관도 참여하는 것이 좋겠다고 했다. 좋은 아이디어였다. 찬조하는 비용도 많지 않았다. 날을 잡아 대사관 직원들과 해변을 찾았다.

산살바도르에서 멀리 떨어지지 않은 라 리베르따드에 있는 해변이었다. 탁 트인 태평양이 마음을 시원하게 했다. 푸른 하늘과 바다가 만나는 곳이었다. 파도도 높지 않았다. 검은색 모래가 길고 넓은 해변을 덮고 있었다. 검은 모래는 가늘고 부드러웠다. 검은색은 화산의 용암이나 재로 형성되었기 때문이다. 조약돌 하나 보이지 않았다. 한 줌 손으로 쥐어 본 모래의 크기가 모두 같은 것은 어떤 조화인지 모른다. 생각할수록 신비 그 자체였다. 맨발로 걸으면서 느낀 부드러운 감촉이 참 좋았다.

식당들이 줄지어 해변에 자리 잡고 있었다. 해변을 찾는 서민들을 상대로 영업하는 식당들이다. 허름한 시설이지만 들어가서 음식을 먹어 보고 싶은 호기심도 났지만, 일행을 생각해서 접었다. 돈 있는 부자들이 가는 식당은 더 전망 좋은 곳에 있다. 시설은 비교하기 어려울 정도로 좋다. 호텔과 선술집 같은 차이이다.

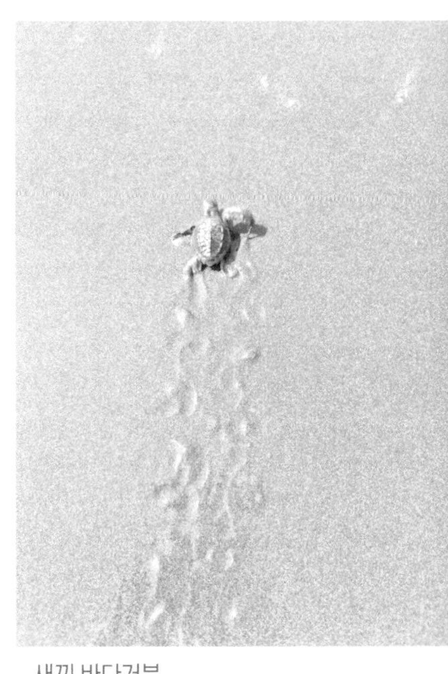
_ 새끼 바다거북

차이가 큰 서로 다른 식당에서 식사하는 부자와 서민이 느끼는 행복이나 만족감에 어떤 차이가 있는지 모른다. 좋은 시설에서 비싼 음식을 먹는 부자들이 더 행복하리라고 여기는 것이 보통이다. 그런데 허름한 식당에 있는 사람들의 표정이 더 밝고 웃음도 많았다. 식당에서 일하는 사람들도 마찬가지였다. 왜 그런지는 잘 모른다.

해변을 앞으로 하고 즐비하게 늘어선 식당이 끝나는 곳에 자연생태보호단체가 있었다. 일하는 4명 모두 자원봉사자였다. 생물학을 전공하는 대학생과 대학원생도 있었다. 자연 생태계 보호에 대한 열정이나 그곳에서 담당하고 있는 일에 대한 자부심이 꽤 높았다. 그들이 달리 보였다.

한쪽에는 10평 남짓한 모래사장에 여러 푯말이 세워져 있었다. 천연부화장이다. 한쪽 모래사장에 울타리를 치고 관리하고 있었다. 푯말에는 그곳에 묻어둔 알의 정보를 기록해놓았다. 알을 채취한 날짜, 개수,

관리 온도, 그리고 부화 예정일에 관한 것이었다.

거북이 종류가 크게 네 가지라는 것을 설명을 듣고 알았다. 쁘리에따Prieta, 골피나Golfina, 바울레Baule, 그리고 까레이Carey다. 쁘리에따와 까레이 거북은 동물의 왕국이나 영화에서 종종 등장하는 종류다. 등에 얹은 갑옷의 모양이 아름답고 색이 곱다. 그래서 사냥의 대상이 된다고 했다. 잡으면 비싼 가격으로 팔린다고 한다. 장식용 제품이나 여성의 핸드백 등에 이용되기 때문이다.

바울레는 성장하면 몸체가 크고 등의 갑옷이 부드러운 특징을 지니고 있다. 간혹 지나는 배에 스쳐 상처를 입고 죽는다고 했다. 바울레 역시 어부들이 눈독 들이는 사냥감이다. 고급 요리 재료로 팔리기 때문이다. 멸종 위기에 있다고 했다. 인간은 식탐에도 끝이 없다.

어떤 사람들은 보호하려고 애쓰고 어떤 인간들을 잡으려고 그 넓은 바다를 뒤진다. 인간의 두 얼굴이다. 아무리 돈이 된다고 해도 씨를 말리는 행위는 신의 창조 질서에 도전하는 일이다. 그리고 그런 행위는 저주의 대상이 될 수 있다. 하지만 눈앞에 어른거리는 돈의 유혹에 그런 저주는 보이지 않는다. 인간의 무지와 무모함이 그저 놀라울 뿐이다.

라 리베르따드 해변에서 부화하는 주된 종류는 골피나 거북이었다. 9월부터 3월까지가 산란기다. 밤에 해변 모래사장에 알을 낳고 모래로 덮은 다음 바다로 돌아간다. 한 번에 80에서 1백 개 정도의 알을 낳는다고 한다. 거북이가 알을 낳고 간다는 것을 안 천적들이 밤에 해변을 뒤진다. 알을 먹기 위해서다. 거북의 천적은 무모한 인간뿐이 아니다.

그래서 보호단체 자원봉사자들이 밤이면 해변 모래사장의 흔적을 찾아 헤맨다. 거북이 알을 묻은 곳을 찾기 위해서다. 조심조심 모래를 파고 알을 채취해서 부화장으로 가져와 다시 묻는다. 묻고 나서 45일 후에 새끼 거북이 탄생한다. 골퍼나 새끼 거북의 암수를 결정하는 요인이 온도라는 사실에 놀라움을 금치 못했다. 알이 묻힌 모래를 30도 이상으로 유지하면 암컷, 그리고 그 이하로 유지하면 수컷이 태어난다. 신이 만든 창조의 질서가 참으로 신비하고 오묘함을 느끼지 않을 수 없다.

인간을 포함한 모든 생태계의 공통점이지만, 거북의 회귀본능은 매우 유별나다. 반드시 알을 깨고 나온 해변으로 찾아와 알을 낳는다. 그 넓은 대양을 돌아다니다가 자신이 태어난 해변으로 찾아오는 본성과 지능을 이해하기 어렵다. 설명에 의하면, 새끼 거북의 머리에는 GPS 기능을 담당하는 신경세포가 존재한다. 거기에 태어난 고향이 입력된다는 것이다. 인간보다 더 탁월한 기능이 있는 셈이다. 알을 깨고 나온 새끼 거북은 12시간 이내에 바다로 보내야 한다. 그렇지 않으면 바다에 대한 적응력도 떨어지고 자기가 태어난 곳을 기억하지 못한다. 새끼 거북의 기억장치가 지닌 한계다.

부화한 새끼 거북 1천 마리가 바다로 가면 성장해서 태어난 해변으로 돌아오는 거북은 겨우 1마리 정도라고 한다. 바다에 들어가면서부터 큰 물고기나 기러기 등의 먹이가 되기 때문이다. 생존율이 1천 분의 1이라니 정말 놀랍다.

우리 일행이 새끼 거북을 담은 용기를 들고 해변으로 나갔다. 바닷물로부터 20m쯤 떨어진 모래 위에다 놓아 주었다. 눈으로 보는 건지, 귀로 파도 소리를 듣는 건지 모르지만 모두 바다를 향해 움직이기 시작했다. 신비 그 자체였다. 경이로웠다. 가다가 쉬고를 두어 차례씩 하면서 부지런히 바다를 향해 작은 몸짓으로 기어갔다.

모두 건강하게 크면서 넓은 대양을 씩씩하게 누비기를 마음속으로 간절히 빌었다. 한 마리씩 놓아줄 때마다 이름도 지어주었다. 어떤 서기관은 '포세이든'이라는 거창한 이름도 붙여주었다. 나는 '코리아, BTS, 라이언, 타이거' 등의 이름을 주었다.

물을 만나자 자연스럽게 헤엄쳐 들어갔다. 들어오고 나가는 파도를 타고 깊은 바다를 향했다. 알을 낳아준 어미도 가르쳐 주지 않았다. 신이 가르쳐준 유영법이다. 건강하게 자라기를 간절히 기도하는 사이에 시야에서 사라졌지만, 우리 일행은 한참을 새끼 거북이가 나간 바다를 보고 있었다.

그때 우리를 경악시키는 일이 바로 눈앞에서 벌어졌다. 어디서 언제 날아왔는지 모르는 갈매기 몇 마리가 콩을 주워 먹듯이 새끼 거북이들을 잡아먹었다. 새끼 거북은 호흡을 위해 바다 표면으로 올라왔다 다시

내려가곤 한다. 올라오는 새끼 거북을 잡아먹는 것이다. 우리가 방생한 50여 마리 가운데 몇 마리가 희생되고 몇 마리가 바다 깊은 데로 갔는지 모른다. 인간의 세계나 동물의 세계나 먹이사슬의 잔인함은 마찬가지라는 생각이 들었다.

갈매기도 먼 곳에서 우리가 놓아주는 것을 보고 있다가 새끼 거북이가 물속으로 들어가면 날아온다는 것이다. 새끼 거북을 잡아먹는 갈매기들이 죽이고 싶도록 미웠다. 안타까움으로 발을 굴리며 고함을 지를 뿐 달리 방도가 없었다. 보호단체 요원이 엘살바도르에서 흔해 빠진 총기로 무장을 하고 공포를 쏘아 갈매기의 접근을 막아야 한다고 모두 흥분했다. 자원봉사자는 웃을 뿐이었다.

씁쓸한 여운을 지닌 채 우리는 발길을 돌려야 했다. 남은 새끼들만이라도 건강하게 자라서 대양을 유유히 헤엄치기를 간절히 바라면서.

비만 체형

살바도란 가운데는 비만이 매우 많다. 비만은 여성과 남성을 가리지 않고 많다. 중남미의 공통된 현상이다. 백인계는 유럽의 백인들과 비슷한 체형이다. 상대적으로 비만이 많지 않다. 그러나 메스티소의 경우는 체형에 좀 특이한 면이 있다.

중남미의 메스티소는 원주민과 스페인 중심의 유럽 백인계 피가 섞인 것이 원형이다. 거기다가 아프리카 흑인의 피까지 섞인 사람들도 많다. 검은 피부와 약간의 곱슬머리, 그리고 입술이 도톰한 특징을 지닌 사람들이다. 우리는 모두 같은 피를 이어받은 단일 민족이다. 그러나 백인과 마찬가지로 메스티소는 어떤 피가 어떻게 섞였는지를 모른다. 피부색과 생김새가 다를 수밖에 없다.

비만 체형도 많다. 엘살바도르의 경험을 보면, 20대부터 비만 체형이 눈에 띄게 많아진다. 나이가 들수록 비만율이 높다. 특히 여성의 경우 남성보다 비만이 많다. 혼전 여성의 경우도 50% 정도가 비만이라고 볼 수 있다. 적당히 살찐 비만을 얘기하는 것이 아니다. 허리가 굵어지고 배가 나오는 비만이다.

결혼한 여성들의 십중팔구는 굵은 허리에 배가 불룩 나온다. 임신으로 치면 만삭 정도는 아니지만 칠팔 개월 정도라고 생각하면 된다. 남성의 경우는 상체가 잘 발달 되고 크다. 사각형 체형이다. 백인의 체형과 달리 상체가 긴 편이고 하체는 상체에 비해 가늘고 짧은 편이다. 인디오의 체형이 유전된 것이다.

여성의 경우는 가슴과 둔부가 매우 크다. 한국 여성의 체형에서 그렇게 큰 둔부는 찾기 힘들다. 상당히 볼록하게 솟아있다. 가슴과 둔부가 크고 가는 허리의 볼륨 있는 여성들이 많다. 흔히 하는 표현으로 매우 글래머인 몸매다.

혼혈이 예쁘다는 말이 있다. 모두 이목구비가 뚜렷하고 잘생긴 얼굴이다. 특히 눈이 예쁘다. 쌍꺼풀진 큰 눈이다. 쌍꺼풀 지지 않는 눈이 없다. 거기다 속눈썹까지 길다. 인조 속눈썹을 붙이지 않았는가 하는 생각이 들 정도로 길다.

서양의 통계를 보면, 비만 체형은 소득과 교육 수준이 낮은 가정에서 많이 나타난다. 이는 다시 말해서 관리의 문제라고도 할 수 있다. 그러나 중남미는 이미 유전인자까지 변형되고 체질로 굳어진 비만이라고 할 수 있다. 그래서인지 비만을 부끄러워하지 않는다. 여성이 허리에 군살이 붙고 배가 나와도 당연한 것으로 여긴다. 아마 아름다움의 기준까지도 달라졌는지 모른다.

음식과도 무관하지 않다. 주식이 탄수화물 함량이 높은 옥수숫가루로 만든 뿌뿌사와 도르띠야다. 그것도 기름을 치고 불판에 익힌 것이다. 거기다가 치즈와 육류를 함께 넣어 먹는다. 식성도 기름지고 단 음식, 튀긴 음식, 치즈와 고기 등 칼로리가 높은 것을 좋아한다. 살이 찔 수밖에 없다.

관저에서 가까운 곳에 현지인이 운영하는 한국 식당이 있다. 교민들은 별로 찾지 않지만, 현지인에게는 인기가 있었다. 나는 손님들과 그 한국 식당을 종종 찾았다. 한류 확산을 지원한다는 차원에서다. 갈 때마다 손님들이 많았다. 교민이 운영하는 한국 식당보다도 손님이 더 많았다. 우리 음식이 현지인 식성에도 맞기 때문이다. 다이어트 식단이라는 점도 알고 찾아온다는 것이 식당 주인의 설명이었다. 그러나 불고기를 넣어 만든 전골이나 잡채 등이 너무 기름지고 달았다. 현지인 입맛에 맞추다 보니 그렇게 달게 만든 것이다. 다이어트 식단하고는 거리가 멀었다.

엘살바도르와 중남미 국가에서 비만으로 인해 당뇨와 고혈압, 심장 질환 환자의 비율이 매우 높다. 젊은 나이에 병증이 시작된다는 것이 특히 문제다. 가난한 서민의 처지에서 다이어트 식품을 사거나 시간을 내서 운동하는 것이 현실적으로 쉽지 않다. 고된 노동으로 허기진 배를 칼로리가 높은 음식으로 배불리 채우고 나면 편히 쉬고 싶은 것이 사람들의 공통된 생각이다.

약속이 가벼운 문화

●●●

사회는 인간과 인간의 관계로 조직되고 그 조직은 인간 사이의 약속을 토대로 유지된다. 약속은 생활풍습이나 전통을 이루기도 하고 문화적 흐름을 형성하기도 한다. 당사자 사이뿐만 아니라 사회질서 유지에 주요한 영향을 미치는 약속에 대해서는 법규가 그 이행을 강제하기도 한다.

따라서 공적이든 사적이든 약속은 지켜져야 한다. 우리는 보통 이런 저런 약속의 굴레 속에서 산다. 사소한 약속도 잘 지키는 사람이 있고, 중요한 약속도 가볍게 어기는 사람이 있다. 약속을 잘 지키지 않는 사람이 주위로부터 신뢰를 받기란 어렵다. 선진문화권일수록 약속은 매우 엄중하다.

엘살바도르와 중남미 문화는 약속에 대해서 우리 기준과 다르다. 좋게 얘기하면, 무척 관대한 편이다. 자신의 사정에 따라 약속을 지키지 않는 경우가 많다. 약속을 어기고도 별로 미안해하지도 않는다. 약속을 지키지 못할 사유를 설명하고 양해를 구하는 경우도 많지 않다. 그런 것을 보면 신의를 지키는 문화는 아니다.

시간 약속을 어기는 것은 보통이다. 20분도 늦고 30분도 늦는 경우가 많다. 심지어는 1시간 가까이 늦게 오기도 한다. 늦게 와서 늦은 사유를 설명하고 미안하다고 얘기하는 경우는 매우 드물다. 웃으면서 늦었다고 말하면 그만이다.

관저로 종종 주요 인사들을 초청해서 오찬이나 만찬을 하는 경우가 많다. 한번은 매우 유력한 정치인 4명을 만찬에 초청했다. 모두 엘살바도르에서 이름을 대면 알 수 있는 유명 인사였다. 약속 시간에 맞추어 온 사람은 두 사람이었고, 한 사람은 20분 가까이 늦게 왔다. 가볍게 음료수를 들면서 한 사람을 기다렸다. 그 사람은 국회의원으로 국회에서 주요 직책을 맡고 있던 여성이었다.

약속 시간 30여 분이 지났을 때 여성 국회의원으로부터 전화가 왔다. 오늘 만찬에 참석할 수 없게 되었다고 했다. 사연이 웃겼다. 가정부가 집안 사정으로 집을 비우기 때문에 자신이 집에 가야 한다는 것이었다. 미안하다는 얘기도 없이 다음 기회에 보자고 했다. 어이가 없고 괘씸하기도 했다. 우리나라에서는 찾기 힘든 현상이다.

엘살바도르나 중미에서는 대통령에게 방송을 언제든 이용할 수 있는 권한을 부여하고 있다. 대통령이 국민을 상대로 주요 정책을 설명하거나 혹은 협력을 요청할 필요가 있을 때면 모든 텔레비전 방송과 라디오 방송은 대통령의 연설을 의무적으로 중계해야 한다.

대통령이 공표된 시간에 맞추어 연설을 시작하는 경우는 세 번에 한 번 정도다. 예정 시간의 변경을 사전에 통보해주는 때도 있지만, 그렇지 않은 때도 있었다. 그럴 때면 방송사들은 무작정 대통령의 연설을 기다려야 한다. 30분이나 40분 늦게 시작하면서 대통령은 국민에게 시간을 지키지 못한 사유도 설명하지 않았고 사과도 없었다.

우리로서는 상상하기 힘든 문화다. 방송을 중단하고 무작정 기다린 방송사에서 문제 제기나 항의가 있었다는 얘기도 들은 적이 없다. 국민의 항의가 있지도 않았다. 권력의 위압에 의해서가 아니다. 그렇게 받아들이는 문화 때문이다.

국제회의나 특정 국가의 초청을 받고 정부의 각료나 부통령, 때로는 대통령이 참석하기로 한 약속도 가볍게 버리는 경우가 많다. 그래서 주재하는 대사들 사이에서 초청받은 인사가 비행기를 타야 참석이 확정되는 것이라고 보아야 한다는 우스개 같은 얘기도 있었다.

대사로 있을 때, 주재국 부통령이 우리나라 모 종교단체에서 개최한 평화정상회의에 초청을 받았다. 그는 인천공항에 도착하자마자 바로 엘살바도르로 돌아와야 했다. 대통령이 급작스럽게 해외 출장 일정을 잡았기 때문이다. 대통령과 부통령이 동시에 국내를 비울 수 없도록 법률이 정하고 있다.

부통령은 다음날 예정된 평화정상회의의 기조연설도 포기하고 공항에서 대기하다 새벽 비행기를 타야 했다. 하루를 걸려 지구의 반 바퀴를 돌아서 찾아간 한국 땅에 발을 딛자마자 다시 돌아간 것이다. 나중에 알고 보니 대통령이 급히 잡은 해외 출장은 그렇게 시급하게 가야만 할 일도 아니었다. 권력을 쥔 돈키호테식 젊은 대통령을 모신 나이 든 점잖은 부통령의 설움은 컸다.

부통령의 해외 출장에 대한 대통령의 허락은 어떻게 보면 공인 사이의 약속이다. 중차대한 일이 벌어진 것도 아니었다. 단지 대통령의 변덕으로 벌어진 일이었다. 왕복 항공 티켓까지 주면서 초청한 종교재단과의 약속도 헌신짝처럼 버려진 것이다.

약속을 중시하지 않는 이런 문화는 역사적 배경 탓이라고 여긴다. 중남미의 문화는 매우 복합적 요소를 지니고 있다. 원주민 인디오, 최초의 침략국 스페인, 뒤를 이은 유럽 각국의 이민과 그들이 데려온 아프리카 흑인, 혼혈인 메스티소의 탄생, 지배와 착취 등의 배경이 복잡하게 얽힌 문화이기 때문이다.

이민의 역사를 보면 미국과 유사한 내용을 지니고 있지만, 미국과 라틴아메리카 문화 사이에는 큰 차이가 존재한다. 미국은 노예 해방 이후 인권 의식과 민주주의가 성장하면서 사회적 혹은 문화적 공감을 형성해왔다. 그렇지만 중남미에서의 인권과 민주주의는 지금도 미로를 헤매고 있다. 그리고 식민의 역사적 잔재는 그대로 계승되고 있다. 인종적 신분적 차별이 존재하고 있는 라틴아메리카에서 약속이 중요하게 지켜질 리가 없다.

내셔널 퍼레이드

엘살바도르와 중미 국가의 최대 국경일인 독립기념일은 9월 15일이다. 1821년 스페인으로부터 중앙아메리카 일대가 독립하면서 1823년 중앙아메리카 연방공화국을 창설한 날을 독립기념일로 했기 때문이다. 그러나 중앙아메리카 전체를 통할하는 연방공화국은 오래가지 못했다. 지역 세력가의 정치적 욕심과 그에 따른 정치적 이념 대립이 있었기 때문이다. 결국, 1838년에 연방공화국은 해체되고 여러 나라로 분리되었다.

그 뒤로도 1926년 일부 국가들이 중미공화국을 창설했다가 다시 분리되고, 1926년에는 중앙아메리카연방으로 다시 뭉쳤다가 또 분리되었다. 그런 배경으로 중미 국가는 언어 풍습 종교 문화 인종 등에서 유사성이 매우 크다.

엘살바도르는 독립기념일에 국가행진National Parade이라는 볼거리가 많은 멋진 행사가 있다. 그 퍼레이드를 보면 엘살바도르의 국방 문화 경제 전통 등을 한눈에 확인할 수 있다.

나는 행사의 내용이 무엇인지도 모른 채, 초청장을 받고 2019년 국경일 행사장에 갔다. 우리나라를 대표하는 대사로서 의당 참여해야 했고, 기념식 정도의 행사로 이해하고 갔다. 초청장에는 행사가 8시에 시작하는 것으로 되어 있었다. 15분 정도 여유를 가지고 행사장에 도착했다. 제법 큰 광장이 있었다. 그곳에는 도로 쪽을 향하여 연단이 준비되어 있었고 도로에는 많은 인파가 몰리기 시작했다.

8시가 되었는데도 행사가 시작되지 않았다. 시간에 맞추어 온 대사들과 인사를 나누고 지정된 자리에 앉았다. 행사가 30분 정도 지연된다는 연락이 왔다. 대통령이 도착하지 않아서라고 했다. 국경일 행사에서 대통령이 정해진 시간에 도착하지 않는다는 것은 이해하기 어려웠다.

연단에 앉아서 외교 사절들과 이런저런 얘기를 하면서 시간을 보냈다. 내 옆자리에는 미국대사가 있어서 한미관계에 관한 얘기를 나누었다. 미국대사는 해병대 대령 출신으로 CIA에서 줄곧 근무한 사람이었다. 그런 배경 때문인지 한미동맹에 큰 관심을 보였다. 그는 해군 제독 출신인 주한 미국대사와 절친 사이라고 했다.

9시 30분쯤 대통령이 영부인과 함께 연단에 입장했다. 늦어도 너무 늦었다. 미소를 띠고 손을 흔들며 입장하는 대통령을 보고 나는 깜짝 놀랐다. 푸른 청바지에 흰 와이셔츠 차림이었다. 물론 넥타이도 매지 않았다. 덥고 습한 날씨인데 정장을 하고 앉아 있는 외교 사절들의 모습이 오히려 우습게 보였다.

누가 먼저라고 할 것 없이 모두 양복 상의를 벗었다. 나도 벗었다. 훨씬 시원했다. 엘살바도르 국가가 울려 퍼지고 애국지사에 대한 묵념이 끝나자 퍼레이드가 시작되었다. 의당 있을 줄 알았던 대통령의 기념사는 없었다. 그날 대통령은 퍼레이드에 참가한 팀이나 단체가 앞을 지나면서 경례를 할 때마다 일어서서 경례하고 다시 앉는 것을 반복할 뿐 아무런 연설이 없었다.

군악대와 의장대가 맨 앞장을 섰다. 군악이 울려 퍼지고 행진이 시작되면서 지루하던 기다림이 끝났다. 군인의 행진을 따라 엘살바도르 군대가 가진 무기란 무기는 모두 퍼레이드에 등장했다. 대부분 신통치 않은 구식 무기였다. 조그만 픽업트럭 위에 실은 기관총과 박격포도 있었다.

군대 행진이 끝나고 경찰과 소방관, 자율 방범대의 행진을 따라 소방차, 경찰차, 구급차, 쓰레기 수거차, 군경 오토바이 등등 모든 종류의 차량이 뒤를 이었다. 쓰레기 수거차까지 동원된 참으로 희한한 퍼레이드였다. 무엇을 보여주기 위함인지 잘 이해되지 않았다.

정부 쪽에서 준비한 행진이 끝나자 뒤이어 14개 주와 큰 도시에서 준비해온 행렬이 뒤를 이었다. 여기에는 말을 탄 행렬도 있었고, 화려한 색이 어우러진 복장에 민속 전통 무용을 보여주는 행렬, 초·중·고교생들의 가면극 행렬과 브라스밴드, 묘기와 춤 등등 엘살바도르의 문화를 모두 살펴볼 수 있는 행렬이 줄을 이었다. 지역 특색이 반영된 후반부의 다채로운 행렬은 문화적 이해를 위해서 매우 의미가 있었다.

연단 앞으로 행렬이 지날 때마다 군대식 거수경례를 하면서 일어섰다 앉기를 반복하던 청바지와 셔츠 차림의 젊은 대통령이 지쳤는지 아예 의자에 앉아서 힘없는 경례를 반복했다. 그러나 도로 주변에 앉거나 서서 구경하던 많은 시민은 자리를 뜨지 않고 행렬이 지날 때마다 웃고 환호하면서 큰 박수로 응원을 보냈다. 볼거리가 많지 않은 나라에 사는 순박한 사람들에게 충분히 흥미를 끌만한 행렬이었다.

오전 9시 20분에 시작한 퍼레이드가 끝난 것은 오후 1시 30분이었다. 장장 4시간이 넘는 긴 퍼레이드는 처음이었다. 기네스북에 기록으로 오를 만했다. 중간에 자리를 뜬 대사들도 많았다. 나는 호기심으로 끝까지 자리를 지켰다. 퍼레이드가 끝나자 대통령 부부가 남아 있던 외교사절을 찾아와 웃으면서 일일이 인사를 했다.

그 이후로 나는 정부 인사를 만나면 왜 그처럼 모든 것을 동원한 행렬을 하는지를 물었다. 이해가 갈만한 대답을 얻지 못했다. 그냥 국가가 지닌 것들과 에너지를 국민에게 보여주기 위해서라고 했다.

국방부 장관, 차관과 합참의장 부부를 관저 만찬에 초청한 자리에서도 퍼레이드 구성에 관해 물었다. 왜 픽업 차량에다 기관총과 박격포까지 실어야 했는지도 물었다. 대답은 군의 자원을 보여주기 위해서였다고 했다. 나는 그들에게 짧고 알찬 퍼레이드를 기획해서 보여주면 더 좋을 것 같다는 내 생각을 얘기해주었다.

유감스럽게도 코로나 19의 팬데믹으로 인해 2020년과 2021년 퍼레이드가 취소되는 바람에 다시 볼 기회가 없었다. 지루하기도 했지만, 엘살바도르의 여러 가지를 이해할 수 있는 좋은 추억으로 남아있다.

_ 산살바도르 도심 공원

살바도란 폼페이

어느 날 국회부의장을 초청해서 오찬을 했다. 감사를 표하기 위함이었다. 2021년 우리 국경일 행사에 미국에서 활동 중인 교민 음악가로 구성된 피아노 4중주Piano Quartet와 성악가를 초청했다. 산살바도르와 산타아나에 있는 국립극장에서 연주하고 녹화해서 전국으로 방송하기 위함이었다. 엘살바도르에서 그랜드 피아노가 있는 곳은 그 두 곳뿐이다. 코로나 상황이어서 국립극장 사용이 어려웠지만, 문화부 장관을 지낸 여성 부의장의 도움을 받아 두 곳 모두 사용할 수 있었다.

_ 국립 극장

그 여성 부의장은 발레를 전공한 사람이었다. 대통령 부인과 같이 발레를 공부하면서 절친이 되었다고 했다. 그 인연으로 정치를 시작하게 되었고 문화부 장관과 국회부의장을 하게 된 사람이다. 예술인 출신답게 그녀는 문화예술 진흥과 고고학에 큰 관심을 지니고 있었다. 내가 대사로 재임하면서 문화예술과 고고학에 관심을 보인 유일한 인사였다. 대화가 재미있고 신선했다.

오찬을 하던 중 그 부의장이 호야 데 쎄렌Joya de Ceren에 대한 얘기를 꺼냈다. 고고학적 가치가 커서 1993년 유네스코UNESCO가 세계문화유산으로 지정한 유적이다. 보존을 위한 조치가 필요하지만, 그 비용이 만만치 않아서 다른 나라의 지원을 탐색 중이라고 했다. 듣고 보니 사정이 매우 딱했다.

호야 데 세렌은 산살바도르에서 차로 50분 정도 걸리는 곳에 있다. 인근 화산의 분화로 AD 200년경부터 두세 차례 잿더미에 묻힌 지역이다. 그러니까 이주와 정착이 반복된 곳이다. 마지막으로 묻힌 것은 590년 무렵이다. 인근의 라구나 칼데라Laguna Caldera 화산이 분출하면서 지역 전체가 화산재에 묻혔다.

그로부터 1976년 발견될 때까지 천 년이 넘는 오랜 시간을 7m 내외의 지하에 묻혀있었다. 건축공사 중 우연히 발견된 것이다. 이탈리아의 폼페이Pompeii처럼 화산재 속에 묻혀있었기 때문에 '중미의 폼페이' 혹은 '살바도란 폼페이'라고 불린다.

호야 데 세렌은 마야 시대의 농경 생활을 매우 생생하게 보여주고 있다. 12채의 커다란 공동 주택의 구조나 정원의 형태, 목욕탕과 종교 공

_ 마야 유적

간, 항아리와 의상, 이불 등 생활 도구, 농기구, 농사에 쓸 씨앗, 옥수수 콩과 같은 곡식 등이 매우 양호한 상태로 보존되어 있다. 당시의 마야 문명과 생활상을 자세하게 들여다볼 수 있다는 점은 문화 문명사적 관점에서 매우 높은 가치로 평가받고 있다.

발굴과정에서 사람의 유골은 발견되지 않았다. 당시 지진의 예진 현상이 주민이 도피할 수 있는 시간적 여유를 주었기 때문으로 해석되고 있다. 그러나 식량이나 씨앗, 가재도구 등을 그대로 두고 떠난 것을 보면 당시 주민들이 급히 떠났음을 알 수 있다.

1978년부터 미국 콜로라도 대학의 고고학자 쉬츠 교수Dr. Payson Sheets 중심으로 발굴이 시작되었으나 내전의 발발로 작업이 중단되었다. 내전이 끝나고 발굴이 재개되어 1996년까지 발굴이 이루어졌다. 그렇지만 전체 지역에 대한 발굴이 이루어진 것은 아니다. 따라서 그 규모가 어느 정도일지는 발굴이 끝나고 나서 정확히 알 수 있을 것이다.

여성 부의장은 발굴 이후 보존과 관리에 대한 투자가 제대로 이루어지지 못하고 있음을 매우 안타까워했다. 특히 압축된 흙이나 점토로 이루어진 구조물들이 습도의 영향으로 부서지기 쉽게 변화되는 현상은 유적의 수명을 위협하고 있다고 했다. 발레를 전공한 사람이 유적에 대해 매우 전문적 지식을 지니고 있어서 나는 설명을 들으면서 마음속으로 많이 놀랐다.

그녀는 나에게 한국에서 도와줄 수는 없냐고 물었다. 알아보겠다는 형식적 대답을 하고 자리를 마쳤다. 매우 의미가 큰 사업임이 틀림없다. 그러나 장기간에 걸쳐 상당한 재정 지원을 해야만 하는 일이다. 이런저런 단발성 사업에 중심을 둔 우리의 무상 지원사업으로는 감당하기 어려운 일이다.

제5장

한류

한국을 외국에서 홍보하는 한류에서
빼놓을 수 없는 것이 바로 K-pop, 태권도와 드라마다.

K-Pop 열기

엘살바도르에서 우리나라를 알리는 여러 브랜드가 있다. 자동차로는 현대와 기아, 컴퓨터와 스마트폰으로는 삼성, 냉장고와 에어컨 등 가전제품으로는 엘지 등등이다.

엘살바도르 거리를 달리는 차량의 4분의 1이 현대와 기아 차다. 우리 차량을 볼 때마다 매우 기분이 뿌듯했다. 설혹 운전을 거칠게 하거나 무리하게 끼어들기를 해도 현대나 기아 차량이면 기분이 별로 나쁘지 않았다. 다른 나라 차량이 그러면 기분이 나쁘고 욕설이 입안에서 맴돌기도 했다. 사람의 심리는 불합리하고 편파적일 때가 많다.

우리 대사관의 위치가 높아 주위에 있는 빌딩의 옥상이 훤히 내려다보인다. 주위 건물 옥상에는 모두 엘지 마크가 선명하게 보인다. 엘지에서 만든 에어컨의 컴프레셔가 옥상에 설치되어 있기 때문이다. 내려다볼 때마다 역시 기분이 좋았다.

그러나 더 인기 대박인 브랜드가 있다. 바로 케이팝K-Pop이다. 엘살바도르에서도 한국 케이팝을 모르는 사람이 없을 정도다. 우리나라에서 한때, 크게 유행하고 있는 것을 모르면 '너 간첩이냐?'고 놀리던 말이 있었다. 엘살바도르에서도 케이팝을 모르면 그런 말이 가능할 정도다.

중년 이상의 세대에서 케이팝을 좋아하는지는 알 수 없다. 그러나 그들도 케이팝이 매우 인기 높다는 것은 모두 알고 있다. 자녀나 손자들 때문이다. 주요 인사들과 만날 때마다 케이팝의 인기를 느낄 때가 많다. 자녀나 손자들이 케이팝 마니아라는 얘기를 하기 때문이다.

거리에서나 쇼핑센터, 심지어는 레스토랑 내에서도 케이팝 인기를 확인할 수 있었다. 어린애들이 음악에 맞추어 케이팝 가수들의 율동을 흉내 내며 춤을 추기 때문이다. 라틴 음악과 댄스의 유전자를 받아서인지 어린 세대의 율동 솜씨가 보통을 넘어선다. 그들은 케이팝 가수들의 이름을 줄줄이 외고 있다.

한번은 주재국 인사들과 함께 점심을 하러 '뽀모도르'라는 꽤 고급 식당을 찾았다. 열 살이 채 되지 않은 여자애 네 명이 구석에 있는 테이블을 차지하고 있었다. 모두 금발이고 백인계였다. 부유층 애들이었다. 옆의 큰 테이블에는 엄마들이 무엇을 얘기하는지 몰라도 매우 진지하게 대화를 하고 있었다. 우리로 치면 계 모임 비슷하게 보였다.

애들이 얼굴을 맞대고 스마트폰에서 무엇을 찾는가 했더니 작은 볼륨으로 음악을 틀었다. 그리고 테이블 옆 공간에서 춤을 추기 시작했다. 그곳에 있던 손님들의 시선이 하나둘 모두 그들을 향했다. 얼른 보아도 보통 솜씨가 아니었다. 4분쯤 되는 짧은 시간이었다. 그들이 춤을 그치고 자리에 앉을 때 보고 있던 손님들이 모두 박수를 보냈다.

두말할 것 없이 모든 테이블의 화제는 잠시 케이팝이었을 것이다. 우리 테이블 역시 마찬가지였다. 케이팝이 간혹 나를 당황하게 만들기도 했다. 나는 솔직히 가수나 그룹 이름, 노래를 잘 모른다. 나이 혹은 세대 차이 탓이다. 내가 좋아하는 노래는 케이팝 스타일이 아니다. 나로서는 케이팝에서 노래의 깊이를 느끼기 어렵다. 내가 좋아하는 노래는 모두 오래전에 유행했던 것들이다. 젊은 세대에는 흘러간 옛 노래들이다. 특히 나는 중후한 목소리의 가수 배호의 노래를 좋아한다. 그런 나에게 주요 인사가 케이팝 가수 이름을 대고 노래 제목을 얘기할 때는 적잖이 당황할 수밖에 없다.

관저에서 두 블록 정도 떨어진 곳에 '태극기'라는 이름의 한식당이 있다. 한국 사람이 운영하는 곳이 아니다. 두 현지 여성이 우연한 계기에 한식을 맛보고 반해서 한식당을 개업했다. 음식은 인터넷을 통해 배워 만든다고 했다. 그래도 제법 수준급이었다. 현지인의 입맛에 맞추기 위해 음식에 단맛을 더했다. 너무 달아서 내 입맛에는 별로였지만, 한식 보급이라는 차원에서 나는 손님을 데리고 종종 그 식당을 찾아 격려했다.

어느 날 손님과 함께 점심을 먹으러 갔다. 손님 대부분이 젊은 남녀였다. 음악 소리가 너무 컸다. 흔히 하는 얘기로 정신 사나울 정도로 볼

륨이 컸다. 가만히 들어보니 영어로 된 가사에다 한국말이 섞여 있었다. 케이팝이었다. 인기 있는 케이팝으로 손님을 유인한 것이다. 나는 대부분 젊은 손님인 이유를 알았다. 노래에 따라 어깨나 팔을 흔드는 젊은이들도 있었다.

매년 대사관에서 케이팝 경연대회를 개최한다. 한류의 확산을 위해 본부가 예산을 지원한다. 청소년들의 열띤 참여로 늘 성황이었다. 2019년에는 예선을 통과한 14개 팀이 본선에 올랐다. 나는 직접 본선이 열리는 공연장을 찾았다. 1천4백 석의 좌석을 갖춘 큰 공연장이었다. 그야말로 입추의 여지가 없을 정도였다. 청소년과 부모들이 통로까지 메우고 있었다.

내 인사말이 끝난 다음 경연이 시작되었다. 케이팝 노래도 있었고 댄스도 있었다. 한 팀이 무대에 오를 때마다, 그리고 노래와 춤이 끝날 때마다 응원을 온 사람들의 함성과 응원기구들이 열기를 뿜었다. 나름 갈고닦은 실력을 한껏 과시했다. 발음이 좀 엉성한 부분이 있었지만, 우리 노래 솜씨 또한 대단했다. 라틴계의 타고난 유연성과 빠른 리듬으로 춤 솜씨는 가히 일품이었다. 이곳에서 케이팝 같은 곡을 만들어 팀을 만든다면 우리 케이팝 인기를 위협할 수도 있겠다는 생각이 들었다.

경연이 중간쯤 진행되었을 때, 한 소녀가 아빠의 손을 잡고 무대에 올랐다. 마이크 앞으로 소녀를 인도하고 아빠는 무대 뒤로 갔다. 시력을 잃은 소녀였다. 노래를 부르기 전, 앞을 보지 못하는 자신의 유일한

낙은 케이팝 노래를 부르는 것이라고 했다. 여타 출전자처럼 잘 불렀다. 응원의 박수가 더 요란했다.

그러나 그 소녀는 시상권에 들지 못했다. 대사가 심사에 관여할 수는 없었다. 의당 장려상이라도 주었어야 했다. 그 생각은 지금도 변함이 없다. 혹여 그 소녀가 실망으로 마음의 상처라도 입지는 않았을지 내내 마음에 걸렸다. 대사관에서 사용할 선물용으로 케이팝 CD를 몇 개 주문했다는 얘기를 듣고 그 소녀가 생각이 났다. CD가 도착했을 때, 한 개를 그 소녀에게 보내고 나서야 마음의 짐을 덜 수 있었다. 케이팝이 계속 그 눈먼 소녀에게 즐거움과 희망이 되기를 간절히 기원한다.

유감스럽게도 코로나 19로 두 해는 온라인 대회를 개최할 수밖에 없었다. 공연장에서 뜨거운 열기를 느낄 수 없는 것이 유감이었다. 그러나 예상대로 많은 팀이 참여했다. 시상 순서를 정하는 것보다 탈락자를 고르는 것이 더 어려웠다고 담당 외교관이 전했다. 조금만 예산지원이 더 된다면, 대회 횟수나 시상 폭을 넓히고 싶은 생각이 간절했다.

타고난 끼와 재능이 있는 현지 학생들을 보면서 안타까움이 늘 컸다. 그들의 끼와 재능을 살릴 수 있는 교육적 여건이 갖추어지지 않았기 때문이다. 부유층 자녀들은 비싼 수업료를 내고 사립학교에서 예체능을 포함한 모든 교과를 마음껏 공부할 수 있다. 반면에 가난한 서민 자녀들은 겨우 오전 수업으로 만족해야 하는 것이 엘살바도르와 중미 국가의 공교육 현실이다. 학교가 끝난 후에도 도서관이나 교육지원 시설과 같은 갈만한 시설도 없다. 치안이 불안해서 친구들과 시내를 자유롭게 활보하기도 어렵다. 집에서 가사를 돕거나 스마트폰으로 시간을 보낼 수밖에 없는 것이 끼와 재능을 지닌 많은 청소년의 처지다.

그들에게 살고 싶은 나라를 물으면 단연 한국이다. 삼성이나 엘지 때문이 아니다. 케이팝 때문이다. 자유스럽고 열정적인 그들의 타고난 DNA를 발산할 기회가 엘살바도르나 중미권 국가에는 없다. 그들에게 자유스럽고 발랄한 케이팝은 한국을 선망의 대상으로 만들고 있다. 그들에게 작은 희망과 즐거움을 주기 위해서라도 케이팝의 열풍이 지속되기를 간절히 바란다.

뿌뿌사와 김치의 만남

엘살바도르에서 가장 전통의 미를 간직하고 있는 작은 두 도시가 있다. 한 곳은 아따꼬Ataco, 다른 한 곳은 수치또또Suchitoto다. 두 곳 모두 16세기 중반에 건설된 곳으로 옛 마야문명과 개척 시대의 자취를 지금도 많이 간직하고 있다. 엘살바도르를 찾은 외국인 관광객이 빼놓지 않고 찾는 곳이 바로 두 지역이다.

아따꼬시는 수치또또보다 작은 곳이다. 과테말라 접경 지역에 있고 인구는 약 2만 명이다. 인구 가운데는 산악지대에 거주했던 인디언, 특히 엘살바도르 원주민이었던 삐삘족Pipiles의 후예들이 많다. 아따꼬는 풍미 가득한 커피 산지로 커피 축제를 매년 열어 그 유명세를 더하고 있는 곳이다. 수제 섬유공예와 옛날식 베틀로 짠 다양한 색상의 직조가 관광객의 눈길을 끈다. 베틀로 섬유를 짜는 것을 구경하고 있노라면 시간 가는 줄을 모른다. 우리 조상들이 사용했던 베틀과 매우 유사한 구조다. 신기했다.

수지또또는 아따꼬 보다 인구가 두 배 정도 많은 4만 명이 거주하고 있다. 산살바도르 서쪽에 위치하고 차로 1시간 조금 넘게 걸리는 곳이다. 스페인 정복 당시의 흔적이 거의 그대로 보존된 곳이다. 유엔이 엘살바도르의 '문화수도Cultural Capital of El Salvador'라고 명명할 정도로 다양한 문화예술 축제가 매년 열린다.

10월 전통문화 행사를 앞두고 아따꼬 시장의 초청이 있었다. 행사를 선전하면서 방문해달라는 요청이었다. 다행히 공공외교를 지원하는 예산이 있어서 문화행사에 한국의 의미도 곁들이는 행사를 제안했다. 대환영이었다. 한국 이미지도 심고 한식도 선전할 겸 '뿌뿌사와 김치의 만남'이란 행사를 기획했다.

뿌뿌사는 엘살바도르에서 아침과 저녁으로 먹는 주식이다. 점심은 도르띠야를 먹는다. 앞에서 뿌뿌사에 대해서는 설명했기에 여기서는 생략한다. 뿌뿌사와 김치가 어울릴 수 있는지 궁금했다. 우리는 김치와 김밥을 준비하고, 아따꼬시는 뿌뿌사와 현지의 전통 음식을 준비하기로 했다.

우리는 초청받은 날 김치와 김밥 2백인 분을 준비해서 그곳을 방문했다. 현지에서 만든 김치와 김밥은 한계가 있을 수밖에 없다. 재료가 부족하기 때문이다. 한국의 맛깔나는 각종 김치를 선보일 수 있다면 얼마나 좋을까를 생각했다. 김밥 역시 엉성했다. 그래도 김치와 김밥의 형식은 어느 정도 갖추었다.

우리 일행이 도착했을 때, 시 한복판의 공원에서 민속행사가 열리고 있었다. 우리의 탈춤과 비슷한 공연도 있었고, 사람이 소로 분장을 하고 권선징악을 주제로 한 가면극도 있었다. 소가 나쁜 사람에게는 뿔로 공격하고, 선한 사람에게는 친근감을 표현함으로 선인과 악인을 구분한다는 내용이었다.

나이가 지긋한 분들이 바이올린과 실로폰, 그리고 전통 악기들로 연주단을 구성해서 전통음악을 연주하기도 했다. 스페인풍의 서구 음악과 인디오의 전통 소리가 어우러진 음악이었다. 밝기도 했고 잔잔하기도 했다. 침략자의 당당함과 원주민 인디오의 애절함이 함께 묻어있는 느낌이었다. 매우 인상적이었다.

연주를 감상하고 나서 나는 그분들과 일일이 악수를 하며 인사를 건넸다. 햇볕에 검게 탄 얼굴과 굵게 잡힌 주름에서 그분들의 삶이 순탄치 않았음을 읽을 수 있었다. 젊은 시절에는 악기로 상당한 실력을 뽐냈으리란 느낌이 들었다. 하루 전에도 그곳을 방문한 미국대사 부부로부터 칭찬과 격려를 받았다고 했다. 그분들이 앞으로도 건강하게 오래도록 연주할 수 있기를 바란다.

문화행사도 볼거리를 제공했지만, 상가도 역시 충분히 볼만했다. 모두 수공예품이 주종이었다. 파는 상품이 어떻게 만들어지는가를 한 눈으로 볼 수 있었다. 재래식 연장으로 나무와 돌을 깎는 솜씨가 대단했다. 우리나라에서라면 무형문화재로 인정받을 수 있는 실력이었다. 가난한 나라에서 그들의 전통 기술이 전수되지 못하고 묻히게 되면 어쩌나 하는 염려도 들었다.

특히, 베를 짜는 것이 인상적이었다. 면화에서 실을 뽑고 그 실에 천연염료를 이용해 염색한다. 햇볕과 그늘에서 번갈아 말리면서 여러 색의 고운 실이 탄생한다. 그 실을 이용해서 옛날의 수동식 베틀로 베를 짜고 있었다. 놀라운 것은 오래전에 우리 선조들이 사용했던 물레나 베틀과 완전히 같은 구조였다. 형태도 거의 비슷했다. 물레나 베틀이 만들어진 후 여러 지역으로 전파되었는지, 아니면 가장 편리한 기기를 찾는 오랜 과정에서 같은 원리에 도달한 것인지 알 수가 없었다. 신기하기도 했고, 해답 없는 호기심이 꼬리를 물었다.

_ 천연 염색

전통의 색을 입고 탄생한 여러 섬유제품이 눈길을 끌었다. 선명하고 고운 색이 어우러진 제품을 사지 않을 수 없었다. 테이블보와 벽걸이용 장식, 여성들이 망토처럼 걸치는 것 등을 샀다. 값도 매우 저렴했다. 조금만 더 고급스럽게 제품을 만들 수 있다면 고가의 수출품으로도 손색이 없을 것 같았다.

오후 1시쯤 우리 차례가 되었다. 우리가 가지고 간 김치와 김밥보다 아따꼬시에서 여러 가지의 전통 음식을 많이 준비했다. 팥을 넣은 뿌뿌사, 야채와 고기를 버무려 안에 넣고 접은 부침개, 우리 순대와 비슷한 초리소Chorizo 등의 음식이 나왔다. 현지인의 식성이 짠 것을 좋아하기에 그런지 준비한 음식이 우리 입맛에는 약간 짠 편이었다.

우리 김치와 김밥을 맛보기 위해 사람들이 길게 줄을 섰다. 뿌뿌사와 김치가 생각했던 것보다 잘 어울리는 조합이었다. 현지인들이 먹으면서 맛있다는 표시로 모두 엄지손가락을 치켜세웠다. 치즈가 들어간 뿌뿌사는 프라이팬에 기름을 두르고 익힌다. 그래서 기름과 치즈 맛이 어우러져 고소함도 있지만, 약간 느끼하고 텁텁한 맛도 난다. 상큼한 우리 김치가 잘 어울린 것이다. 시장과 현지 공무원들도 맛이 서로 잘 어울린다고 좋아했다. 성공적이었다.

우리를 위한 또 다른 행사가 준비되어 있었다. 벽화 제막식이었다. 공원 정면의 서너 평 되는 벽에 한국과 엘살바도르의 우의를 다지는 글과 태극기, 한복을 입은 현지 남녀가 서 있는 벽화였다. 우리 국기와 한복 그림을 많은 관광객이 볼 것을 생각하니 가슴이 뿌듯했다.

시장의 한국에 대한 배려가 고마웠다. 매년 행사를 계속하기로 약속했다. 그러나 유감스럽게도 다음 해는 코로나 19로 인해 행사가 계속되지 못했다. 방역 마스크를 지원할 수 있어서 그나마 다행이었다. 나는 예산이 허락하는 범위에서 아따꼬시에 한국을 잊지 않도록 이런저런 불품을 보냈다.

_ 빙수 장수

인기 소맥

중남미를 '정렬의 땅'이라고 부르기도 한다. 다양한 춤이 있고 음악이 있다. 흑인 노예나 원주민 인디오들이 고달픔을 달래기 위해 추었던 춤이 유럽의 볼룸댄스와 합쳐져서 자이브Jive, 차차Chacha, 룸바Rumba, 삼바Samba, 파소 도블레Paso Doble 등 열정적 춤으로 발전한 곳이 중남미다. 우리 전통춤이 부드럽고 유연하다면, 중남미의 춤은 템포가 빠르고 힘이 넘친다.

_ 민속춤 추는 소녀

라틴 음악도 비슷한 배경을 가지고 발전했다. 노예로 끌려온 흑인과 원주민 인디오의 음악, 거기다 에스파냐와 포르투갈의 음악이 합쳐져서 새로운 음악이 탄생한 것이다. 배경이 된 세 가지 음악이 어떤 결합을 이루느냐에 따라 라틴 음악의 다양한 장르로 발전했다.

우리에게도 익숙한 마리아치Mariachi는 인디오 리듬에 바탕을 둔 멕시코의 민속 음악이 발전된 것이다. '마을의 음악사'라는 의미의 마리아치는 처음 결혼 예식에서 흥을 돋우기 위해 부르던 민속 음악이 유럽 음악의 영향을 받아 새롭게 구성되고 발전된 장르의 음악이다. 마리아치에 미국의 재즈 음악을 합성한 것을 '아메리아치'라고 부른다.

노래와 춤이 있는 곳에 술이 없을 리가 없다. 흥을 즐기는 엘살바도르와 중남미 사람들도 술을 좋아한다. 사탕수수로 만든 럼, 용설란으로 만든 데낄라, 다양한 와인과 맥주 등 술이 많다. 나라마다 특유의 과일을 넣어 만든 리큐르와 칵테일도 많다. 선인장, 코카인, 커피, 꿀 등이 들어간 주류도 있다.

엘살바도르에는 전통주인 '차빠로Chaparro'라는 술이 있다. 말린 옥수수와 사탕수수로 만든 증류주다. 알콜이 50도에서 70도까지 매우 독한 술이다. 값이 싸고 독해서 빨리 취기가 오르는 술이기에 어려운 농민이나 도시 서민이 즐긴다. 현지에서 생산되는 맥주도 다섯 종류가 있는데 오랜 전통을 지니고 있고 맛이 일품이다.

술을 즐기지만, 경제적으로 어려운 서민에게 좋은 술은 단지 그림의 떡이다. 중산층 이상의 사람들이 주말이면 이런저런 모임에서 술을 즐긴다. 부유층이 아니면 비싼 고급술은 엄두도 낼 수 없다. 돈 없는 서민은 맥주와 와인을 마시기도 어렵다. 값이 싼 챠빠로를 마실 수 있는 것만으로 만족해야 한다.

관저에서 두 블록 떨어진 가까운 곳에 앞에서 얘기한 '태극기' 한식당이 있다. 김치볶음밥, 김치찌개, 잡채, 해물전, 불고기와 불고기 찌개, 삼겹살, 한국 라면과 만두 등 메뉴도 제법 그럴싸했다. 인터넷을 통해 홍보를 잘하고 K-Pop도 틀어 놓는 등 분위기가 좋다. 정원 바로 옆에 유리로 차단된 방이 있어서 고위층이나 사회지도층 인사를 대접하기에도 괜찮은 분위기였다.

현지의 문화적 토양이 서구의 영향을 받은 터라 식사에는 와인이나 맥주 등 술을 자연스럽게 곁들이곤 한다. 그 식당에서 우리 국민주라고 할 수 있는 소주를 팔았다. 한 병에 10달러, 그러니까 우리 돈으로 1만1천 원 정도다. 꽤 비싼 값이지만, 태평양을 건너 거기까지 온 것을 생각하면 그렇게 비싸다고 볼 수 없다. 한국의 식당에서도 한 병에 5천 원을 받는다. 나는 한국 음식과 더불어 자연스럽게 소주를 소개하곤 했다. 한국 술이 있는지를 묻는 손님들도 많았다.

소주에 대한 반응은 기대 이상이었다. 칭찬이 대단했다. 마시는 것을 보면, 의례적으로 하는 얘기가 아니었다. 작은 잔을 채우기가 바쁘게

홀짝홀짝 마시곤 했다. 여성들도 마찬가지였다. 소주는 와인이나 맥주보다는 알콜 도수가 높다. 그렇지만 현지 술인 차빠로나 데낄라, 럼, 위스키보다는 매우 약한 술이다. 부드럽고 단맛이 있어서인지 대인기였다.

한 번은 국회의원 세 명을 태극기 식당으로 초청했다. 오찬이었다. 그중 여성 의원 한 명은 한국을 몇 차례 다녀와서 이른바 지한파다. 한국음식과 술에 대해서도 잘 알고 있었다. 음식이 나오자 그 의원이 소주도 있냐고 물었다. 점심 자리에서 주거니 받거니 하더니 세 의원 모두 각기 소주 3병씩을 마셨다. 그렇게 마시고도 취한 기색조차 없었다. 대단한 주량이었다.

나는 간혹 현지인 손님들과 한국 식당에서 식사할 때, 소주가 몇 순배 돌고 나면 소주와 맥주를 타서 마시는 것도 소개했다. 한국에서 인기 있는 '소맥'이다. 맥주는 물론 현지 맥주다. 한국 맥주는 수입되지 않는다. 역시 반응이 대단했다. 소주가 맥주의 맛을 훨씬 좋게 만든다고 하면서 거푸 마시곤 했다.

엘살바도르 사람들의 체력은 매우 강한 편이다. 치즈와 육류를 어려서부터 많이 먹어선지 모른다. 원주민 피를 많이 받은 사람은 우리와 비슷한 보통 체격이다. 그러나 백인 피를 많이 받은 사람은 덩치가 우리보다 훨씬 크다. 어지간히 술을 마셔도 취기가 없다. 술자리에서 술에 취해 흐느적거리는 사람을 본 적이 없다.

식당 주인이 나에게 한 애기다. 내가 그곳에 데리고 간 손님들이 다른 손님들을 데리고 와서 소주와 소맥을 즐긴다고 했다. 한류 확산에 보탬이 되는 일인지 모르겠다. 한국 음식과 소주, 소맥이 현지인 사이에서 큰 호평으로 자리매김하기를 기대해 본다.

태권도와 드라마 열기

한국을 외국에서 홍보하는 한류에서 빼놓을 수 없는 것이 바로 K-pop, 태권도와 드라마다. 엘살바도르에서도 태권도와 한국 드라마는 매우 인기가 높다. 매년 태권도 대회가 열리고 한국에서 종영된 드라마를 현지 채널에서 방송된다.

대사로 있으면서 엘살바도르에서 제일 큰 규모의 체육관을 빌려 태권도 대회를 개최했다. 초등부에서 일반부에 이르기까지 참가한 선수만 해도 1천 명이 넘고 같이 온 학부모와 응원하는 친지들까지 합하면 족히 4~5천 명은 되었다. 체육관이 선수와 응원단의 열기로 뜨거웠다.

대사로서 기념사를 마치고 잠시 선수들을 격려하고 대회장을 빠져나왔다. 끝까지 남아서 경기도 보고 시상도 하고 싶은 마음이 없지 않았다. 그렇지만 그렇게 하기에는 마음에 걸린 점이 있었다. 그렇게 큰 규모의 대회를 개최하면서 들인 예산이 겨우 4백만 원 정도였기 때문이다. 몇 개의 트로피와 상장, 그리고 사탕발림도 되지 않은 부상이 전부였다.

대회장을 빠져나오면서 마음이 씁쓸했다. 좀 더 여유 있게 대회를 열기 위해서 예산을 신청해도 주지 않는다. 나는 우리나라가 세계 10위의 경제국이 되어 돈은 많지만, 쓸 줄은 잘 모른다고 여긴다. 써야 할 일에는 인색하다. 그리고 쓰지 않아도 될 일에는 엉뚱하게 많이 쓰는 나라가 우리나라라고 생각한다.

미안한 마음이 남아서 엘살바도르 태권도협회 임원들을 식당으로 초대했다. 그리고 우승팀을 관저로 불러서 역시 음식을 대접하고 격려했다. 한식인 김밥과 잡채를 준비하고, 도넛과 핫도그, 피자를 넉넉하게 사서 실컷 먹게 했다. 초등학교 선수들부터 일반 선수에 이르기까지 우승팀의 감격하고 즐거워하던 모습을 지금도 잊을 수 없다.

태권도는 올림픽 종목이기도 해서 국제적으로 매우 관심이 높다. 그러나 위기를 맞고 있다고 해도 과언이 아니다. 일본의 가라테가 맹추격을 벌이고 있기 때문이다. 일본대사는 엘살바도르 14개 주를 모두 순회하면서 대회를 개최하고 가라테를 홍보했다. 개별 체육관들에 지원까지 했다. 그렇게 하고 싶어도 재정 뒷받침이 되지 않는 나는 안타까움으로 지켜볼 수밖에 달리 대처 방법이 없었다. 아메리카 대륙 체육대회에서 가라테가 정식 종목으로 채택된 데는 그와 같은 일본의 노력이 자리하고 있다. 재임 중에 국기원으로부터 태권도 사범 1명을 파견받은 것이 그나마 적잖은 위로가 되었다.

어느 날 현지인이 운영하는 태극기 한식당을 들렀다. 주인 여자가 와서 물었다. '달고나'를 만들어 팔고 싶다고 했다. 발음이 엉성해서 얼른 알아듣지 못했다. 듣고 보니 드라마 〈오징어 게임〉에서 나오는 달고나라고 했다. 그 무렵 드라마 오징어 게임을 보았냐는 질문을 많이 들었다. 한국 드라마가 최고라는 소리도 들었다. 나는 그때까지 오징어 게임이 유명해진 것은 알았어도 드라마를 보지 못했다.

관저에 돌아와 유튜브를 뒤졌다. 압축 편집된 오징어 게임을 보았다. 스릴있고 호기심을 끄는 점이 독특했다. 그러나 나에게 그렇게 의미 있거나 재미있는 드라마는 아니었다. 솔직히 오징어 게임이 많은 나라에서 무엇 때문에 그렇게 큰 인기를 끄는지 이해할 수 없었다. 드라마에 관련된 의상이나 달고나까지 상품으로 나와 인기리에 팔렸다는 소식에 나는 매우 의아한 생각이 들었다.

그 드라마에는 한국 사회가 안고 있는 치부도 많이 등장한다. 한국의 사회상을 반영한 것이라는 언론의 논평도 보았다. 그래서 드라마 얘기가 나오면 마음속에 약간의 조바심도 났다. 흥미를 끄는 스토리 구성이나 전개 방식은 기발했지만, 내용에는 큰 공감이 가지 않았다.

한국 드라마 가운데 대표적 성공작이 〈대장금〉이라고 여긴다. 내가 엘살바도르에 부임하기 전, 대장금이 매우 인기리에 현지 방송국을 통해 방영되었다. 특히, 어려운 서민들에게 큰 감동을 준 드라마였다. 궁중 생활에서 닥친 어려움과 위기를 지혜로 헤쳐나가는 주인공의 모습이 큰 위로가 되고 힘이 되었기 때문이다.

지도층 가운데서도 나에게 드라마 대장금을 얘기한 사람들이 참 많았다. 그들은 이 드라마를 통해서 한국인의 의지와 정서, 사랑과 증오, 역사와 문화 등 많은 것을 배울 수 있었다고 했다. 그리고 암울한 상황에서도 굴하지 않고 신분의 한계를 뛰어넘는 의지를 보면서 한국이 이룩한 경제성장을 이해할 수 있었다고도 했다.

의지의 꼬레아노

●●●

엘살바도르에는 우리 교민 2백여 명이 거주하고 있다. 엘살바도르가 살기 좋은 곳이라고 여기고 찾아온 교민은 없다. 우연한 계기로 왔거나 아니면 엘살바도르나 중남미에 파견된 직원으로 왔다가 귀국하지 않고 현지에 정착한 교민이 대부분이다. 30년 가까이 거주하고 있는 교민도 있다. 대부분 10년 이상 현지에 머무른 교민들이다. 교민 모두 꽤 오래 엘살바도르에 거주하고 있는 셈이다.

교민 대부분이 사업에 종사하고 있다. 특히 섬유 봉제업에 종사하고 있는 교민이 많다. 1980년대 혹은 90년대에 우리나라 섬유 가공 수출 기업들이 중남미에 많이 진출했다. 미국이 중미 지역의 경제를 돕기 위해 중미권에서 생산된 제품에 관세나 교역 쿼터에 특혜를 주었기 때문이다.

그러나 2000년대 들어서면서 중국의 싼 제품이 대거 몰리기 시작했다. 중국이 WTO에 가입하면서 세계 시장으로 파고들 발판을 마련했기 때문이다. 중국의 저가 공세로 중미 지역의 섬유 가공이 불경기를 맞을 수밖에 없었다. 그러자 한국기업들이 속속 철수하기 시작했다. 그때 파견된 직원 가운데 일부가 현지 체류를 택한 것이다.

그들은 어려운 여건이지만, 섬유 가공 사업을 계속했다. 성공과 실패의 갈림길에서 성공한 사람은 엘살바도르에 남았고 실패한 사람들은 대부분 귀국했다. 어려운 교민이 전혀 없지는 않지만, 대부분 교민은 사업과 삶의 터전을 탄탄하게 갖고 열심히 살고 있다.

나는 우리 교민의 사업체를 시간이 나는 대로 방문해서 여러 얘기를 나누곤 했다. 어떤 대사도 나처럼 교민 사업체를 일일이 방문하고 애로를 듣고 격려를 한 사람은 없었다는 얘기를 들었다. 의류를 만드는 업체를 몇 군데 방문했을 때 현장 분위기에 놀라기도 했다. 넓은 실내 공간에서 천 명이 훨씬 넘는 인원이 재봉틀 앞에서 열심히 일하고 있었기 때문이다. 재봉틀이 내는 소음도 귀에 거슬리지 않았다. 매우 볼만한 장면이었다.

악세사리, 모자, 생필품, 기계류, 의약품 등을 수입해서 도매업을 하는 교민들도 있다. 진로를 완전히 바꿔 늦게 한의학을 공부하고 한의사로 활동하는 교민도 있다. 대학에서 스페인어를 전공한 교민인데 참 특이했다. 침술 등 한방요법으로 꽤 높은 수입을 올리고 있었다. 요식업에 종사하는 소수의 교민도 있다. 모두 성공한 기반 위에서 상당한 재력도 갖추고 있다.

교민 조직으로는 한인회와 기업인회가 있다. 그리고 한인회 산하에 한글학교가 있다. 교민 전체가 소속된 한인회는 매년 체육대회와 연말 송년회를 개최해서 교민들의 단합과 친목을 다진다. 매우 푸짐한 협찬 상금과 상품들로 풍성하고 여유 있는 잔치 자리다.

한글학교는 한인회장이 당연직으로 교장을 맡고 있다. 7명의 교사가 30명 정도의 교민 자녀들을 대상으로 매주 토요일 한글을 가르친다. 교사 모두 자원봉사자다. 가르치는 교사나 배우는 학생들이나 모두 열심이고 진지하다. 우리 말과 글을 이어가기 위한 노력이 매우 보기 좋았다. 나는 한글학교 행사가 있을 때마다 참가해서 격려했고, 교사와 학부모를 위한 세미나에서 자녀교육 관련 특강을 하기도 했다. 그리고 일 년에 한두 차례 한글학교 교사들을 초청해서 식사를 접대하고 한글 교육 발전을 위한 얘기도 나누곤 했다.

국제적으로 우리나라의 위상이 높아졌고 인기 있는 K-Pop과 드라마 등 한류 문화가 널리 인기를 얻고 있어서인지 대학 진학을 앞둔 교민 자녀 가운데는 한국으로 진학하기를 희망하는 자녀가 매우 많았다. 2세들이 모국에 대해 긍지를 가지고 크고 있다는 사실이 무척 다행이다. 그러나 그들이 모국의 대학에 진학하기란 쉽지 않다. 경쟁 때문이다. 특별 전형 등의 기회가 있지만, 극히 제한적이다. 대학 진학의 기회가 더 확대되어 그들이 모국의 대학에서 미래의 꿈을 키울 수 있기를 간절히 기대한다.

_ 교민 체육대회

교민들은 여가를 위해 산과 호수, 해변을 찾기도 하고 낚시를 가기도 한다. 교민의 수에 비교해 볼 때, 골프 인구가 많다. 앞에서 소개한 대로, 엘살바도르에는 아름다운 골프 코스가 네 군데 있다. 꼬린또Corinto와 엔깐또Encanto 코스는 우리나라에서 보기 드문 아름다운 코스다. 주말이면 그 두 곳은 교민의 놀이마당이다. 꼬레아노 덕분에 골프장이 운영된다는 얘기가 있을 정도다.

교민들은 주말에 골프도 치고 한국 식품도 살 겸 해서 이웃 나라인 과테말라를 가기도 한다. 그리 멀지 않은 거리다. 과테말라시티까지 차로 가더라도 불과 3시간 거리다. 그곳에는 한인 교민이 6천 명 정도가 거주하고 있어서 한국 식당이나 식품 가게가 많다. 거의 모든 한국 식품이 마련되어 있고 값도 저렴하다.

과테말라에는 한국인에 대해 부정적 이미지도 있다. 교민으로부터 과테말라시티 인근에 있는 골프장 가운데 한국인의 출입을 허용하지 않는 골프장이 있다는 얘기를 들었다. 수년 전, 한국에서 온 폭력배들이 골프장 바로 옆에 노래방을 차리고 술을 파는 등 좋지 않은 행태를 보였기 때문이라고 한다. 지금은 강제 출국 조치로 모두 떠났지만, 그 여파는 지금도 남아있다니 매우 안타까운 일이다.

엘살바도르에서 과테말라시티를 다녀온 교민들이 간혹 이런저런 식품을 사서 관저에 건네주기도 했다. 우리나라에서 생산된 단감과 배가 특히 인상적이었다. 지구 반대편 엘살바도르에서 신토불이의 맛있는 단감과 배를 맛보리라고는 상상하지 못했다. 지구가 갈수록 좁아지고 있음을 느꼈다.

현지에서 남모르게 선행을 하는 교민도 적지 않다. 어려운 현지인들에게 생필품과 장학금을 제공하는 등 크고 작은 자선을 베풀고 있다. 이국만리의 치안이 불안한 나라에서 돈을 벌었다면 돈에 대한 애착이 더 강할 수도 있다. 물론 그런 사람도 있다. 그러나 자기 몫을 줄이고 현지인에게 베풀면서 사는 교민도 많다. 그런 덕분인지 한국이나 한국인에 대한 엘살바도르 현지의 인식은 매우 좋은 편이다.

엘살바도르에서도 치안이 매우 좋지 않은 작은 도시에서 사업을 하는 교민도 있다. 거리 하나를 경계로 두 갱단이 대치하고 있는 지역이다. 갱단 사이에 총격전도 간혹 일어나고, 살인도 많이 일어난다. 그 교민은 그곳에서 10년 가까이 재활용 사업을 매우 잘하고 있다. 그는 지역의 아미고amigo로 통한다. 아미고는 친구라는 말이다. 그는 사업으로 얻은 이익을 독식하지 않았다. 어려운 직원이나 현지인에게 꾸준히 베풀었다. 두 갱단도 그를 지역에 필요한 좋은 사람으로 인정한다. 그의 가족이나 사업에 어떤 위협이나 해도 끼치지 않았다. 어디서든 어떻게 사느냐는 문제는 매우 중요하다.

제6장

명암

부패한 정부 인사나 지방 관료들과의 검은 유착은
중미 국가에서 공공연하다.

코리아 스쿨

●●●●

산살바도르에서 차로 20분 정도 떨어진 곳에 소야빵고Soyapango라는 큰 도시가 있다. 인구가 30만 명으로 엘살바도르에서 네 번째로 큰 도시다. 거기에 '한국학교Complejo Educativo Republica de Corea'가 있다. 교문 옆 학교 담장에는 우리나라의 태극기가 크게 그려져 있고 한국학교라고 크게 쓰여있다.

아메리칸 스쿨이나 브리티시 스쿨처럼 돈 많은 집 자녀들이 다니는 사립학교가 아니다. 재학생 수가 7백 명이 조금 넘는 큰 공립학교다. 엘살바도르 공립학교는 초등학생에서부터 고등학생에 이르기까지 한 캠퍼스에서 수업을 받는다. 이해되지 않는 교육시스템이다. 재정이 빈약하니 한 지역의 학생을 뭉뚱그려 한 학교에서 가르친다.

1992년 12년에 걸친 내전이 끝난 후 엘살바도르에 남아 있는 것이라고는 황폐한 땅과 헐벗은 사람들뿐이었다. 가난한 정부에 교육재정이 있을 리가 없었다. 엘살바도르 교육부에서 규모가 큰 공립학교에 다른 나라의 국명을 붙여주었다. 그래서 여러 지역에 일본학교, 독일학교,

스페인학교 등이 있다. 누구의 아이디어인지는 몰라도 교육부에서 제법 머리를 쓴 것이다. 돈 있는 나라 이름을 붙여주면 해당 국가에서 그냥 있을 리가 없다는 생각이었다.

예상이 맞았다. 각 나라가 이름값을 내지 않을 수 없었기 때문이다. 해당 국가에서 이런저런 지원을 했다. 우리나라도 한국학교에 체육관과 교실 몇 칸을 지어주었다. 지역 시민이나 학생 모두 대한민국 학교가 있다는 것을 자랑스럽게 여겼다. 그러나 그런 자부심은 오래가지 않았다. 지속적 관리가 없었기 때문이다.

우리나라 지원체계는 이해하지 못할 점이 있다. 도움을 주면 지속적 관리가 있어야 할 텐데 한 번 지원해주면 그것으로 끝나고 만다. 모든 지원사업에서 사후관리까지 다 할 수는 없다. 그럴지라도 지원사업의 성격에 따라 지속적 관리를 해주어야 할 경우가 있다.

대사로 부임해서 얼마 지나지 않아 엘살바도르 국립대학에서 초청이 왔다. 담당 영사가 틀림없이 무슨 지원 얘기를 할 거라고 했다. 그 대학에는 '한국관'이 있는데 거기에 대한 지원을 얘기할 가능성이 있다고 했다. 그의 예상이 적중했다.

한국 대학과의 교류 협력을 얘기하고 나서 한국관으로 안내했다. 20평이 안 되는 작은 공간이었다. 한국에 대한 소개 책자, 의자와 소파, 대형 TV 등 그런대로 책자나 비품, 장식 등을 깔끔하게 잘 갖추고 있었다. 규모가 작을 뿐 괜찮아 보였다.

담당자의 설명은 많은 학생이 관심을 가지고 애용하는 공간이라고 했다. 그런데 이용 학생 수가 현저히 줄었다고 했다. 에어컨이 고장 났기 때문이었다. 그러면서 한국관 주변의 고장 난 에어컨에 대한 수리를 요청했다. 별거 아닌 문제였다. 기껏해야 2~3백만 원 정도 들면 수리가 충분히 가능할 것으로 보였다. 지원을 약속하고 왔다.

창피한 얘기지만, 대한민국이 파견한 '특명전권대사'에게 그 정도 지원을 할 수 있는 예산이 없다. 본부의 문화교류 협력을 담당하는 부서에 지원을 요청했다. 내 상식은 통하지 않았다. 사후관리는 지원 대상이 아니라는 짧은 회신이 있을 뿐이었다. 지원을 약속했는데 정말 난감했다. 다행히 근무경력이 오래된 영사가 방법을 찾아냈다. 다른 행사비에서 떼어내 에어컨을 수리해주었다. 대한민국 체면을 살리기 위한 어쩔 수 없는 편법이었다. 그런 요령을 알고 있는 영사가 있다는 것이 무척 다행이었다.

독일 영국 일본 등 선진권 대사의 경우 예산 운용에 관한 자율권이 매우 넓게 인정되고 있다. 일본 대사에게 물었더니 사회단체 등의 이런 저런 작은 지원요청에 대처하기 위해 매년 20만 달러 정도의 예산을 가지고 있다고 했다. 우리 대사관에는 그런 용도의 자율적 예산은 한 푼도 없다. 재정에 관한 한, 본부의 통제가 매우 세세하고 시시콜콜하기까지 한 것이 우리 시스템이다.

특근할 경우, 식사비가 지원된다. 특근매식비다. 값싼 햄버거 하나를 사 먹어도 지출결의서와 영수증이 첨부된 결재서류를 갖추고 행정지원 시스템에 올려야 한다. 그야말로 규제 중심의 우리 행정체계는 완전 후진국 수준이다. 선진행정은 사람을 믿고 맡기는 자율시스템이라면, 후진국 행정은 사람을 불신하고 매사를 통제하는 규제시스템이 특징이다. 공룡화된 규제 공화국, 대한민국의 앞날이 걱정스럽다.

한국학교에서 매년 개교기념행사 때 소소한 것을 지원해달라는 요청이 있었다. 다행히 10월의 우리 국경일 행사 주간과 겹쳤다. 행사비에서 일부를 떼어 지원했다. 이임 전 행사 때는 학생에게 줄 점심으로 햄버거를 지원해달라고 해서 도와주었다. 학용품도 아닌 점심을 지원해달라는 요청도 특이했다.

햄버거를 전달하러 간 영사가 다녀와서 학교가 너무 남루해서 '한국학교'라는 이름이 민망하더라고 했다. 그러면서 교문과 담장의 페인트라도 산뜻하게 다시 칠해줄 수 있으면 좋겠다고 했다. 듣고 보니 간과할 얘기가 아니었다. 예산이 있을 리 없다. 주요 행사비에서 떼어내 약간의 돈을 마련할 수 있었다.

나는 친하게 지내는 현지인 화가를 데리고 학교를 방문했다. 신분을 숨기고 교장과 교감을 만났다. 대사관의 회계관이라고 했다. 차량도 대사 승용차가 아닌 다른 공용차를 타고 갔다. 대사라고 하면 괜한 기대를 부풀려 더 큰 요청을 할 수 있기 때문이다.

데리고 간 화가에게 부탁했다. 담장을 어떤 색으로 칠할 것인지를 결정해서 새로 페인트칠을 해달라고 했다. 그리고 페인트 살 돈과 인부 인건비만 받으라고 했다. 성격 좋은 화가가 너털웃음을 웃었다. 고장 난 육중한 교문을 수선하고, 높이 2.5m에 길이 150m인 담장을 새로 페인트칠을 하는 등 단장을 해주었다.

일이 끝난 다음 다시 학교를 방문했다. 산뜻한 교문과 담장이 마음을 시원하게 했다. 교장과 선생들도 고마워했다. 겨우 2백만 원 정도 들인 공사가 이렇게 가슴을 후련하게 할 줄 몰랐다. 나는 수고해준 친구 화가에게 저녁 식사와 맥주로 고마움을 표했다.

이임하기 전, 소규모 무상 지원사업을 통해 대한민국 학교를 첨단화하기 위한 계획을 만들어 놓고 이임했다. 20만 달러 예산도 확보했다. 그 정도 예산이면 현지에서는 대단한 규모다. 단일 학교에 그런 예산이 지원된 적이 없다. 교무실, 실습실, 시청각교실 등 환경을 개선하고 컴퓨터실 등 첨단교육 시스템을 갖춘 학교를 만들 수 있는 금액이다. 그렇게 되면 '한국학교'가 엘살바도르에서 공교육을 선도하는 시범학교가 될 수 있을 것이다. 교육적 파급효과는 물론이고, 한국의 홍보 효과는 오지 말라고 해도 덤으로 따를 것이다.

마무리하지 못하고 엘살바도르를 떠나게 된 것이 유감이었다. 다행히 후임 대사가 매우 성실한 사람이라고 들었다. 그가 취지를 이해하고 내가 그려놓은 그림대로 잘 추진해주기를 바랄 뿐이다.

내미는 손

한국은 매우 잘 사는 나라로 알려져 있다. 사실 잘 사는 나라다. 우리 경제 규모가 세계 10위권을 넘보고 있다. 그러면서도 가난한 나라를 돕는 데는 솔직히 아직도 인색한 면이 많다. 우리가 가난을 벗은 지 오래지 않아서인지 모른다. 아직도 가난한 외국을 지원하는 데 대해 부정적 생각을 지닌 국민이 많다는 것은 놀라운 일이다.

우리나라에도 가난에 시달리는 사람이 많다. 돈이 없어서 필요한 치료를 받지 못하는 사람도 많다. 그런 사람들을 두고 외국의 어려운 사람을 돕자는 소리가 무슨 소리냐고 하는 사람도 있다. 틀린 얘기라고 할 수는 없다. 그러나 그런 논리대로라면 아마 우리나라는 영원히 다른 나라를 지원할 수 없을 것이다. 가난한 나라를 많이 돕고 있는 선진국에도 어려운 사람은 얼마든지 있다.

미국의 철강왕 카네기도 '내 것을 다 채우고 나서 다른 사람을 돕겠다는 사람은 죽을 때까지 남을 돕지 못한다'고 했다. 그는 또 '많이 가진 자가 부자가 아니라 적게 가졌을지라도 남과 나눌 줄 아는 사람이 진정한 부자'라고 했다.

엘살바도르에 대한 무상원조를 보면, 일본은 우리보다 매년 적게는 8배, 많으면 10배 이상 지원한다. 독일 역시 우리보다 매년 6~7배의 지원을 했다. 일본이나 독일이 우리나라보다 경제력이 그 수치에 해당할 만큼 큰 것이 아님은 물론이다.

2020년 세계 각국의 GDP 순위를 보면, 일본이 3위이고 독일이 4위다. 1위는 미국이고 2위는 중국이다. 우리나라는 10위로 1조5,868억 달러다. 일본이 우리보다 3배이고, 독일이 우리보다 2.4배 정도다. 이 수치를 기준으로 보아도 우리의 가난한 나라에 대한 무상원조 규모는 인색한 편이다. 외국의 지원에 의존해서 나라도 지켰고 배고픔도 면했던 과거를 안고 있는 우리다. 과거를 잊어서는 안 된다.

엘살바도르 대사로 근무할 때, 나를 곤혹스럽게 하는 것 가운데 하나가 찾아와서 손을 내미는 것이었다. 시장이 찾아오기도 하고 국회의원이 찾아와 지역을 도와달라고도 했다. 그 정도는 그래도 괜찮았다. 규모가 비교적 큰 것이었기 때문이다. 기회가 되면 돕겠다는 말로 그들을 돌려보냈다. 적당히 말로 대접을 한 것뿐이었다.

문제는 고아원이나 요양원, 자선 병원 등 의지할 데 없는 사람들을 수용한 시설에서 도와달라고 찾아올 때는 적잖이 곤혹스러웠다. 그들은 우리 대사관의 재정에 그런 지원을 할 수 있는 예산이 한 푼도 없다는 사정을 모른다. 다만 부자 나라의 대사관이기 때문에 도움을 요청하면 어느 정도 지원을 받을 것으로 생각하고 찾아와 손을 내민 것이다.

사회단체에서 여는 자선 모금 행사에 초청을 받았을 때나 크리스마스와 연말에 도움을 요청받을 때도 곤혹스러운 것은 마찬가지였다. 큰 금액을 기부해달라고 요청하는 것도 아니었다. 적게는 2~3백 달러, 많게는 1천 달러 내외였다. 우리 돈으로 이삼십만 원이나 일백만 원 정도다. 매우 안타까운 일이었다. 여러 곳의 지원요청을 합쳐도 2~3백만 원쯤이다. 그런 용도로 사용할 수 있는 예산을 대사관에 지원하면 대한민국의 체면을 꽤 세울 수 있는데도 그런 예산은 주지 않는다.

대사관의 재정 사용에 대한 통제도 한국만큼 강한 나라는 선진국에서는 단언컨대 한 나라도 찾을 수 없다. 도움을 요청하는 그런 행사나 시설에 대사가 자유재량으로 줄 수 있는 예산은 단 1달러도 없다. 수백만 달러의 돈이 별 효과 없이 줄줄 새는 무상 지원사업도 있다. 그런 돈 관리는 철저하지 못하면서, 선의를 베풀어야 하는 이런저런 작고 선한 일에는 왜 그렇게 인색한지 이해되지 않는다.

나하고 친했던 일본 대사에게 일본의 경우는 어떤지 물었다. 그는 대사의 자유재량으로 사용할 수 있는 예산이 일 년에 약 20만 달러라고 했다. 우리 돈으로 치면 2억 원이 넘는 금액이다. 역시 친하게 지냈던 독일대사도 대사의 판단에 따라 주재국에서 직접 지원사업을 얼마든지 할 수 있다고 했다. 독일은 아예 대사관별로 일 년 예산이 배정되어 대사의 판단에 따라 사용할 수 있는 패키지 예산제를 운용하고 있다. 대사의 판단에 따라 구워서 먹든 삶아서 먹든 알아서 하라는 시스템이다. 대사를 믿는 시스템이고 우리는 철저히 불신을 깔고 있는 규제행정이다.

한국은 왜 이런 후진 행정을 계속하고 있는지 모른다. 외교부의 수많은 자리가 나름 할 일이 있어야 하기에 시시콜콜한 문제까지 규제하는지도 모른다. 경제적 여유를 가진 나라의 인도주의 실천은 인류사회에 대한 의무다. 작은 인도주의를 포기한 대한민국이 되어서는 안 될 텐데 걱정이다.

버려진 한국 핏줄

다른 나라 남성들도 마찬가지인지는 확인하지 못했다. 다만, 한국 남성들이 해외에 나가면 유독 밝힌다는 얘기는 많이 들었다. 그래서 현지 여성과 사귀고 책임지지 못할 일을 남기고 오곤 한다. 필리핀이나 베트남에 가면 슬픈 사연을 지닌 초롱초롱한 눈망울들이 우리를 슬프게 만든다. 그들은 누군가를 향한 그리움과 기다림으로 한국을 향해 매일 시선을 던진다.

이곳 중미에서도 한국 남성의 무책임은 예외가 아니다. 번식 본능이 강해서인지 알량한 물건을 그냥 두지 못한다. 아무렇게나 써도 좋은 달랑이가 아니다. 거기에는 최소한 애정과 책임이 있어야 한다. 씨만 뿌리고 경작하지 않는다면 지탄 받을 무책임이다.

대사로 근무한 지 얼마 되지 않은 시점이었다. 본부에서 어떤 교민의 사망 원인을 조사해서 보고하라는 공문이 왔다. 그 교민의 사망은 내가 부임하기 전에 있었던 일이다. 첨부된 문건에 보험회사의 언급이 있었다. 한국의 유족과 보험회사 사이에 그 교민의 사망에 따른 보험금이 문제가 된 것으로 보였다. 사망 원인에 따라 보험금의 지급 여부나 금액에 상당한 차이가 있기 때문이다. 이전에 했던 보고서에서 사망진단서를 확인하니 평소 앓고 있던 질환에 의한 사망이었다.

담당 영사로부터 그 교민과 남겨진 가족에 관한 얘기를 들었다. 현지의 유족으로 삼십을 갓 넘긴 젊은 부인과 어린 남매가 있다는 것이다. 고인이 무슨 연유로 한국을 떠났는지는 모른다. 미국을 거쳐 엘살바도르에 왔는데 빈털터리였다. 60대가 30년 넘게 건너뛴 젊은 여인을 만나 결혼을 했다. 경제적으로 잘 산다는 꼬레아의 이미지가 두 사람의 만남에 영향을 준 것이다.

가난을 벗기 위해 현지 여성은 젊음을 던졌다. 그러나 잘못된 선택이었다. 질환이 있는 상태였고, 결혼 후에도 가난으로 인한 생계 위협은 마찬가지였다. 여성도 생활 전선에 뛰어들어야 했다. 구멍가게로 연명했다. 슬픈 눈망울을 지닌 남매도 태어났다. 내가 만났을 때, 그들은 3살과 5살이었다.

인간은 운명과 함께 태어난다. 그 운명은 무거운 달구지를 끌어야 하는 소의 멍에일 수도 있고, 파란 창공을 가볍게 나르는 힘찬 날개일 수도 있다. 남매가 태어날 때, 함께 태어난 운명은 남매를 어떤 길로 이끌지 모른다. 다만, 지금 그들이 처한 현실은 어렵고 슬프다.

엘살바도르에서 낙태는 불법이다. 중미권 대부분의 나라가 그렇다.

가톨릭에 토대를 두고 세워진 나라이기 때문이다. 산모의 건강을 치명적으로 위협하지 않는 한, 낙태는 허용되지 않는다. 중벌에 해당한다. 미성년자인 10대의 출산율이 높고 그에 따른 사망도 적지 않다. 낙태의 허용범위를 넓혀야 한다는 사회단체의 주장이 계속되고 있지만, 쉽지 않은 문제로 남아있다. 중남미에서 가톨릭의 지배는 긴 세월 여권 신장의 기회를 쉽게 허용하지 않았다.

나는 담당 영사에게 어린 남매가 어찌 살고 있는지 알아보라고 했다. 산살바도르에서 차로 2시간 정도 떨어진 수지토토라는 역사 도시의 외곽에 살고 있었다. 월세 30달러, 우리 돈으로 3만3천 원의 좁은 단칸방에서 세 식구가 언니의 도움을 받으며 삶의 무거운 멍에를 힘들게 견디고 있었다.

어느 날, 대사관 아래에 있는 식당으로 그 가족을 불렀다. 애들이 좋아하는 치킨과 햄버거를 파는 프랜차이즈였다. 식당에 들어서니 어린 남매와 두 여성이 있었다. 언니를 데리고 나온 것이다. 얼른 보아도 한국 핏줄이라는 것을 알 수 있었다. 원하는 음식을 시켜주었다. 죽은 아빠와 무슨 관계인지 호기심 어린 초롱초롱한 눈이 나를 쳐다보았다. 세 살인 동생은 눈이 마주치면 웃었다. 웃는 모습이 귀여웠지만 나에게 씁쓸함을 더했다. 이름도 아빠가 지어준 한국 이름이었다.

애들 엄마가 한국에 갈 수 있는 길을 물었다. 애들의 장래를 위해 한국에서 살고 싶다고 했다. 그녀의 유일한 희망이라는 말이 가슴을 짓눌렸다. 그들을 한국으로 보낼 수 있는 길이 없었다. 한국에 가족을 두고 있던 고인이 그들을 혼외자로 출생신고를 할 수 없었던 모양이다. 보낼 수 있는 길이 있는지 알아보았지만 허사였다.

우리나라에서 출산율이 낮아지면서 인구 5천만 유지가 머지않아 어렵게 될 것이라는 전망이 있다. 인구의 감소는 한국이 강국으로 가는 길에 큰 걸림돌이 될 수 있다. 인도주의 차원에서도 당연하고, 인구감소에 대한 대안으로서도 의미 있는 일이다. 해외에서 태어난 우리 2세들에 대해 폭넓게 국적을 인정해야 한다. 연해주, 중앙아시아, 우크라이나 등의 고려인 등에도 마찬가지다.

그 여성이 생활고를 호소했다. 어린 남매를 맡길 곳이 없어서 일하기도 어렵다고 했다. 밤이면 옆방에 기거하는 남자들이 술을 먹고 방문을 열려고 하면 어린 남매를 안고 두려움에 떤다고 했다. 30달러 월세를 사는 사내들이라면 어떤 수준인지 짐작이 갔다.

대화하는 동안 마음이 천근처럼 무거웠다. 나와 영사가 준비한 돈을 건넸다. 그들에게는 적지 않은 금액이었다. 작별 인사를 하고 돌아가는 그들의 뒷모습에서 무거운 삶의 무게를 다시 느껴야 했다. 어린 것들을 두고 차마 눈을 감기가 어려웠을 고인이었겠지만, 그가 원망스러웠다.

관저에 돌아와 아내에게 그들을 만난 얘기를 했다. 아내가 안전한 곳으로 이사를 시키자고 했다. 매달 월세를 자신이 내겠다고 했다. 수입이 없는 아내가 월세를 내겠다고 해서 조금은 의아했다. 내 호주머니에서 나올지라도 자신이 책임지겠다는 아내의 얘기가 고마웠다. 다음 날 연락을 해서 언니네 동네로 이사를 시켰다. 월세를 합산한 금액에 얼마간 더 돈을 보태 몇 달 간격으로 돈을 보냈다.

그 세 가족이 어떻게 사는지에 대한 염려가 사라지지 않았다. 자립할 수 있는 생계 대책이 있어야 했다. 아내와 상의한 끝에 조그마한 식당이라도 차려주기로 했다. 영사도 기꺼이 얼마간 부담하겠다고 했다. 그 영사는 말투는 투박했지만, 심성이 매우 부드러운 사람이었다.

영사의 돈을 합쳐서 보냈다. 적지 않은 금액이었다. 그들에게는 처음 가져보는 큰 액수였을지도 모른다. 생계 터전을 마련해준 것이다. 늦가을 감나무의 가는 줄기 끝에 매달린 홍시가 그들의 처지였다. 여차하면 떨어져 박살이 날 것 같은 그들의 삶이 안전해지기를 바랐다.

임기를 마치고 귀국할 때까지 그들이 어찌 살아가는지 살폈다. 우리 부부가 그들과 함께할 수 있었던 것은 거기까지였다. 세 가족이 걸어야 할 운명의 길에 잠시, 아주 잠시라도 그들에게 동행이 되어 함께 걸어 줄 수 있었던 것은 우리에게 기쁨이고 행운이었다.

중국의 검은 손

●●●●

중국이 시진핑의 '일대일로' 기치를 들고 세계 도처의 약소국을 집중적으로 공략하고 있는 것은 어제오늘의 일이 아니다. 중남미 역시 예외 지역일 수 없다. 미국의 뒷마당이라고 불리는 중남미는 우리에게 멀리 느껴지는 곳이지만 중국도 마찬가지였다. 그러나 최근에 이르러 중국의 바람은 점차 거세지고 있다.

엘살바도르는 중국과 2018년에 외교관계를 맺었다. 수십 년 동안 많은 원조를 베푼 대만을 헌신짝처럼 버렸다. 몇 개 남지 않은 수교국과 외교관계를 유지하기 위해서 대만은 엘살바도르에 직간접의 많은 지원을 했다. 필요 이상의 설탕과 커피도 사주었다. 많은 시설과 공공기관의 건물을 지어주기도 했다. 외교부 건물이 상징적이다. 그 외교부 건물에는 지금 중국의 대사와 외교관들이 드나들고 있다.

국제사회에서 신의란 한낱 허울에 불과한 것인지 모른다. 엘살바도르만이 아니다. 중남미에는 현재 대만과 외교관계를 맺고 있는 국가가 8개국이다. 대만이 외국과 외교관계를 맺고 있는 나라가 모두 14개국인 것을 생각하면 그 절반 이상이 중남미에 있다. 대만은 이제까지 외교관계를 맺고 있는 나라에 과분한 지원을 마다하지 않았다. 국제사회에서 인정받기 위한 몸부림이었다.

그러나 대만과 외교관계를 맺고 있는 나라가 모두 흔들리고 있는 것이 사실이다. 중국의 검은 유혹이 파고들기 때문이다. 니카라과는 대만과 중국 사이를 왔다 갔다 했다. 좌파가 집권할 때는 대만에서 중국으로, 우파가 집권할 때는 중국에서 대만으로, 다시 좌파가 집권하면서 대만에서 중국으로 외교관계를 2021년 말에 바꾸기도 했다. 이념과 관련이 있는 변신이었다. 그러나 이번 변신은 그 이면에 중국의 검은 손이 크게 작용했다.

중국의 '검은 손'이라고 하는 까닭은 부패한 권력과 손을 잡고 검은 거래를 서슴지 않기 때문이다. 엘살바도르는 중미 대륙에서 가장 작은 나라지만, 외교적 비중은 가장 큰 나라다. 미국이 중남미에서 가장 큰 규모의 대사관을 엘살바도르에 두고 있는 배경도 그런 비중과 무관하지 않다.

중미에서의 교두보로서 중요성이 있어서인지 중국은 엘살바도르와 외교관계를 맺기 위해 매우 집요했다. 엘살바도르 내전 때 좌파 게릴라 사령관을 했던 산체스 세렌Sanchez Ceren 대통령의 임기 말에 중국과의 거래가 성사되어 대만과 단교하고 중국과 손을 잡았다.

2019년 6월 1일 신임 나이브 부켈레Nayib Bukele 대통령이 취임하자 세렌은 나라를 떠났다. 신정부의 검찰은 그에게 부패 혐의를 씌워 체포에 나섰지만, 헛수고였다. 이미 떠나고 난 뒤였다. 떠나기를 기다리고 있었을지도 모른다. 그가 중국과 외교관계를 맺으면서 중국으로부터 검은 뒷돈을 받았다는 것은 공공연한 비밀이다.

공산주의의 속성 중 하나는 목적 달성을 위해서 수단과 방법을 가리지 않는 것이다. 대통령 선거 때, 대만과의 외교관계 복귀를 공약했던 부켈레 대통령도 취임 직후, 중국이 국빈 초청을 하자 중국을 찾았다. 그 이후 대만 얘기는 사라졌다.

중국 방문 이후, 부켈레 대통령은 중국이 6천2백만 달러의 인프라프로젝트를 지원하기로 했다고 대대적으로 홍보했다. 자신의 업적으로 내세웠다. 유상인지 무상인지, 언제부터 어떤 인프라프로젝트를 어떻게 지원하겠다는 것인지에 대한 상세한 설명은 없었다. 외교가에서는 중국의 검은 거래에 부켈레 대통령이 말려들었다는 얘기도 오갔다.

중국은 엘살바도르와 외교관계를 맺자마자 이런저런 사업에 눈독을 들였다. 라우니온La Union 항만개발프로젝트가 대표적이다. 라우니온 항구는 중미 태평양 연안의 대표적 요충지로 꼽힌다. 중남미에 대한 중국의 물류 기지로 뿐만 아니라 군사적 기지로서도 미국을 턱밑에서 견제할 수 있는 곳이다. 항만 수심 개발을 위해 일본이 먼저 투자했기 때문에 중국의 참여가 일본의 견제로 쉽지 않은 상태다.

중국 정부의 참여가 쉽게 진전되지 않자 다수의 중국인이 라우니온 항구 인근의 토지를 대대적으로 매입하기 시작했다. 항구 포위 작전이라고 할 수 있다. 항구 입구의 뻬리꼬Perico 섬의 토지 절반 이상이 중국인 손에 넘어갔다. 그 자금은 중국 정부의 보이지 않은 손에 의해 지원되고 있다는 것도 공공연한 비밀이다.

산살바도르의 시내에 센뜨로Centro라는 재래시장이 있다. 과일부터 최첨단 기기를 취급하는 수천의 상점들이 있고 서민들이 이용하는 대규모 장터다. 그곳의 노른자위인 전자제품 판매 블록도 어느 순간 소리 소문이 없이 중국인들이 차지했고 점차 그 영역을 확대하고 있다.

_ 장터의 푸줏간

부패한 정부 인사나 지방 관료들과의 검은 유착은 중미 국가에서 공공연하다. 중국 공산주의 속성 그대로 수단 방법을 가리지 않고 중미권을 파고들고 있다. 중국의 검은 손을 잡을 수 있는 부패가 깊게 뿌리내리고 있는 곳이 중미다.

미묘한 한일관계

●●●●

한일관계는 참 복잡하고 미묘하다. 과거 역사적 배경이 상황에 따라 변수로 작용하기 때문이다. 불행했던 두 나라의 과거를 빨리 정리해서 떨쳐낼 필요가 크다. 서로 협력해서 미래를 개척해 나가는 것이 두 나라를 위해 매우 긴요하다. 그렇지만 이런저런 사안을 두고 과거의 문제가 다시 들추어지고 반목하는 관계로 쉽게 돌아서는 두 나라 관계가 심히 안타깝다.

한일과 한중의 관계를 보면 이해하기 어려운 대목이 있다. 중국에는 관대하고 일본에는 폭발한다. 중국의 내정 간섭에도 우리는 크게 분노하지 않는다. 우리의 안보와 직결되는 사드THAAD 배치에 대한 중국의 태도는 안하무인격이었다. 중국은 공개적으로 사드 배치를 반대했다. 들어보지 못했던 한한령이 등장했다. 이런저런 노골적 제재가 가해지고 건방진 무례한 언사가 줄을 이었다. 우리 정부는 저자세였고 국민의 분노는 미지근했다.

일본이 그랬다면, 어떤 사단이 일어났을지 모른다. 규탄 시위와 집회로 우리나라 전체가 격분으로 들끓지 않았을까? 그런 분위기에 편승한 정치인의 거친 언사는 외교관계 단절까지 소리높여 외쳤을 것이다. 그리고 정부는 즉시 주일대사를 소환했을 것이다.

역사가 말해주듯이 중국에 당한 우리 설움과 비교하면, 일본이 가한 것은 약과에 불과하다. 일본의 수탈이 가볍다거나 그것을 옹호하기 위함이 아니다. 우리에게 위해를 가한 두 나라의 역사적 사실을 비교한 것뿐이다. 그런데도 우리는 일본에 대해서는 쉽게 분노하고 중국에 대해서는 인내가 미덕이다. 오랜 시간 사대의 그늘에서 살았던 조상의 유전인자가 우리 의식에 영향을 주고 있는지도 모른다.

실리라는 명분으로 인내하는 데도 한계는 분명히 있어야 한다. 어떤 실리 앞에서도 팽개칠 수 없는 가치가 있다. 그 가치는 국가의 주권이고 자존이다. 중국과의 관계에서 그 가치에 대해 우리는 어떤 태도였는지 돌아볼 필요가 있다.

호주는 중국을 견제하기 위해 만들어진 미·영·호주의 오커스AUKUS, 미국, 일본, 인도, 호주의 4자 안보협의체인 쿼드QUAD에 적극적으로 참여했다. 중국이 무역 보복을 가하리라고 충분히 예상했다. 무역 보복으로 경제가 어려워지면 총리나 여당이 상당한 정치적 타격을 받을 수 있었다. 그래도 주저하지 않았다. 실리보다는 가치를 택한 것이다. 야당도 국민도 그것으로 여당을 공격하지 않았다. 우리가 배울 점이다.

엘살바도르에서 한일 두 대사관은 매우 친밀하게 지냈다. 특히, 일본 대사와 나는 가까웠다. 그도 나처럼 특임이었다. 그는 멕시코에서 일본 기업의 법인장으로 5년을 근무했기에 중미에 대한 이해가 깊었다. 영어는 나보다 부족했지만, 스페인어를 잘했다. 내가 부임했을 때, 그는 주재국 주요 인사의 소개나 외교단 활동 등에서 자상하게 길잡이 역할을 해주었다.

그는 매우 활달했고 개방적이었다. 주말이면 그가 회원권을 가지고 있던 깜뻬스뜨레 클럽으로 나를 초청했다. 골프도 치고 점심도 같이했다. 그곳은 회원이나 회원이 초청한 사람만 출입이 가능한 곳이다. 매우 제한된 수의 회원이 있고, 정부의 장관급과 주요 대사들에게만 임시 회원권을 팔았다. 소수 백인계 지배층을 위한 최고급 사교클럽이었다.

엘살바도르에는 아랍, 특히 팔레스타인 사람들이 제법 큰 커뮤니티를 형성하고 있다. 부켈레 대통령도 팔레스타인 3세다. 1900년대 초부터 유대인이 팔레스타인 지역으로 이주하기 시작하자 새 터전을 찾아 꽤 많은 팔레스타인 사람이 엘살바도르로 이주했다. 엘살바도르에 팔레스타인 상주 대사관도 있다.

팔레스타인 출신 가운데는 권력과 재력으로 성공한 사람들이 제법 많다. 그렇지만 최고 사교클럽인 깜뻬스뜨레의 회원권을 가진 사람은 단 두 사람뿐이다. 두 사람도 종교가 이슬람이 아니고 가톨릭이다. 유대인이 그 클럽을 만들고 관리하던 초기에는 엄두도 낼 수 없었다. 회원 수가 늘면서 두 사람이 간신히 회원 자격을 얻었다.

팔레스타인에 대한 회원 자격이 제한되자 그들도 아랍클럽Club Arabe을 만들었다. 그러나 여러 면에서 깜뻬스뜨레에 비해 격이 떨어진다. 홍보를 위해 외국 대사에게도 모두 무료로 명예 회원권을 주었지만, 그곳을 이용하는 대사는 없었다.

깜뻬스뜨레의 임시 회원권은 내가 사기에는 너무 비쌌다. 입회비와 월회비를 합치면 월평균 5백 달러 정도를 내야 했다. 골프, 수영, 테니스 등을 언제든 별도의 비용 없이 사용할 수 있다. 저렴한 요금으로 호텔급 식당을 이용할 수도 있다. 나도 임시 회원권을 사고 싶은 마음은 굴뚝 같았다. 그러나 적지 않은 부담에 포기했다.

어느 주말 일본대사가 나와 골프를 하고 점심을 같이하면서 나에게 임시 회원권을 사도록 권했다. 비싸서 살 수 없다는 얘기는 할 수 없었다. 그에게 '당신이 회원권을 가지고 있는데 내가 왜 사야 하느냐?'고 했다. 잠시 의아한 표정이던 그가 크게 웃음을 터뜨렸다. 그러면서 '당신 머리가 참 좋다'고 했다.

회원권을 가지고 있는 사람과 같이 치는 골프는 비용이 매우 저렴했다. 25달러였다. 나에게 골프는 주말에만 가능했고, 많이 해도 한 달에 두 번 정도였다. 2년 동안은 코로나로 골프를 하지 않았다. 회원과 약속을 하면 언제든 고급 식당도 이용할 수 있었다. 내가 만나야 하는 주요 인사들은 대부분 회원권을 가지고 있었다. 비싼 금액을 내고 회원권을 살 이유가 없었다.

한일 두 대사관은 번갈아 가면서 직원들을 관저로 초청했다. 내가 부임해서 얼마 지나지 않아 일본대사가 관저로 나를 초청했다. 우리 외교관들과 함께 만찬에 참석했다. 나는 그날 밤 자존심이 무척 상했다. 관저의 규모가 컸다. 정원과 실내 장식에서 풍기는 세련된 분위기는 우리 관저와는 너무 차이가 났다. 나온 고급 주류까지 달랐다. 솔직히 일본 관저가 호텔급이라면, 우리는 모텔급이었다. 모든 것이 우리보다 한 수 위였다. 우리와 일본 관저에 초청받았던 주재국 고위층 인사들이 한국과 일본에 대해 어떤 생각을 했을지 모른다.

관저에서의 차이만 있는 것이 아니다. 일본이 주재국에 주는 차관이나 무상원조 규모는 우리나라와 큰 차이가 있다. 일본은 미국에 이어 두 번째 원조국이고, 우리는 일곱 번째 나라다. 앞에서도 얘기한 대로, 규모로는 일본이 우리보다 매년 8~10배 정도 많다.

일본 관저의 기품있는 우아한 분위기는 나에게 적잖은 충격이 되었다. 새로운 것에 대한 견문은 매우 중요한 의미를 지닌다. 그날 이후, 나는 관저의 분위기를 바꾸기 위해 많은 관심을 기울였다. 외국 대사관저에 초청받았을 대사들이 분명 있었을 텐데, 있는 그대로 지내다 간 전임 대사들이 야속하기도 했다. '늘공'인 전임 대사들은 외교부 간부들과 선후배 관계다. 관저 분위기에 관심을 가졌다면, 개선하기 위한 비용도

용이하게 지원받을 수 있었을 것이다.

사이좋게 지내던 한일 두 대사관이 어느 날부터 갑자기 교류가 끊어지고 말았다. 위안부 배상 문제에 관한 우리 대법원의 판결이 한일관계를 급속히 냉각시켰다. 주말이면 골프와 점심을 같이 하던 일본대사와 그 이후로는 공식 자리에서 서로 얼굴을 대하는 정도였다. 우리가 지녔던 단순한 인간적 우정도 한일관계 앞에서는 아무런 의미가 없었다. 나라를 대표하는 대사 신분 때문이라고도 여기지만, 참 미묘한 것이 한일관계다.

우리가 과거사에 집착하는 한 한일관계는 앞으로 나가기 어렵다. 과거 일제의 침략은 역사적 교훈으로 삼을 일이다. '용서하자. 그러나 잊지는 말자'라는 홀로코스트 역사박물관의 비문에 쓰인 의미를 우리도 새길 필요가 있다. 불행한 과거사는 그런 역사가 반복되지 않도록 그 의미를 깊이 새기는 것으로 족하다.

우리나라 4대 국경일은 개천절 삼일절 광복절 한글날이다. 삼일절과 광복절이 되면 어김없이 일본과의 과거사가 거론된다. 이제 일제의 식민지 트라우마도 벗을 때가 됐다. 삼일운동이나 광복의 의미가 적지 않다. 그러나 삼일절과 광복절이 되면, 그날 우리 시계는 어김없이 과거로 돌아간다.

현충일을 격상해서 개천절, 한글날과 함께 3대 국경일로 정할 필요를 느낀다. 나라를 지키기 위해 모든 것을 던진 애국선열과 전몰장병의 숭고한 희생을 기리는 것이 더 의미가 크다고 여긴다. 삼일절이나 광복절의 의미도 거기에 충분히 담겨질 수 있다.

한국도 이제 세계 강국의 대열에 있다. 일본과의 불행했던 과거를 훌훌 털어내고 미래지향의 자세를 가져야 한다. 한국과 일본의 우호와 협력은 양국의 번영과 안보는 물론 동북아 질서유지에 매우 긴요한 일이다.

국경일 행사

엘살바도르에서 우리 대사관의 연중 제일 큰 행사는 개천절 국경일 행사다. 우리나라만 그러는 것이 아니다. 다른 나라 대사관도 매년 가장 큰 행사는 단연 국경일 행사다. 대사관마다 자존심을 걸고 온갖 멋을 내는 날이다. 코로나 팬데믹 2년은 약식으로 할 수밖에 없었던 것이 유감이었다.

국경일 행사는 거의 모든 외교사절이 빠짐없이 참석한다. 국경일을 기념하는 나라에 대한 기본적 예의다. 나도 대한민국을 대표하는 대사로서 모든 나라의 국경일에 참석했다. 나라별로 행사장의 규모나 준비한 프로그램, 음식과 음료, 참석자의 격이나 숫자 등에서 많은 차이가 있다. 국력의 차이다.

우리 국경일 행사는 엘살바도르에서 제일 고풍스럽고 고급 호텔인 쉐라톤에서 매년 열린다. 내가 대사로 주관했던 때에도 마찬가지였다. 쉐라톤 호텔의 대형 홀 세 개를 합쳐서 행사장으로 이용했다. 주재국 입법 사법 행정의 주요 인사, 외교사절, 각계 인사, 우리 교민 등 정장과 파티복을 입은 4백여 명의 축하객들이 모여 대성황을 이루었다.

나하고 절친 관계를 유지했던 우요아 부통령도 참석해서 자리를 빛냈다. 부통령은 국경일 행사에 참석하는 경우가 거의 없다. 외교부 장관이 참석하는 것이 관례다. 캐나다와 우리 국경일 행사에만 참석했다. 캐나다에는 그의 결혼한 두 딸이 살고 있다. 우리 국경일에 참석한 것은 나와 맺은 친분 때문이었다. 국가 사이의 관계도 개인적 친분에 따라 크게 영향을 받는 것이 현실이다.

행사장은 길게 늘어뜨린 대형 태극기와 청사초롱으로 장식되고, 은은한 우리 전통음악이 분위기를 띄웠다. 행사 시작 전, 미리 온 축하객들은 백세주, 인삼주, 소주, 복분자주 등 우리 술과 현지에서 조달한 와인과 맥주, 샴페인 등으로 삼삼오오 모여 식전 사교의 시간을 즐겼다.

사회자가 국경일 의식을 알렸다. 먼저 우리나라 국가가 연주되고 이어 주재국 국가가 연주되었다. 그리고 대사인 나의 기념사가 있었다. 우리 한글의 우수성을 나는 그때 다시 인식했다. 나는 주재국 언어인 스페인어를 읽을 줄은 안다. 그러나 의미는 잘 모른다. 영어를 할 줄 알기에 활동하는 데 큰 장애나 불편은 없었다. 그래도 주재국 언어를 모른다는 것은 외교관으로서 부끄러운 일이다.

국경일 기념사를 수백 명 앞에서 통역을 통해 할 수는 없었다. 현지어를 모르는 대사가 통역을 달고 국경일 기념사를 하는 것을 본 적이 있는데 어색했다. 나는 그렇게 하고 싶지 않았다. 내가 기념사를 한글로 쓰고, 통역직원을 통해 스페인어로 번역했다. 그리고 그것을 다시 현지인 직원에게 돌려 어색한 표현은 없는지 살피게 했다. 완성된 스페인어 번역을 더듬거리지 않고 유창하게 읽기 위해 나는 다시 한글로 발음을 옮겨 적었다.

'존경하는 내빈 여러분!'을 스페인어 'Invitados respetados!'로, 다시 우리 한글 '인비따도스 레스뻬따도스!'로 옮긴 것이다. 훈민정음 서문에서 정인지가 개가 짖는 소리와 바람 소리까지 표현할 수 있다고 했다. 사실이다. 기념사를 나는 순수 우리말로 읽은 것이다. 엑센트와 띄는 곳에 표시를 덧붙였다. 매우 능숙하게 읽어 내려갔다. 군데군데를 외워서 원고를 보지 않고 말하기도 했다.

기념행사가 끝나고 참석 인사들이 훌륭한 연설이었다고 칭찬을 했다. 그날 밤 많은 참석 인사는 내가 스페인어를 능숙하게 하는 것으로 오해했다. 우리 민족의 영원한 지도자 세종대왕님께 감사하지 않을 수 없는 밤이었다. 읽을 줄은 알아도 말할 줄은 모른다는 것이 일부 인사들에게 들통나긴 했어도 기분 좋은 행사였다.

다음은 식후 행사로 음식과 술을 들면서 환담하는 사교의 시간이었다. 김밥, 불고기, 잡채, 부침개 등 한식 뷔페가 준비되고 각종 술과 음료가 제공되었다. 참석자 모두 우리 한식에 대한 칭찬 일색이었다. 비싸지만 넓고 좋은 장소, 넉넉한 음식과 음료, 즐겁고 흡족한 분위기 등 한국 대사로서 자부심을 느낄 수 있는 행사였다.

미국대사관이 주관하는 독립기념일 행사는 해프닝으로 끝나고 말았다. 날짜를 앞당겨 6월 하순에 개최했다. 세계 최강국 기념일답게 많은 인파로 북적였다. 경쾌한 음악으로 식전 행사가 진행되고 있었다. 본 행사를 막 시작하려는 순간에 2층 어두컴컴한 구석에서 지지직거리는 소리와 함께 작은 불꽃이 서너 번 일었다.

그러자 단상 마이크로 올라온 사회자가 모든 사람은 즉시 밖으로 나가라고 했다. 그리고 오늘 국경일 행사는 취소한다고 알렸다. 밖으로 서둘러 나오니 굵은 빗방울이 하나둘 떨어지기 시작했다. 역시 미국다웠다. 짧은 망설임도 없었다. 테러 대비 메뉴얼에 따른 신속한 대응이었다.

나중에 밝혀진 바에 의하면, 즉시 고칠 수 있는 간단한 전기 문제였다. 하객들을 위해 준비한 많은 음식은 그날 밤 냉장고에서 하룻밤을 보냈다. 다음 날 고아원 등 사회복지 시설로 보내졌다. 국경일 행사를 하지 못한 것은 불운이었지만, 맛있는 비싼 음식을 어려운 시설로 고스란히 보낸 것은 복 받을 일이었다.

음식이나 장식 등에서 제일 화려한 국경일 행사는 프랑스였다. 특급 호텔인 인터콘티넨탈 호텔의 대형 홀에서 열렸다. 입구에서부터 장식이 화려했다. 서빙이 필요치 않은 음식과 디저트를 배열해 놓았는데 마치 예술품을 진열해 놓은 듯했다. 색상의 조화까지 고려했고 사이사이에

촛불까지 밝혀 보는 눈을 즐겁게 했다. 다양한 음식과 프랑스에서 가져온 와인과 샴페인 등 매우 풍족하게 준비했다. 여간해서 과식하지 않는 나지만 그날 밤은 예외였다.

가난한 나라의 국경일 행사를 가보면 장소나 준비한 음식과 음료 등에서 큰 차이가 있었다. 대관료가 저렴한 좁은 장소에서 행사를 진행한다. 아무래도 내빈의 수도 적다. 와인이나 소다수 한잔에 핑거푸드라고 부르는 간식 정도가 선을 보인다.

음료수 한잔도 나오지 않는 국경일 행사도 있었다. 그 나라 이름은 밝히지 않는다. 중미에서 우리 교민들이 비교적 많이 사는 나라다. 작은 극장을 빌려서 국경일 행사를 했다. 외교사절과 주요 인사들은 무대 바로 앞쪽 자리로 안내되었다.

국가 연주와 대사의 기념사가 끝나고 민속공연이 있었다. 내용은 우리나라 '갑돌이와 갑순이'의 그것과 같았다. 형형색색의 의상을 입은 여성 무용수, 카우보이모자와 벙거지 같은 밀대 모자를 쓰고 조끼와 바지를 입은 남성 무용수들이 나와 춤을 추었다. 7분 내외 걸리는 민속춤을 여섯 번이나 반복했다. 의상이나 율동이 다르긴 해도 매우 지루했다.

무대는 나무로 만든 바닥이었다. 무대를 십여 명이 뛰고 돌면서 춤을 추니 먼지 냄새가 시간이 갈수록 짙게 느껴졌다. 옆자리에 앉은 사람들을 보니 역시 그들의 표정도 굳어 있었다. 무대 바로 앞자리에 앉았기 때문에 중간에 나올 수도 없었다. 즐거운 공연이었지만, 힘든 시간이었다. 끝나고 나오면서 주요 인사들의 표정이 좋지 않았다. 고개를 가로젓는 인사도 있었다.

그 나라 대사는 인디오 피가 제법 섞인 여성이었다. 그 대사가 측은해 보였다. 주요국의 화려한 국경일 행사와 자신이 주관한 매우 소박한 행사를 보고 어떤 심정일지 이해할 수 있었다. 나라가 지닌 국력은 그 나라 대사관이 개최하는 국경일 행사나 다른 행사에서 그대로 나타난다. 우리나라가 매우 가난했던 시절, 초라한 국경일 행사에서 우리 외교관들의 심정이 어떠했을지 마음에 와닿기도 했다.

불편한 시선

중국 우한이 코로나바이러스의 최초 발생지다. 우한 재래시장이라는 설도 있고, 우한에 있는 바이러스 연구소라는 설도 있다. 물론 중국은 우한 기원설을 강하게 거부한다. 작은 문제라도 불리한 점은 인정하지 않는 것이 중국의 양식이다. 그런 중국이 세계를 뒤흔든 코로나바이러스 발생지가 우한이라고 인정할 리가 없다. 트럼프 미국 대통령은 노골적으로 '차이나 바이러스'라고 불렀다. 일부 언론도 그랬다. 코로나바이러스로 인해 중국 이미지는 더 크게 실추됐다.

스페인어로는 중국인을 '치노chino'라고 한다. 중국이 세계 2대 강국으로 부상했고 값싼 중국제품이 세계 매장을 차지하고 있다. 싸구려 제품을 파는 산살바도르의 재래시장, 센트로에서도 중국제품이 판을 친다. 품질이 좋아서 팔리는 게 아니라 싸서 팔린다. 고급 매장에서는 중국제품을 보기 힘들다. 한국이나 일본산 제품은 고급 매장이 아니면 볼 수가 없다.

엘살바도르와 중미에서 중국이나 치노에 대해 호감을 지닌 사람은 별로 없다. 중국이 세계 곳곳까지 깊숙이 파고들었지만, 음흉한 공산당 독재와 사회주의 체제에 대해 모르는 사람이 별로 없다. 홍콩 문제를 비롯하여 티베트와 신장 위구르, 몽골 등에서의 잔인한 인권 유린에 대해 국제사회의 분노도 점차 커지고 있다. 과학기술을 도적질하는 등 국가적 양심도 없는 나라라는 부정적 이미지도 역시 퍼지고 있다.

외국을 여행하다 보면 어디서 왔냐고 묻기보다는 중국 사람이냐고 묻는 말이 더 많다. 엘살바도르에서도 마찬가지다. 모르는 사람을 만나면 '치노'냐고 묻곤 한다. 중국이 어디서든 머릿수가 워낙 많기 때문이다. 한국인은 '꼬레아노', 일본인은 '하뽀네스'라고 부른다. 한국이나 일본 사람은 웃으면서 반긴다. 그러나 치노에 대해서는 반응이 다르다.

현지인들은 타이완에 대해서도 좋은 인상을 지니고 있다. 엘살바도르와 중미 국가들은 매우 오랫동안 타이완과 외교관계를 유지했다. 대만은 많은 원조를 통해 공을 들이고 좋은 일을 많이 했다. 그렇지만 엘살바도르는 2018년 대만과 외교관계를 단절하고 중국과 수교했다. 중국이 세계 무대에 강국으로 부상했고, 계속 물량 공세와 검은 추파를 던졌기 때문이다.

앞에서도 언급한 바와 같이, 중남미는 지금 8개국이 대만과 외교관계를 유지하고 있다. 대만은 중미권을 국제외교의 마지막 보루처럼 여기고 많은 지원을 해오고 있다. 몇 개 나라에서라도 자주권을 인정받기 위한 안타까운 몸부림이다. 중국과 달리 타이완에 대해서는 모두 좋은 인상을 간직하고 있다. 비록 외교관계를 단절했지만, 엘살바도르도 타이완에 대한 향수가 짙은 곳이다.

_ 재래시장

주말이면 시내 구경도 하고 식품도 살 겸 해서 우리 부부는 코스코나 월마트를 찾았다. 현지의 중산층 이상이 찾는 곳이다. 가난한 서민은 값싼 재래시장을 찾는다. 코로나 19 바이러스가 유행한 이후, 우리는 곱지 않은 시선을 의식해야 했다. 어디서든 우리를 힐끗힐끗 쳐다보는 것이 때론 불편했다. 마치 인종 차별을 당하는 느낌이었다. 우리를 '치노'로 본 것이다.

인종 차별에 대한 여러 역사적 사실을 잘 알고 있다. 인종 차별을 다룬 영화나 드라마를 볼 때, 차별에 분노하고 당하는 자들의 설움을 안타깝게 여겼다. 그렇지만 막상 낯선 이국에서 내가 그런 불편한 시선을 받고 보니 인종 차별을 받는 심정이 어떤 것인지 느낌이 크게 달랐다. 직접 당해보지 않고는 느낄 수 없는 그런 것이었다. 대사관 직원들에게 내가 느낀 바를 얘기하면서 'Corea'를 새긴 모자를 쓰고 다니자고 했다. 모두 웃으면서도 공감했다.

중국 대사는 여성이었다. 한창 팬데믹이 시작하던 때 그녀는 중국으로 돌아가 상당 기간을 엘살바도르로 복귀하지 않았다. 공식 행사에 얼굴 내밀기가 불편했을 수도 있다. 복귀 후에도 행사에서 만나면 중국 대사는 어색한 모습이었다. 코로나바이러스로 일상의 자유를 빼앗긴 사람들을 자연스럽게 대하기는 어려웠을 것이다.

제7장

외교 현장

나는 직업외교관 출신이 아닌 특임 대사였다. 외교관 생활은 처음이었다.
그러나 어떤 전임 대사도 누리지 못한 커다란 영예를 누렸다.

대사관

●●●●

대사관은 엘살바도르에서 제일 좋은 건물인 세계무역센터World Trade Center 빌딩의 14층에 자리 잡고 있다. 지하 4층 주차장에 지상 15층 건물이다. 시내 어디서든 눈에 들어온다. 수도 산살바도르에 고층 건물이 많지 않다. 지진 때문이다. 같은 층 건너편에는 영국 대사관이 있다. 엘리베이터에서 내리면 왼쪽이 한국 대사관이고 오른쪽이 영국 대사관이다. 양쪽 대사관 출입문 앞에는 경찰 1명과 사설 경비 1명이 권총을 찬 채로 경비를 서고 있다.

문을 열고 들어서면 안내직원Receptionist이 근무하는 유리 벽으로 둘러 처진 공간이 있다. 그 옆으로 다섯 평 남짓의 좁은 대기실이 있다. 거기서 또 다른 문을 열고 들어가면 대사관 직원이 근무하는 공간이 나온다.

대사관에 처음 출근하면서 대기실에 놓인 장식품이나 벽면의 장식을 보면서 무척 놀랐다. 느낌이 별로 좋지 않아서다. 어수선하고 촌티 나는 분위기였다. 나는 몇 군데 우리 대사관이나 외국 대사관을 방문한 적이 있다. 그래서 대사관의 분위기를 어느 정도 알고 있었다. 대사관이나 관저의 이미지는 그 나라의 품격을 얘기한다. 따라서 모든 대사관이 기품 있는 분위기를 연출하기 위해 나름 신경을 많이 쓴다.

대사관에 들어서자 왼쪽 벽면에는 여자 한복이 들어 있는 유리로 된 커다란 액자가 걸려 있었다. 이상한 느낌은 거기서부터 시작되었다. 한복을 처음 보는 순간 이건 아닌데 하는 생각이 들었다. 저고리는 모시 삼베 색이었고, 치마는 짙은 팥색이었다. 전혀 어울리지 않는 색상이었다. 한복의 크기도 너무 컸다. 아마 신장이 180cm 이상 되는 거구가 입어야 맞을 정도였다.

출근하면서 이 한복을 볼 때마다, 마치 부장품을 장식한 것 같은 섬뜩한 느낌마저 들 정도로 기분이 좋지 않았다. 우리 한복이 얼마나 아름다운가. 치마와 저고리의 잘 어울리는 색상에 날아갈 것 같은 한복이 참 많은데 이해할 수 없었다. 직원에게 물었더니 한국을 몇 차례 다녀와 잘 아는 현지인이 만들어 기증해 준 것이라고 했다. 호의는 고맙지만, 대사관의 얼굴과 같은 대기실에 전시할 만한 한복이 아니었다.

대기실 정면으로 신라 금관의 모형품이 있었다. 모형품이라고 할지라도 어느 정도 고급스럽게 보이는 것을 전시해야 마땅하다. 머리에 쓰는 금관이 균형감 없이 너무 컸다. 누가 봐도 싸구려 모조품 티가 펄펄 났다. 그 아래에는 장고와 꽹과리가 전시되어 있었다. 정말 우스꽝스럽고 촌스러운 배치였다.

나는 그림을 좋아한다. 회화나 디자인 전시회를 자주 찾는다. 외국에 나가서도 눈에 들어오는 그림을 사곤 한다. 거리에서 파는 값싼 그림이지만 매력적인 그림이 많다. 대학에서 근무하면서도 미술대학 교수들과 가까이 지냈다. 회화나 디자인에서 색채 구성 등에 대해 듣고 배우는 기회가 많았다. 그래서 나름 보는 눈이 있다고 자부한다. 그런 내 눈에 비친 대사관 대기실의 분위기는 한마디로 실망 그 자체였다.

부임하기 전, 공관장 교육을 받을 때 재미있는 교육과정이 있었다. 두 시간 동안 복장의 코디를 어떻게 해야 하는가를 가르쳐 주었다. 대사의 복장도 나름 나라의 품격과 관련이 있기 때문이다. 대사의 언행, 일거수일투족이 모두 나라의 품격으로 연결된다. 당시 강사가 내 양복과 셔츠, 넥타이를 보고 칭찬을 했다. 조화를 잘 이룬 색상이라고 했다.

얼마간 두고 보다가 대기실에 걸린 대형 한복, 모형 금관, 장구와 꽹과리 등을 모두 치우게 했다. 예산이 없어서 대체품을 사지는 못했다. 어울리지 않는 것을 치우고 민원인이 대기실에서 편안함을 느낄 수 있도록 분위기를 바꿨다.

대사만 대한민국과 국민을 대표하는 것이 아니다. 외교관들은 물론이고, 대사관이나 관저 분위도 한국의 품격을 대표한다. 국가의 품격을 생각한다면, 마땅히 대사관이나 관저의 미적 구성이 어떻게 되어야 하는지 관심을 가져야 한다. 유감스럽게도 대사나 외교관 가운데 그런 부분에 관심을 두지 않는 사람들도 적지 않다.

직원들의 사무 공간도 답답하기는 마찬가지였다. 산살바도르 시내가 훤히 보이고 파란 하늘과 하얀 구름이 보이는 창밖의 경치는 아름답고 시원했다. 그러나 내부에서 보는 공간구조는 답답했다. 가로로 길게 배치된 공간에 모두 방을 만들었기 때문이다. 모든 직원이 각기 독립된 방을 사용하고 있었다.

나중에 안 사실이지만, 모든 직원이 독립된 방을 사용하는 대사관은 한 군데도 없었다. 복도 건너편의 영국 대사관은 대사 한 사람만 방을 가지고 있었다. 다른 외교관이나 행정직원은 모두 툭 터진 열린 공간에 책상을 두고 근무하고 있었다. 서로 책상을 대하고 있어서 엎드려 잠을 잘 수도 인터넷으로 딴짓을 할 수도 없다.

다른 나라 대사가 인사차 대사관에 간혹 들른다. 영국대사도 신임 인사차 내 사무실을 찾았다. 우리 대사관의 규모를 보고 그는 놀라는 기색이었다. 한국이 부자 나라인지, 아니면 돈을 아끼지 않고 쓰는 나라인지 헷갈리는 일이 많았다.

내 사무실로 들어서면서도 역시 분위기가 찜찜했다. 내가 앉은 의자 뒤편으로 벽이 유리로 되어 있었지만, 내부 분위기가 어두웠다. 벽에는 회색과 하얀색, 거무튀튀한 색감의 자작나무를 그린 대형 그림이 검은색 벽면에 걸려 있었다. 벽면도 어둡고 그림도 음침했다.

책상 앞쪽에는 대형 텔레비전이 역시 어두운 배경의 벽면 위에 걸려 있었다. 사무실 바닥은 검은색에 가까운 짙은 밤색의 어두운 색상이고, 응접 소파까지 검은색이었다. 책상 뒤쪽에 대형 유리창이 있었지만, 대체로 사무실 분위기가 너무 어둡고 칙칙한 분위기였다.

언제부터 이런 분위기였는지 모르지만, 그런 사무실 분위기에 개의치 않고 열심히 일한 전임 대사들의 취향을 이해하기 어려웠다. 필요 없는 대형 벽걸이 텔레비전과 어두운 그림을 떼어냈다. 그리고 그 자리에 현지에서 싸지만 그럴싸한 밝은 그림을 사서 걸었다. 싸구려 그림처럼 보이지 않는 그림이었다. 검정 소파는 대사실 출입문 밖의 대기용 소파와 바꿔놓았다. 베이지색 톤이라 부드럽고 온화한 느낌이었다. 사무실 분위기가 한층 밝고 기품있게 되었음은 물론이다.

회의실에도 대형 벽면 텔레비전이 있는데 왜 대사와 외교관들 방마다 텔레비전이 있는지 이해하기 어려웠다. 긴급 뉴스를 본다고 해도 회의실 텔레비전 한 대면 족할 일이다. 업무시간에 켜놓고 볼 수도 없는 일인데 지나친 호사가 아닌지 모르겠다. 내 사무실 텔레비전은 관저의 요리사 방으로 보냈고, 요리사가 보던 것은 현지인 가정부 방으로 보냈다.

비싼 대사관

●●●●

산살바도르에서 제일 멋지고 좋은 건물인 세계무역센터 안에 있는 우리 대사관은 복도를 사이에 두고 영국 대사관과 서로 마주 보고 있다. 영국 대사관은 우리 대사관 공간의 절반 정도를 임대해서 사용하고 있다. 세계 5위인 영국의 경제력은 우리나라보다 한 수 위다. 그런 영국의 대사관이 한국 대사관보다 작은 공간을 사용한다는 것이 잘 이해되지 않았다.

시간이 지나면서 우리 대사관이 큰 공간을 비효율적으로 사용하고 있다는 것을 알게 되었다. 임대료를 여기에서 밝힐 수 없지만, 매우 비싼 금액이다. 아마 구체적 금액을 밝히면 깜짝 놀랄 사람이 분명 많을 것이다. 근무하는 직원의 수도 영국 대사관은 우리보다 적다. 영국 대사관은 대사와 부대사만 영국에서 직접 파견한 외교관이다. 그 두 사람이 현지에서 채용한 행정직원들과 함께 일한다.

우리 대사관이 경우는 본부에서 직접 파견한 대사와 외교관, 한국인 행정직원, 현지인 행정직원을 합쳐 영국 대사관의 숫자보다 거의 두 배다. 어느 면에서 보더라도 한국 대사관의 규모는 영국 대사관보다 2배 정도 크다. 한국 대사관은 모든 직원이 독립된 공간, 즉 방을 사용하고 있지만, 영국 대사관 직원들은 오픈된 공간에서 서로 마주 보고 일한다. 영국 대사관 직원들이 우리를 몹시 부러워하는 부분이다.

나는 비싼 임대료가 늘 마음에 걸렸다. 그래서 장기저리의 담보대출 Mortgage Loan을 얻어서 대사관을 아예 사는 방안을 연구해 보았다. 현지인인 명예영사와 함께 대사관으로 사용할만한 건물을 물색하기도 했다. 현지에서 성공한 교민 기업인 H 회장과 수차 협의도 했다. 그가 독립 건물을 사고 대사관이 임대하는 방안을 상의하기도 했다.

우리 외교부가 사서 국유화한 관저를 대사관으로 사용하고 관저는 빌라형 고급 아파트를 임대해서 사용하는 방안을 논의도 했다. 그렇게 하면 매달 천만 원 정도를 절약할 수 있다는 계산이 섰다. 대사관의 외교관들과 협의를 했지만, 그들은 나를 이해하지 못하는 눈치였다.

영국보다 큰 면적과 많은 수의 직원은 언제부터인지 몰라도 첫 단추가 잘못 끼워진 탓이다. 전임 대사들을 탓하고 싶은 생각은 없다. 이런 현상이 엘살바도르 대사관에 한정된 현상이기를 바랄 뿐이다. 국유화된 우리 소유의 건물이 아니라, 건물을 임대해서 사용하는 대사관이 모두 이런 식이라면 적지 않은 문제다.

이렇게 우리 대사관의 규모가 큰 것은 재외공관을 관리하는 행정 시스템과도 관련이 있다. 우리는 외교부에서 대사관의 모든 것을 관리 통제하는 하향식Top-down 형태다. 그러나 영국 대사관은 자율형 운영체계를 갖고 있다. 다시 말해서, 인력과 재정의 운용, 업무의 관리와 보고체계에 이르기까지 모두 자율형인 상향식Bottom-up이다.

영국대사는 본부에 소속된 외교관을 제외하고는 대사관의 행정직원에 대한 채용과 해고에 대해 인사 자율권을 갖는다. 배정된 인건비의 범위 내에서 대사관의 판단에 따라 행정직원의 수를 결정한다. 직원 계약 기간도 1년 혹은 2년, 대상자에 따라 다르다. 일이 서툴거나 근무에 소홀할 경우, 계약 기간의 종료와 함께 해고된다.

내가 부임했을 때의 영국 대사관 행정직원 가운데 이임할 때까지 계속 고용된 직원은 2명에 불과했다. 그들은 모두 정규대학 졸업자로 현지어인 스페인어 외에 영어를 완벽하게 구사했다. 영어를 하지 못하면 아예 채용 대상이 되지 않는다. 거기서 더 나아가 면접에서 용모까지 심사한다. 어떻게 보면 너무 몰인정하다고 할 수 있지만, 엄격한 인사관리로 직원 모두 정예군이다.

우리는 현지인 행정직원의 채용과 해고에 대해 대사관의 자율성을 인정하지 않는다. 모두 본부에 보고하고 승인을 얻어야 하는 시스템이다. 우리 대사관에서 일하고 있는 행정직원은 어떤 과정을 거쳐 채용되었는지 모른다. 학력부터 대졸자, 대학 중퇴자, 초급대학 졸업자, 고교 졸업자로 다양하다.

영어를 자연스럽게 구사할 수 있는 현지 행정직원은 대사 비서 한 명에 불과했다. 현지 행정직원은 영어를 모르고, 우리 외교관들은 스페인어를 모른다. 업무상 소통에 상당한 제약이 있음은 물론이다. 행정직원의 능력개발을 위해 본부에서는 교육비를 지원한다. 모두 영어 수업을 신청했다. 영어 공부를 시작하겠다는 열의는 평가할 수 있었다. 그렇지만 어느 세월에 업무 관련해서 대화가 가능한 수준이 될지는 모를 일이다.

영국 대사관은 학력과 경력, 영어 능력을 일정 기준으로 심사해서 정예화된 소수의 인원을 채용했기 때문인지 우리 현지인 행정직원보다 평균 급여가 50% 정도 높았다. 우리의 급여는 채용될 때의 외교부 지침에 따라 다르다. 일정한 기준을 찾아보기 어렵다.

우리 대사관에서 근무하는 현지 행정직원은 거의 정년이 보장된다. 이 점도 영국 대사관 직원이 크게 부러워한다. 부정행위나 업무상 기밀 유지 위반, 한국이나 대사관의 명예를 실추시키지 않는 한 징계당하지 않는다. 규제 중심의 하향식 행정체계, 그리고 온정주의 정서나 문화와 무관치 않다. 내가 근무하는 기간 현지 행정직원은 모두 10년 이상의 장기 근무경력을 가지고 있었다. 20년이나 30년 넘게 근무한 직원도 있다. 매우 인정 넘치는 고용 형태지만 업무의 능률과는 거리가 먼 것도 사실이다. 돈도 많고 인정도 많은 나라, 대한민국이다.

진짜 특명전권대사

●●●

'특임공관장에 임함. 주엘살바도르 특명전권대사에 보함.'

대통령이 직접 수여한 대사 임명장에 적혀 있는 문구다. '특명전권대사'라는 문구가 눈길을 끈다. 국가 또는 국가원수로부터 전권을 위임받아 임명받은 대사라는 의미다. 주재국에서 대한민국과 국가원수를 대리한다. 대사 직책이 갖는 자부심이다. 큰 나라나 작은 나라에 파견하는 모든 대사가 특명전권대사다.

내가 엘살바도르 대사로 간다고 할 때, 놀라는 사람들이 꽤 많았다. 이름이 잘 알려진 큰 나라로 가지 않고 하필 작은 나라 대사로 가느냐는 의문이었다. 거기다가 치안까지 불안한 나라라고 가지 말라는 만류도 있었다. 당시 나는 세종대왕 실록을 꼼꼼히 읽으면서 글을 쓰는 중이었다. 그 외에는 특별한 일 없이 지냈다. 열심히 일하고 싶을 뿐이었다.

대사로 나가는 것이 기뻤다. 더욱이나 한 번도 경험해보지 않은 외교관의 길에 들어선다는 것이 무척 설레게 했다. 나는 오랜 시간 대학에서 학자의 길을 걸었다. 길을 잘못 들어 정치의 길도 잠시 걸었다. 대사직이 주는 신선함이 컸다. 다른 어떤 자리가 주어진다고 해도 대사직보다는 더 매력적일 수 없었을 것이다.

대사는 모두 특명전권대사지만, 두 부류가 있다. 직업외교관 출신 대사가 있고, 대통령이 특별히 임명한 특임 대사가 있다. 우리 외교와 관련해서 미국 일본 중국 러시아를 4 강국이라고 한다. 간혹 예외가 없는 것은 아니지만, 모두 특임 대사가 가는 자리다. 특임 대사가 가는 나라는 대부분 우리에게 잘 알려진 규모 있는 나라다. 정치적 배경으로 임명되는 특임이 낯선 나라에 갈 리가 없다. 대통령의 신임이나 권력과의 거리가 나가는 나라를 결정한다. 벼슬자리의 생리다. 실력순이 아니다. 실력이나 인품과는 별 관련이 없다. 나처럼 엘살바도르에 가는 특임은 드문 사례다.

작고 가난한 나라의 대사로 온 것이 매우 의미가 크다고 여겼다. 외교관으로서 보람을 찾을 수 있는 좋은 곳이라고 여겼기 때문이다. 엘살바도르는 다른 나라의 지원을 절실히 필요로 하는 나라다. 산업이 취약해서 실업자가 많다. 그래서 먹고살기 위한 범죄도 많다. 열대성 태풍이나 지진 등 자연재해도 잦은 곳이다. 취약한 보건의료 환경의 개선이나 교육지원 등 여러 분야에서 도움을 절실히 필요로 하는 나라다.

예수와 석가모니, 무함마드도 모두 도움을 구하는 사람을 외면하지 말라고 했다. 그것이 곧 사랑이고 자비라고 했다. 엘살바도르에 대한 이런저런 지원을 통해서 많은 보람과 기쁨을 느꼈다. 나랏돈이었지만, 사랑과 자비를 전할 수 있었던 기회는 나에게 큰 행운이었다. 잘 사는 큰 나라에 파견된 대사가 맛볼 수 없는 보람이고 기쁨이었다.

대사에 대한 예우나 보는 시각도 그렇다. 엘살바도르에서 한국대사의 위상은 매우 높다. 국력도 크고 유상무상의 원조를 주는 한국이기 때문이다. 거기다 K-Pop, 드라마 등 한류의 영향까지 겹친다. 엘살바도르에서 한국대사라고 하면 모두 쳐다본다. 어느 장소에 가더라도 함께 사진 찍자는 사람이 많다.

나는 입법 사법 행정부의 주요 인사를 필요에 따라 누구든 만날 수 있었다. 부통령이나 외교부 장관 등 각료, 대법원장과 대법관, 국회의장과 부의장 등 두터운 친분을 맺은 사람이 많았다. 한국대사라는 직함이 뒷받침해주었기 때문이다.

4 강국이라고 하는 나라나 영국 독일 프랑스 등 선진권에 주재하는 한국대사들로서는 생각하기 어려운 일이다. 정치적 배경이 좋은 사람들이 대사로 나가 있지만, 선진권에서는 외교부 장관 등 고위층을 면담하기가 쉽지 않다. 우리나라 주미대사가 필요할 때마다 미국 국무장관을 면담하기란 극히 어려운 일이다. 일본 중국 러시아 등에서도 마찬가지다. 우리를 아래로 보기 때문이다. 우리 외교부 장관도 약소국의 주한대사를 쉽게 만나주지 않는다. 국장이나 차관보를 만나면 다행이다.

미국 일본 등 강대국에서 우리나라 대사들이 정치적 거물답게 큰 역할을 하는 것으로 생각한다면, 사실 너무 높은 평가다. 단지 얼굴마담 정도의 역할이라고 한다면, 지나친 폄하일까? 4 강국 등 주요국을 상대할 경우, 우리 대통령실이나 외교부가 직거래하는 것이 일반이다. 대사가 끼어들 공간이 별로 없다. 꼬인 한일관계와 주일대사의 역할을 보면 쉽게 이해될 수 있다.

엘살바도르 대사로 있으면서 내가 활동하는 외교 공간은 꽤 넓었다. 대사로서의 역할에서 긍지와 보람을 느낄 수 있었다. 한국 친지들은 커리어에 걸맞지 않게 가난하고 조그만 나라에 왜 가느냐고 했었다. 그러나 엘살바도르에서 외교적 비중이 큰 대사로서 인정도 받고 외교적 역량을 펴기도 했다.

우리나라 속담에 '닭 대가리가 쇠꼬리보다 좋다'는 말이 있다. 큰 잔치의 말석에 앉는 것보다 작은 잔치라도 상석에 앉는 것이 훨씬 더 낫다. 진짜 특명전권대사를 하려면, 우리나라를 쳐다보는 나라나 지원을 바라는 나라에 가는 것이 좋다.

젊은 늘공

대사관에는 행정직원 외에 외교관이 3명 있었다. 이임해 간 직원까지 합치면 모두 6명의 젊은 외교관을 경험했다. 30대가 4명이었다. 외무고시와 외무고시를 대체한 국립외교원 출신이었다. 실망스러운 외교관도 있었지만, 대부분 명석하고 유능한 편이었다.

그들과 함께 일하면서 때때로 큰 심리적 괴리를 느꼈다. 세대 차이라고도 할 수 있다. 세대 차이는 자연스러운 현상이다. 성장한 시대적 환경이 다르고, 그에 따른 가치관도 차이가 있을 수밖에 없다. 50년대에 출생한 나와 80년대에 출생한 그들이 같은 가치관을 지니기는 어렵다. 설혹 큰 차원에서의 가치관은 같다고 할 수 있지만, 그에 따른 행동양식까지 같을 수는 없다.

나이가 든 기성세대는 문화가 타락했다고 본다. 그러나 젊은 세대는 타락이 아니라 문화가 변했다고 한다. 예를 들면, 성 문제에 대해서도 기성세대는 문란이나 타락이라고 보지만, 젊은 세대는 개방적이고 자유로운 변모로 인식한다.

같이 일했던 젊은 외교관들의 업무에 임하는 자세는 내 기대와 다른 경우가 많았다. 관행에 익숙했다. 기능적이라는 얘기다. 그렇게 되면 창의력이 발휘되지 않는다. 일선 재외공관의 주요 업무 가운데 하나는 주재국의 정치와 경제, 사회와 문화 등의 분야에서 일어나는 주요 사항을 본부에 전문으로 보고하는 일이다.

젊은 외교관이 작성한 전문에서 고리타분한 관행적 용어, 압축된 용어나 한자 용어들이 많이 등장한다. 본부에서 오는 전문에서도 역시 자주 등장한다. '추보 추가 보고', '당관우리 대사관', '회시회답하여 지시', '상금지금까지'…, 관행적으로 사용하는 어휘다.

전화와 팩스, 인터넷 전자메일이 등장하기 이전에는 대사관과 본부 사이에 전보가 주요 통신수단이었다. 전보 이용은 1889년 2월 우리나라 최초의 재외공관인 대한제국 주미 공사관이 문을 열었을 때부터다. 전보는 글자 수에 따라 비용이 정해진다. 국제 전보는 더 비쌌다. 가난한 나라에서 어떻게든 글자 수를 줄여야 했다. 그래서 압축된 용어들이 등장했다. 그런 용어들이 지금도 젊은 외교관들에 의해 사용되고 있다. 진즉 버려야 할 과거의 유산이 백 년 넘도록 그 맥을 이어오고 있는 셈이다.

젊은 외교관들은 일을 쉽게 하려고 한다. 예산을 집행할 때, 조금 복잡하고 귀찮더라도 노력을 하면 상당한 예산을 절약할 수 있다. 재외공관에는 제법 많은 크고 작은 사업이 있다. 대부분 전년도의 사업 내용을 그대로 반복하려고 한다.

관저 리모델링 공사로 인해 이사를 두 번이나 해야만 했다. 임시관저로 나갔다가 공사가 끝난 후 다시 입주 이사를 했다. 처음 이사는 담당 외교관이 했다. 내가 일시 귀국했기 때문이다. 사후 보고를 받으면서 너무 많은 이사비용에 깜짝 놀랐다. 한국에서 그 비용이면 서너 번을 이사할 수 있을 정도의 비용이었다. 해당 업체들로부터 복수의 견적을 받아 최저가를 선택한 것이다. 법규가 정한 대로 추진한 것이기 때문에 하등 문제 될 것은 없다.

공사가 끝나고 입주 이사를 할 때는 직접 나섰다. 트럭과 인부를 물색하고 대사관 현지 직원들을 동원했다. 외교직원들은 모두 사무실에서 일을 보도록 했다. 나부터 작업복과 장갑으로 무장했다. 땀도 흘리고 고생도 했다. 나갈 때 이사업체에 주었던 비용의 4분의 1일 정도가 들었다. 수백만 원의 국민 세금이 절약된 것이다.

관저의 환경 개선과 수선 등 이런저런 일도 마찬가지다. 나는 재료와 연장을 사서 현지 기능직 직원들과 직접 했다. 업체에 의뢰하면 수백만 원이 들어야 할 일들을 수십만 원으로 해냈다. 이런 방법에 젊은 외교관들은 관심이 없다. 법규나 본부의 지침에 어긋나지 않으면 편한 방식을 따른다.

코이카 현지 소장을 혼낸 적이 있다. 국제교류재단이 청소년 교육자연수 과정을 개설했다. 후진국의 청소년 교육을 지원하기 위함이다. 왕복 여행경비를 지원하고 한국 체류 동안 숙박을 모두 지원하는 좋은 프로그램이었다. 엘살바도르에도 추천하라는 공문이 코이카 현지 사무소로 왔다. 소장이 교육부에 서면으로 내용을 알리고 추천을 요청했다. 어떤 연유인지 알 수 없지만, 기간 내에 추천이 없었다. 그 소장은 추천이 없다고 보고하고 끝냈다.

그 일을 알고 소장을 불러 크게 질책했다. 엘살바도르는 청소년 문제가 매우 심각하다. 공교육에 대한 투자가 빈약해서 고등학교도 오전 수업으로 끝난다. 방과 후, 관리가 되지 않아 범죄나 성 문제가 위험 수위를 넘고 있다. 그런데도 공문 한 장 보내고 일을 처리한 소장이 너무 한심했다. 모두가 그러지는 않겠지만, 요즘 젊은 공무원들은 일을 너무 쉽게 하려고 하는 경향이 있는 것도 사실이다.

젊은 외교관들과 함께 지내면서 또 하나 느낀 바는 소심하다는 점이다. 후에 혹여 감사에서라도 지적을 받으면 어쩌나 하는 염려가 크다. 우리 후진적 행정체계와도 관련이 있다. 장래가 창창한 젊은 외교관의 조심성을 이해하지 못할 바는 아니다. 법규를 철저히 지키는 것을 탓할 수도 없다. 그러나 아무리 엄한 규정이라도 숨 쉴 여지는 있다.

관저에 오래된 접대용 그릇이 많이 있었다. 사용 연한이 한참 지났다. 오래되어 금박테두리가 벗겨지기도 했고, 철분 성분이 있어서 전자레인지에 넣었다가 꺼낼 때 화상을 입을 수도 있었다. 새것도 있었지만, 우리 부부는 아끼느라 오래된 그릇을 사용했다. 결국, 폐기를 결정하고 한국 식당에 주거나 대사관 현지 직원들이 집에서 사용토록 주자고 했다.

젊은 외교관들이 그렇게는 안 된다고 했다. 파쇄해서 폐기해야 한다는 것이었다. 정부 문양이 들어 있기 때문이라고 했다. 관저 그릇에는 엄지손가락 손톱 크기의 무궁화 문양이 새겨져 있다. 참사관을 필두로 모두 한목소리였다. 폐기 지침이 있냐고 물었다. 관행을 얘기하면서 어딘가에 있을 것이라고 했다. 정부 문양이 신성한 것도 아니고, 기밀 사항도 물론 아니다.

그들 얘기대로 백 개 가까운 접시를 깨뜨려 버릴 수는 없는 일이었다. 내가 확인서를 썼다. 폐기된 접시를 재활용을 위해 현지 직원들에게 나누어준 책임이 대사에게 있음을 밝히는 것이었다. 접시가 문서도 아니고 정부 문양이 기밀 사항도 아니다. 정말 이해하기 힘들었다.

대사 재임 중, 몇 차례 그런 확인서를 썼다. 내 지시에 따르도록 강요하는 것 보다 모든 책임이 대사에게 있다는 확인서를 남기는 것이 편했기 때문이다. 지금 우리 행정에는 관행과 비능률, 수동적이고 기능적 자세, 지나친 규제 등 부정적 관료문화가 크게 자리하고 있다. '어공'인 나는 그것을 '늘공 문화'라고 불렀다.

가라오케 관저

언젠가 TV에서 집안 정리에 관한 방송을 보았다. 어느 집에나 불필요한 것들이 차지하고 있는 공간이 적지 않다는 지적이었다. 사실 몇 년 동안 한 번도 사용하지 않은 것들이 집안 여러 공간을 차지하고 있다. 출연자는 일 년에 단 한 번도 사용한 적이 없는 물건은 과감히 버려야 한다고 했다.

내가 부임했을 때, 대사관과 관저에도 쓸모없는 고물들이 창고나 여러 공간을 채우고 있었다. 놀라울 정도였다. 사용할 수 없는 소형금고, 문서 파쇄기, 컴퓨터와 모니터, 목이 부러진 램프, 곰팡이가 낀 낡은 카펫, 비디오 플레이어, 녹슨 다리미 등 일일이 열거할 수가 없다.

다시 사용은커녕 고물 취급도 받을 수 없는 쓰레기도 많았다. 사용 연한이 지나 이미 오래전 폐기했어야 할 것들이다. 비소모품 대장에 여전히 기록된 것도 있었고, 아예 기록조차 없는 것도 있었다. 왜 버려지지 않고 대사관이나 관저에 방치되고 있었는지 이해가 되지 않았다.

어떤 방의 옷장 구석에는 벨트까지 해진 케케묵은 구식 러닝머신이 세워져 있었다. 그리고 그 옆에는 녹슨 오래된 구형 골프 아연세트가 있었다. 어느 대사가 사용했는지를 관저에서 일하고 있는 현지인 가정부에게 물었다. 그녀는 20년을 관저에서 근무하고 있었다. 10년 전쯤에 근무했던 대사가 사용한 것이라고 했다. 그는 출근 전에 골프장을 들러 몇 홀을 돌고 출근할 정도로 골프를 좋아했다.

가져갈 만한 가치가 없는 것이면 마땅히 버리고 갔어야 했다. 버리기에는 아깝다고 여겼을지도 모른다. 그러나 골프 클럽에 대한 취향이 각자 다르다. 골프를 좋아한 사람이 그것을 몰랐을 리가 없다. 쓸모없는 개인용품을 관저에 두고 간 대사나 그걸 버리지 않고 방치한 후임 대사들도 한심하기는 마찬가지다. 속으로 그 대사들을 욕했다.

한 가지 웃기는 고물이 있었다. 노래방 기기였다. 노래방 기기는 비싸서 본부의 승인과 예산지원 없이는 사기 어려운 품목이었다. 비소모품 대장을 보니 십 년 전쯤에 상당한 예산을 들여 산 것이었다. 왜 관저에 노래방까지 만들어야 했는지 모른다. 노래방 기기를 사도록 예산을 지원한 본부도 이해할 수 없었다.

오래 근무한 직원에게 물어보았다. 몇 대사들은 관저에서 만찬을 하고 술기운이 오르면 손님들과 노래를 불렀다. 노래방 기기의 용도였다. 가족을 동반하지 않고 혼자 와서 지낸 어떤 대사는 일주일에 몇 번씩 노래방 기기를 틀고 노래를 부르며 외로움을 달랬다. 내 상식으로는 이해되지 않는 일이었다.

현지에서 노래방을 '가라오케'라고 부른다. 산살바도르에도 가라오케가 몇 군데 있다. 술 마시고 노래하는 유흥장소다. 외빈과 함께 하는 관저 행사와 가라오케는 거리가 멀다. 외빈 접대도 국격을 생각해서 기품 있게 해야 마땅하다. 관저에서 외빈 초대 비용은 모두 국비에서 지원된다. 그래서 외빈을 초대하고 접대하는 일도 대사의 공식 업무다. 그렇다면, 관저 행사에서 노래를 부르는 등 유흥장이 되어서는 안 된다.

가라오케 기기를 갖춘 식당들이 있다. 주로 술을 파는 곳이다. 그런 장소에서 손님을 대접하고 노래를 같이 불렀다면 또 모를 일이다. 그러나 관저에서 할 일은 아니다. 이웃 사람들이나 놀고 간 손님들이 한국 대사관저의 가라오케를 어찌 생각했는지 모른다.

이런저런 행사장에서 아직도 가라오케가 관저에 있냐고 묻는 사람들이 있었다. 초대받아 관저에서 노래 부르고 놀았다는 얘기도 들었다. 나를 몹시 거북하고 씁쓸하게 했다. 대사가 외빈을 불러 친목을 다지는 일은 중요하다. 하지만 거기에는 품격이 있어야 한다.

관저 이사를 두 번이나 했다. 낡은 관저를 리모델링 하는 공사 때문에 임시 거처로 나갔다가 공사가 끝나고 다시 들어왔기 때문이다. 이사를 하면서 그런 고물들을 깨끗이 정리했다. 팔 수 있는 것은 고물상에 팔았고 나머지는 쓰레기로 버렸다.

그런 고물 쓰레기를 버리는 데도 행정절차가 있었다. 일일이 사진을 찍어 본부에 불용품 처분요청을 하고 승인을 받아야 했다. 한심한 행정이고 행정력의 낭비다. 고가의 품목이나 사용 연한이 지나지 않은 것 가운데 고장이 난 것에 대한 불용 처분이라면 이해할 만도 하다. 나는 본부에 그런 방식으로 전환되어야 한다고 건의했다. 메아리 없는 외침이었다. 쓰레기 버리는 데도 본부에 보고하고 승인을 받아야 하는 것이 우리 행정의 현실이다.

특임 대사

●●●●

우리나라가 해외에 상주시키고 있는 이른바 특명전권대사의 3분의 2 이상이 직업외교관 출신이다. 외교부에 오래 근무하면서 경력을 쌓고 승진해서 나가는 자리다. 대사직은 외교의 꽃이며 나라를 대표하는 자부심이 있는 자리다. 그래서 모든 외교관이 바라보는 정상, 즉 최고봉이다.

외교부 장관은 정치적 배경이 뒷받침되어야 할 수 있는 자리다. 그래서 외교관이 장관이 되기 위해 열심히 노력한다는 얘기는 듣기 어렵다. 그러나 대사직은 다르다. 큰 허물없이 외교관으로 성실히 근무하다 보면 기회가 오는 자리다.

특임 대사 수를 확대해야 한다고 여긴다. 정상을 향해 열심히 노력하고 있는 외교관에게는 좀 미안한 얘기다. 특임 대사를 늘리면 직업외교관이 대사로 나갈 기회가 줄어들기 때문이다. 그러나 우리 외교 발전을 위해서는 옳은 방향이다. 외교관의 발전을 위해서도 특임 대사의 수를 더 늘려야 한다. 이제까지처럼 외교관으로 근무경력이 쌓이면 자연스럽게 대사로 임명받아 나가는 것은 훌륭한 외교관을 배출하는 방법이 아니다.

언젠가 시험 한번 잘 본 덕을 평생 누리고 사는 공직자가 많다는 얘기가 회자된 적이 있다. 지금까지의 인사 관행으로는 외무고시나 국립외교원 시험 등에 합격하고 시간이 흐르면 대사나 총영사 등 재외공관장이 된다. 선진외국은 탁월한 업무능력이 있어야 승진된다. 외교관으로 출발해서 대사직에 오르려면 그 과정이 험난하다. 단계적 검증이 늘 뒤따른다. 승진이 쉽지 않은 시스템이다.

우리나라 공직에서는 특별한 실책이 없으면 승진된다. 외교관도 마찬가지다. 공직 인사에서도 온정주의 문화는 탄탄하다. 실책 없다는 점이 능력을 입증하는 것은 아니다. 나라를 대표하는 막중한 대사직을 외교부에서 실책 없이 경력을 쌓았다는 이유만으로 발령하는 인사문화는 변해야 한다. 그런 차원에서도 역량이 검증된 특임공관장의 임용 확대는 매우 바람직하다.

엘살바도르에서 지내는 동안, 33개 중남미 국가에서 내가 유일한 특임 대사였다. 이임하기 얼마 전에야 경찰 출신의 특임 대사가 이웃 국가로 왔다. 현재 특임 대사와 외교관 출신 대사 사이에 큰 불균형이 있다. 선진권과 비교해도 불균형이 크다. 특임 대사의 수를 더 늘리고, 능력위주로 직업외교관의 경쟁력을 심화해야 한다.

대사로 발령받고 나서 좀 긴장했다. 외교직을 특수 전문직이라고 생각했기 때문이다. 대사로 부임하고 나서 한 달이 지나기도 전에 대사직은 전문직이 아니라는 생각이 들었다. 어학 실력에다 협상력, 설득력, 적극성, 활동력을 지니고 있으면 누구든 할 수 있는 자리다. 대학교수나 기업인, 언론인, 정치인 출신 등 다양한 분야에서 실력을 쌓은 인사라면 충분하다. 자실이나 실력이 충분하지 않은 인사를 정치적 배경으로 특임 대사로 임명한다면 물론 곤란한 일이다.

언론에서 특임 대사 임명을 두고 비판하는 기사가 종종 나온다. 대부분 야당에서 정치 공세적 비판을 받아 쓴 것이다. 그리고 간혹 대통령의 인사를 비판하는 기사에서 특임 대사가 동원되는 경우가 종종 있다. 내가 대사로 있을 때도 특임 대사 임명을 비판한 기사가 나온 적이 있다. 코드인사로 '낙하산 공관장'을 임명했다거나 그로 인해 우리 외교력이 약화 될 수 있다는 지적이 따랐다. 대사직에 대한 이해가 부족한 지적이다.

앞에서 얘기한 대로 낙하산 공관장이라고 비난할 일은 아니다. 외교력이란 다른 말로 하면 교섭력 혹은 협상력이다. 실력과 자질이 없는 무능한 인사를 보낸다면 비판받아 마땅하다. 그러나 능력이 검증된 인사를 특임 대사로 보낸다고 시비할 일은 아니다. 지금은 인터넷 검증과 여론 시대다. 도덕성에 문제가 있거나 함량이 되지 않는 사람을 특임 대사로 보낸다면 쉽게 들통이 난다.

미국이나 유럽의 경우, 특임 대사의 비율이 절반 이상으로 매우 높다. 가까운 일본만 보더라도 특임 대사의 비율을 계속 늘리고 있다. 우리나라의 경우는 여전히 특임 대사의 비율이 상대적으로 낮다. 폐쇄적 조직은 개방적 조직보다 여러 면에서 취약할 수밖에 없다. 폐쇄적 조직 문화는 낡은 전례나 관행에 집착하는 경향이 강하다. 그래서 혁신을 기대하기란 어렵다. 고여있는 물에는 새로운 물을 꾸준히 투입해야만 한다. 그렇지 않으면 고여있는 물은 죽은 물이 된다.

대사로 근무하면서 매우 인상 깊은 두 사람을 만났다. 한 사람은 과테말라 상주 중미권 코트라 분관장이었고, 다른 사람은 멕시코 주재 무관이었다. 전자는 여성이다. 그녀는 대학에서 스페인어를 전공했고, 중남미 근무를 통해 다져진 어학 실력은 완벽했다. 중미권의 역사와 정치, 경제와 사회, 문화 등 제반 영역에도 밝았다. 교섭력도 갖추고 있었다. 외교관으로 갖추어야 할 것을 모두 갖추고 있었다.

임기를 마치고 귀국할 무렵 나에게 이임 인사를 했다. 어떤 자리로 가느냐고 물었다. 코트라 본부에서 중동의 두바이 박람회 업무를 담당하게 되었다고 했다. 중남미 전문가에게 중동지역의 박람회 업무를 맡기는 것이 우리의 인사문화다.

멕시코 주재 무관은 현역 중령이었다. 업무 관계로 엘살바도르를 방문한 그를 세 차례 만났다. 우리 군수 물품에 대해 선전하고 팔아보고자 함께 노력했다. 현지어 실력이나 친화력, 교섭력이 돋보였다. 그는 4

년의 근무를 마치고 국방부 모 부서로 전임되었다. 해외 경험을 활용할 수 있는 보직이 전혀 아니었다.

두 사람은 외교관으로서 필수 요건이라고 할 수 있는 어학 실력에다 교섭력, 그리고 현지에 대한 이해를 모두 잘 갖추고 있었다. 사실 이런 인재들이 곳곳에 많다. 그런 인재를 특임공관장으로 외교 일선에 배치할 수 있도록 개방공모제 등 제도적 노력이 있어야 한다. 우리 외교 발전을 위해서 매우 긴요한 일이다.

외교관의 눈물

'외교관' 하면 다른 공무원과 달리 고급스럽고 우아하다는 느낌이 든다. 외국을 상대로 국가 간 외교 업무를 수행한다는 점도 크게 돋보인다. 풍물이 다른 여러 나라에서 근무할 기회가 주어진다는 것도 충분히 매력적이다. 한 곳에 틀어박혀 별 존재감 없이 근무하는 것보다 훨씬 박진감 넘치는 공직이다.

외교 공무원에게는 동서양의 여러 나라에서 근무할 기회가 주어진다. 많은 사람이 외국 생활에 대한 호기심을 가지고 있다. 외국에 잠시라도 머무르면서 우리와 다른 문화나 풍속을 경험해보고 싶어 한다. 해외여행을 가는 이유기도 하다.

한 나라에서 대사는 3년, 외교 공무원은 2년 정도를 근무한다. 그리고 다른 나라로 근무지를 옮기거나 외교부로 들어가 근무한다. 외교부에서 1년이나 2년 근무하면 다시 해외 근무를 나가야 한다. 언뜻 보기에는 부러움의 대상일 수 있다.

그러나 화려하게 보이는 이면에는 아픔도 있고, 고통이나 위기도 있다. 근무하기에 좋은 여건을 지닌 나라에서만 근무할 수는 없다. 그런 곳에서 근무한 후에는 여건이 어려운 나라로 자리를 옮겨야 한다. 외교부에서는 세계 각국을 여러 여건을 토대로 몇 개의 군으로 나누어 인사를 관리한다.

엄청 덥고 습한 곳, 풍토병이 있는 곳, 위생환경이 형편없는 곳, 전쟁이나 내전이 진행 중이거나 테러의 위험이 도사리고 있는 곳, 범죄로 치안이 불안한 곳, 4천 미터 이상의 고지대에서 고산증으로 시달리면서 근무해야 하는 곳 등등 어렵고 위험한 나라도 매우 많다.

그런 곳에서 외교관들이 겪는 애환이 적지 않다. 날마다 식중독이나 풍토병, 그리고 생명의 위협까지 느끼는 곳에서 일해야 한다면 그 고충은 매우 심각하다. 일반 외교 업무 외에 교민이나 관광객의 각종 사고와 사건을 해결해야 하는 어려움도 있다.

크고 작은 어려움이 있더라도 가족과 함께 지낼 수 있다면 그나마 다행이다. 재외공관 근무에서 가장 큰 걸림돌은 자녀들의 교육 문제다. 인사이동에 따라 국내외로 자녀들을 데리고 다니기도 쉽지 않다. 배우자와 자녀를 한국에 두고 외국에서 홀로 지내는 경우도 많다. 가족에 대한 그리움이 사무치는 시간을 견뎌야 하는 고통이 따른다.

요즘 각 분야에서 여성의 진출이 남성을 압도하는 추세다. 여성가족부 대신 '남성가족부'를 두어야 한다는 우스갯소리도 나온다. 성차별의 대상이 여성이 아니라 남성이 되고 있다는 얘기도 있다. 외교 공무원도 예외가 아니다. 외교부의 기구표를 보면, 과장급 이하에서는 여성의 진출이 남성을 압도하고 있다. 내가 근무했던 엘살바도르 대사관도 2년 동안 외교 공무원은 모두 여성이었다.

어느 날 아침, 한 여성 참사관이 보고를 위해 사무실로 왔다. 눈에 충혈이 있고 주위가 약간 부어 있었다. 불혹의 나이를 바라보는 그녀는 외무고시 출신으로 12년 경력을 쌓은 실력 있는 중견 외교관이었다. 그녀는 남편과 다섯 살 아들을 서울에 두고 홀로 엘살바도르 대사관으로 부임했다.

무슨 일이 있었는지 묻자 처음에는 아무 일도 없었다고 했다. 웃으면서 재차 물어보자 울었다고 했다. 아침에 가족과 통화를 했는데 다섯 살 아들이 울면서 보챈 모양이었다. 전화를 끊고 나서도 한참을 울었다고 했다. 가족이 멀리 떨어져서 서로를 그리워하는 그 마음이 얼마나 아픈지 경험하지 않고서는 이해하기 어렵다. 다른 여성 서기관도 중학생 아들을 데리고 와서 함께 지내고 있었다. 외교부에서 만나 결혼한 남편도 다른 나라에서 고교생인 딸을 데리고 근무 중이었다. 사랑하는 가족과 서로를 그리워하면서 생이별의 고통을 견뎌야 한다.

상당수 외교관이 안고 있는 문제다. 남성보다 여성 외교관은 더 심각하다. 아내가 휴직계를 내고 남편을 따라 근무지에 가는 경우는 왕왕 있다. 그러나 남편이 직장을 휴직하고 근무하는 아내를 따라 해외로 나가기는 쉽지 않은 것이 우리 현실이다. 휴가 기간에라도 부부가 만날 수 있도록 근거리로 배치하는 인사도 필요하다.

문화와 풍물이 다른 이 나라 저 나라에서 근무하는 박진감도 있고 외교 업무에 종사한다는 자긍심도 크다. 그러나 그 이면에는 뼈저리게 시린 고통도 도사리고 있다.

외교와 사교

외교관의 성격은 밝고 외향적이어야 한다. 누구를 만나든 살갑게 대하고, 자연스럽게 대화를 할 줄 알아야 한다. 말이 적고 내성적인 사람, 사람 만나는 일을 부담스럽게 여기는 사람은 외교관으로서 적합한 성격이라고 하기 어렵다. 실제로 외교관 가운데는 그런 사람도 많다.

나라와 나라의 관계도 결국 따지고 보면 사람과 사람의 관계라고 할 수 있다. 국가적인 문제라고 할지라도 대화와 교섭은 결국 사람이 하기 때문이다. 누가 나서느냐에 따라 어려운 문제가 쉽게 풀리기도 한다. 반면에 쉬운 문제도 꼬이면서 시간을 끄는 일도 있다. 대화 상대와 평소 친분을 가지고 있는 사이라면 어려운 문제를 쉽게 풀 수도 있다.

그래서 외교관은 주재국 인사들과 공적인 만남도 중요하지만, 사적 만남을 통해 친분을 쌓는 것이 매우 의미 있는 일이다. 그 친분은 때로 우리 국익을 보호하고 신장하는데 매우 소중한 자산이 될 수 있다. 교민이나 관광객이 관계된 사건 사고를 해결하는 데도 도움이 되는 것은 물론이다.

외교관의 대화 상대는 주로 주재국 외교부 인사들이다. 무슨 문제든 주재국 외교부를 거치는 것이 대다수기 때문이다. 그래서 주재국 외교부 사람들은 공무로 자주 연락하고 만나기도 한다. 그러나 주재국 외교부 사람들과 만나는 것은 필요한 일이지만, 그것으로 충분하지는 않다.

주재국 외교부를 넘어 각 부처와 기관, 입법부와 사법부, 언론과 사회단체 등등 다양한 분야에서 인맥을 가지고 있는 외교관이 유능한 외교관이다. 유능한 외교관일수록 주재국에서 짧은 시간에 넓은 인맥을 구축한다. 그런 인맥을 외교 네트워크라고 한다. 주요 인사와 인맥을 구축하도록 재정적 뒷받침도 되어 있다. 대사나 외교관에게 자유재량 행위가 폭넓게 인정되는 유일한 예산이다. 적지 않은 금액이 지원된다. 사비를 쓰면서 주재국 인사들과 교제하라고 할 수는 없다.

나는 매우 폭넓게 엘살바도르의 주요 인사들을 만나 친분을 쌓았다. 엘살바도르 국회가 여야 만장일치로 의결하여 나에게 최고의 명예 대헌장 '노블레 아미고 데 엘살바도르Noble Amigo de El Salvador'를 수여한 일도 그런 배경에서다. 내가 있었던 3년 동안 미국 영국 독일 일본 등 이임해 간 주요국 대사 누구도 받지 못한 영예다.

사람을 만나는 일은 쉬울지 모른다. 그러나 친분을 지속해서 유지하는 일은 쉬운 일이 아니다. 내성적이고 소극적인 사람에게는 더욱 쉽지 않은 일이다.

어느 날 주재국의 고위 인사와 저녁을 함께했다. 이런저런 얘기 끝에 자녀들에 관한 얘기가 나왔다. 그 인사에게 대학 진학을 앞둔 딸이 있었다. 딸을 미국이나 영국으로 보내려고 했다. 딸도 그러길 희망한다고 했다. 어느 대학을 선택해야 할지 망설이는 중이라고 했다. 나는 미국이나 영국 대학에 대해 비교적 잘 알고 있다. 오래전이지만, 미국과 영국에서 상당 기간 유학을 했기 때문이다. 인터넷을 통해 그 딸이 희망하는 전공 분야에서 갈만한 대학의 입학 정보를 찾았다. 그 자료를 정리해서 그의 사무실로 보냈다.

매우 밝은 목소리로 감사 전화가 왔다. 그로부터 며칠 후, 그의 집으로 저녁 식사를 초대받았다. 딸이 만나고 싶어 한다는 것이다. 한국에서 부쳐온 라면 몇 봉지를 들고 갔다. 엘살바도르에서 한국 라면도 선물이 될 수 있다. 그의 가족과 맥주를 곁들인 맛있는 저녁 식사를 했다. 식사 후, 딸과 미국 대학에 관해 별도의 대화를 나누었다. 부유한 지배층 자녀들이 다니는 미국학교American School 졸업반이어서 영어가 매우 유창했다.

그날 이후로 그 인사와의 친밀한 관계는 다른 설명이 필요하지 않을 것이다. 그는 주재국 대통령의 측근 중 한 사람이었다. 그는 무슨 문제든 어려움이 있으면, 언제든 얘기해달라고 했다. 이런저런 일로 그의 도움을 많이 받았다. 이임 후에도 연락하는 인사 중 한 명이다.

한 번은 외교부 고위직을 한국 식당으로 초청했다. 과묵한 성격의 소유자였다. 공식적인 자리에서 인사만 몇 차례 한 적이 있었다. 음식을 나누면서 한국의 국민주인 소주를 권했다. 술을 좋아하지만, 지금은 건강상의 이유로 술을 하지 않는다고 했다. 비만 체질인 그는 심한 지방간과 간 기능 저하로 고생하고 있었다.

나는 한국에 연락해서 지방간 개선제를 보내도록 했다. 약국에서 처방전 없이 쉽게 구할 수 있는 약이었다. 주재국에서도 값이 약간 비쌀 뿐 같은 성분의 약이 있었다. 엘살바도르에서 우리 제품에는 무엇이든 신뢰가 크다. 그 사람은 나의 마음 씀에 감동했다. 그로 인해 서로 매우 친밀한 사이가 되었고 무슨 일이든 협력적이었다. 나는 그가 주요국 대사로 나가기까지 1년 동안 꾸준히 두 달마다 약을 제공했다. 내가 마련한 환송 저녁 식사 자리에서 그는 소주를 꽤 많이 마셨다.

2020년 가을 세계무역기구WTO 사무총장 선거에서 마지막 3라운드를 앞두고 우리 후보가 고전 중이었다. 일본은 자국 출신의 후보가 없음에도 다른 후보를 밀었다. 당시 한국 대법원의 위안부 배상 판결로 한일관계는 매우 껄끄러웠다. 소재 수출 문제로 교역 관계도 꼬인 상태였다. 일본은 중미 국가들에 대해 미국 다음으로 많은 원조를 제공하고 있는 나라다. 그래서 무시할 수 없는 영향력을 지니고 있다. 그런 일본이 다른 후보를 밀고 나선 것이다. 그렇지만 엘살바도르 정부가 한국 후보를 끝까지 지지한 배경에는 그의 숨은 노력이 있었다.

인간관계를 깊게 만드는 것은 평소의 작은 관심과 정성이다. 내가 엘살바도르에서 영향력 있는 인사들과 깊은 신뢰를 쌓을 수 있었던 배경에는 그런 작은 관심과 정성이 있었다. '공부와 아첨은 평소에 하라'는 우스갯소리가 있다. 무슨 대접이든 일이 닥쳐서 하면 오히려 역효과가 날 수 있다. 시험 직전에 벼락치기 공부가 좋은 성적을 가져올 리 없다. 나는 외교 현장에서 그 말을 실천했다.

외교가의 행사와 파티

대사의 주요한 업무 가운데 하나는 각종 행사와 파티에 참석하는 일이다. 이런저런 행사가 참 많다. 주재국 정부나 민간단체가 개최하는 행사에다 국제기구가 주최하는 행사, 주재국에 상설 공관을 두고 있는 나라가 개최하는 행사까지 합치면 그 수가 무척 많다. 대부분의 행사는 파티를 겸한다.

행사와 파티는 매우 좋은 외교 공간이다. 많은 사람과 인사를 나눌 수 있기 때문이다. 와인잔을 들고 처음 만난 사람일지라도 쉽게 대화를 나눌 수 있는 분위기다. 한국대사라는 위상도 한 몫을 거든다. 주요국 대사이기 때문에 나와의 대화를 의미 있게 여긴다. 나는 남성이건 여성이건 가리지 않고 많은 사람과 대화를 나누면서 친분을 쌓았다.

국경일 행사처럼 파티 성격이 강한 행사에 남성은 정장 차림으로 참석한다. 멋진 연미복에 나비넥타이를 매고 오는 신사도 있다. 그러나 의상은 아무래도 여성 쪽이 더 다양하고 화려하다. 참석하는 여성들은 멋진 의상과 치장으로 자신의 아름다움을 한껏 뽐낸다.

그러나 그곳 문화에 익숙하지 않은 나로서는 때로는 당황스럽기도 했다. 여성과 대화를 나누면서 눈을 어디에 두어야 할지 모를 때도 많았다. 엘살바도르 여성은 늘씬한 몸매보다 볼륨 있는 글래머 스타일이 많다. 노출도 심하다. 특히 풍만한 앞가슴 부위에 대한 노출은 마치 자신의 미를 과시하는 포인트나 되는 듯 심한 경우가 많았다. 상체를 앞으로 조금 숙이면 앞가슴 전체가 쏟아질 것 같았다.

의상도 대담하다. 몸에 찰싹 달라붙는 옷을 입어서 몸의 곡선이 그대로 드러나 보이기도 했다. 우리 같으면 정숙하지 못한 옷차림이라고 손가락질할 치장이다. 여성이든 뚱보 같은 여성이든 모두 자신의 미를 발산하고자 했다. 문화의 차이가 컸다. 스페인과 유럽의 영향을 받은 탓인지 여성들은 매우 대담하게 자신의 자태를 뽐낸다.

거의 모든 행사에는 와인이 나오고 핑거푸드라는 간단한 음식이 나온다. 와인과 음식은 코너에 두고 원하는 대로 가져다 먹기도 하고, 쟁반 위에 술과 음식을 가지고 서빙하는 직원들이 사람들 사이를 돌아다니기도 한다.

행사를 겸한 파티는 거의 서서 한다. 이동하면서 자유롭게 사람들과 어울리는 형식이다. 한 시간 이상 지나면 다리에 피곤이 시작된다. 그러나 참석한 사람들은 와인과 음식으로 에너지를 보충하면서 대화를 이어갔다. 얘기하는 것을 즐기는 문화였다. 우리나라에서 그런 식이라면 오래 자리를 지킬 사람이 별로 없을 것이다. 우리 문화는 대화보다는 차분히 앉아서 먹고 마시는 것을 즐긴다. 그러나 그곳 문화는 대화의 주제가 무엇이든 대화를 즐기는 문화다.

대사 업무에서 가장 즐겁고 힘든 일 중의 하나가 행사와 파티에 참석하는 것이었다. 시간 때문이었다. 대사관의 업무시간은 주재국 정부의 업무시간과 같다. 엘살바도르의 정부 부서는 업무가 오전 8시에 시작해서 오후 4시면 끝난다. 우리 대사관 근무시간도 같았다.

4시면 퇴근이 이루어지는데 밤에 열리는 행사와 파티는 저녁 7시 혹은 7시 30분에 시작하곤 했다. 관저에 와서 서너 시간을 보낸 다음 행사에 가는 일은 참 피곤한 일이었다. 마치 하루에 두 번 근무하는 것처럼 피곤하게 느껴지기도 했다.

그래도 가지 않을 수 없었다. 각국의 외교사절이 참석하는데 빠질 수 없었다. 내가 가지 않으면, 대한민국이 빠지는 것이나 마찬가지다. 국가 홍보와 직결되는 문제였다. 코로나19 바이러스로 상당 기간 무척 답답한 시간이었지만, 한 가지 좋았던 것은 행사와 파티가 거의 없었다는 점이다.

국경일 축하 결의안

●●●●

엘살바도르와 벨리즈 겸임 대사로 근무하는 동안 최대의 업적 하나를 고르라면 2021년 10월 엘살바도르 국회에서 채택한 '한국 국경일 축하 및 한엘 외교협력강화 지지 결의안'을 들 수 있다. 엘살바도르 국회에서 특정 국가의 국경일을 축하하고 협력을 강화하는 결의안을 채택한 것은 처음 있는 일이었다. 재적 84명 가운데 79명이 참석해서 만장일치로 통과시켰다.

나는 정치권에도 있었기 때문에 국회의원을 활용하는 방법을 나름 알고 있다. 한국 국회의원 출신이라는 점이 그들과 격의 없이 친밀하게 사귀는 데에 도움이 되었다. 어디서나 정치인들은 서로 통하는 구석이 있다. 특임 대사로서 내가 지닌 강점 가운데 하나였다. 임기 동안 한엘 의원 친선협회 소속 국회의원들을 포함해서 여러 의원과 친분을 쌓았다. 그들을 이런저런 문제 해결을 위해 적절하게 활용했음은 물론이다.

대사는 부임했을지라도 주재국 대통령에게 신임장을 제정하기 전에는 공식 활동을 할 수가 없다. 주재국 대통령에게 대한민국 대통령이 준 신임장을 제정하는 것이 대사로서 공식 활동을 위한 첫걸음이다. 신임장 제정식은 대한민국 특명전권대사임을 신고하고, 주재국 대통령이 이를 승인하는 공식 의례다.

5월에 부임했는데 6월 1일 나이브 부켈레N. Bukele 신임 대통령 취임식이 예정되어 있었다. 한국에서 국회부의장을 지낸 의원을 단장으로 축하특사단이 온다는 연락이 왔다. 우리 특사단과 신임 대통령의 면담 일정을 마련해야 하는 일이 떨어졌다.

주재국에서는 총리급 이상의 축하 사절만 대통령이 만나고, 그 이하의 사절단은 외교부 장관이 면담하는 것으로 기준을 정해 각 대사관에 통보했다. 우리 축하특사단은 외교부 장관을 면담해야 하는 상황이었다. 아직 신임장 제정도 하지 않아 공식 활동도 할 수 없는 처지여서 그냥 기준대로 따라도 될 일이었다.

그래도 욕심이 났다. 막 부임한 대사로서 잘해보겠다는 의욕과 열정도 컸다. 당시 대통령은 소수 정당의 지지를 받고 있을 뿐, 국회에서 지지기반이 매우 취약한 상태였다. 대통령과 가까운 국회의원이 누구인지 수소문했다. 대통령과 친하고 정치적 영향력이 큰 사람을 찾았다. 일이 되려고 하는지 그 국회의원은 외교위원장과 한엘 의원 친선협회장을 맡고 있었다. 한국을 두 차례나 방문한 적이 있는 이른바 지한파였다.

오찬 일정을 잡아 그를 만났다. 영어가 좀 서툴지만, 매우 솔직하고 활달한 사람이었다. 한국에서 오는 축하 사절이 신임 대통령을 면담할 수 있도록 주선을 부탁했다. 내 얘기를 듣더니 그는 누군가에게 전화했다. 잠시 통화를 하고 나에게 통화를 하라고 전화를 건넸다.

며칠 후면 취임하게 될 대통령이었다. 예상치 못한 뜻밖의 일에 당황스럽기도 했다. 나는 축하 인사를 건넨 후, 한국 축하사절단을 직접 면담해달라고 얘기를 했다. 그러겠다고 했다. 의외로 선선했다. 영어도 매우 잘했다. 쉽게 일이 풀린 것이다. 그렇게 한국 축하사절단은 신임 대통령을 면담할 수 있었다.

그 일 이후로 그 의원과 지금까지 매우 친한 관계를 유지하고 있다. 그를 징검다리로 여러 유력한 의원들을 만날 수 있었고, 유력 의원들로부터 필요할 때마다 도움을 받기도 했다. 그런 의원들이 앞장서서 '한국 국경일 축하 및 한엘 외교협력 강화지지 결의안'을 통과시킨 것이다. 특정 국가의 국경일 축하결의안은 엘살바도르 국회에서 처음 있는 일이었다. 커다란 외교적 성과다.

그 의원과는 한 달에 한 번 정도는 만나 이런저런 얘기를 나누었다. 매우 솔직했다. 얘기하기 어려운 엘살바도르의 부끄러운 정치적 속살에 대해서도 터놓고 얘기를 했다. 상류층에 속한 백인계로서는 드물게 생각이 깊고 순수했다. 엘살바도르의 정치적 현상과 장래에 대한 자신의 고민도 얘기하곤 했다.

엘살바도르에 매우 필요한 정치인이라고 여기고 지금까지 친분을 유지하고 있다. 다만 한 가지 그에게서 이해하기 어려운 점은 이혼을 세 번이나 하고 결혼을 네 번 했다는 사실이다. 그의 네 번째 부인을 보고 우리 부부는 큰딸이냐고 이구동성으로 묻는 실수 아닌 실수를 했다.

엘살바도르에서 이혼은 흔한 현상이다. 나이가 든 남자가 젊은 여자와 사는 것이 조금도 이상하게 비치지 않는다. 내가 만난 유력 인사 가운데도 딸 같은 젊은 여성과 사는 사람이 많았다. 그래도 세 번씩이나 이혼하고 네 번 결혼한 사례는 그렇게 많지 않다. 무려 28살 연하의 여성이었다. 그는 자기 인생 최고의 여자라고 하면서 무척 행복해했다.

엘살바도르의 고귀한 친구

이임을 두 달 정도 남겨놓은 시점이었다. 엘살바도르 국회에서 연락이 왔다. 엘살바도르 국회가 외국인에게 수여하는 최고의 명예헌장인 '노블레 아미고 데 엘살바도르Noble Amigo de El Salvador'를 수여하겠다는 반가운 소식이었다. '엘살바도르의 고귀한 친구'라는 의미다.

자존심 강한 백인계가 장악한 국회에서 매우 흔치 않은 일이었다. 근무하는 3년 동안 미국, 영국, 일본, 독일, 이탈리아, 스페인, 캐나다 등 주요국 대사들이 이임했지만, 그 명예헌장을 받은 사람은 없었다. 내가 유일했다. 명예와 함께 자부심을 느끼지 않을 수 없다.

국회가 명예 대헌장을 수여하기 위해서는 추천을 거쳐 정식 안건으로 발의되어야 한다. 그리고 엄격한 심사과정을 거쳐 마지막에는 본회의에서 표결 처리된다. 나에 대해서는 국회의장이 직접 발의하고 직권상정이라는 특별한 절차를 거쳤다. 84명의 재적 의원 가운데 외유 중인 4명을 제외하고 80명이 표결에 참여했다. 만장일치 찬성이었다.

야당은 다수 의석의 여당과 이런저런 문제를 놓고 긴장 관계에 있었다. 야당 의원들도 아무런 이의를 제기하지 않았다. 국회의장의 직권상정에 대해 이의를 제기할 만도 했다. 전례가 없었기 때문이다. 그러나 야당에서 이의 제기가 없었다.

나는 직업외교관 출신이 아니다. 따라서 나의 외교 행태는 직업외교관과 다른 패턴이었다. 한 마디로 행동반경이 넓었다. 구축한 인적 네트워크가 탄탄했다는 의미다. 한국과 엘살바도르의 우의 증진, 홍보, 국익을 위해 도움이 된다면, 언론이나 NGO, 기업인 등 누구와도 어울렸다. 나는 이임하면서 많은 주요 인사 명단을 후임 대사에게 전했다. 개인 스마트폰 번호에서부터 한국에 대한 이해와 정치적 성향에 이르기까지 세세한 내용을 남겼다.

국회의원도 여야를 가리지 않았다. 만나서 한국과 엘살바도르의 협력 증진을 얘기하면서 개인적 친분도 쌓았다. 한국 대사관이 주최하는 이런저런 행사에 초청도 했다. 한국에서 국회 경험을 가진 나는 주재국 국회의원의 지원을 받는 것이 중요하다는 것을 잘 알고 있었다. 나에게 만장일치로 국회에서 명예 대헌장을 수여하기로 한 것은 여야 의원들과 두루 쌓은 친분이 크게 작용한 덕이었다.

대사는 사교적이어야 하고 활동적이어야 한다. 모르는 사람일지라도 만나는 것을 좋아하고 부지런해야 한다. 대사관에 앉아서 꼭 해야 할 일만 챙기는 것은 최소한의 역할에 불과한 것이다. 대한민국을 대표하는 사람으로 국익을 생각한다면 사무실에 가만히 앉아있어서는 안 된다.

나에 대한 국회 명예 대헌장 수여는 현지 국회방송을 통해 생중계되었다. 대단한 명예였다. 나에게 할당된 초청 인원이 10명이었다. 외교관과 한인회 대표들을 초청했다. 국회 본회의장에는 나와 그들의 자리가 준비되어 있었다. 그런 초청은 모두 처음이었다. 한인회장 등 참석자 모두 오랜 세월을 엘살바도르에서 살고 있지만, 이런 영예와 자부심은 처음이라고 했다.

나의 연설이 있었다. 감사 인사와 대사 재임의 소회, 그리고 한국과 엘살바도르의 협력 증진에 관한 내용이었다. 내 연설이 진행되는 동안 국회의원 전원이 네 차례나 기립박수를 보냈다. 개인적 차원을 떠나 한국 외교의 영광이었다.

나는 이임을 앞두고 엘살바도르 정부로부터 'Orden Nacional Jose Matias Delgado'의 은성 대십자 훈장을 수여 받았다. 대십자 훈장은 외국 정상에게 수여하는 금성이 있고, 그다음 격인 은성이 있다. 국가원수를 제외하고 외국인이 받을 수 있는 최고의 훈장이다. 인터넷으로 검색하면, 그 훈장의 성격에 대해 자세히 나온다.

정부로부터의 훈장은 대사가 임기를 마치고 떠날 때 주는 의례적인 성격을 띠고 있다. 외교적 관례이기도 하다. 대사의 수고에 대한 의미도 있지만, 대사 파견 국가에 대한 예우 성격도 매우 강하다. 물론 모든 대사가 이임할 때, 동일한 훈장을 받는 것은 아니다.

나와 같은 시기에 이임하는 대사가 있었다. 페루 대사였다. 외교단에서도 나와 그를 위한 환송 만찬을 같이 열었다. 그는 엘살바도르에서 임기를 마치고 아르헨티나 대사로 발령을 받은 상태였다. 환송 만찬에서 엘살바도르 정부가 나에게는 최고의 훈장을 수여하기로 했지만, 페루 대사에게는 아예 훈장 수여가 없다는 사실이 공지되었다.

외교단 대표가 엘살바도르 외교부를 방문해서 이의를 제기했지만, 허사였다는 보고도 곁들였다. 엘살바도르 부켈레 대통령이 방침을 바꾸도록 지시한 것이 배경이라고 했다. 그래서 이임하는 대사에게 훈장을 의례적으로 주지 못하게 된 것이다. 대사로서 기여한 공훈을 심사해서 주라고 지시한 것이다. 젊은 괴짜 대통령다운 발상이었다.

친하게 지냈던 페루 대사에게 매우 미안했다. 국력의 배경도 크게 작용했다. 페루 역시 가난한 나라여서 엘살바도르를 도와줄 처지가 아니다. 그러나 우리나라는 매년 이런저런 사업을 통해 수백만 달러를 지원한다. 나에게 준 최고급 훈장의 배경에는 그런 지원도 한몫 차지하고 있다.

이임하는 나에게 주요 도시에서 명예헌장이나 명예 시민증을 수여하겠다는 연락이 왔다. 이임 정리로 분주하던 나는 갈 수가 없었다. 정중하게 사양을 했다. 다만, 엘살바도르 두 번째 도시인 산미겔San Miguel 시는 가지 않을 수 없었다. 시장과의 친분 때문이었다.

시장과 지역 출신 국회의원, 그리고 미스 퀸 등의 영접을 받았다. 각계 인사들이 참석한 가운데 명예헌장 수여식이 열렸다. 그리고 호텔에서 리셉션 오찬까지 준비되어 있었다. 나와 기념사진을 같이 찍고 싶어 하는 사람들이 줄을 섰다. 나는 한 자리에 서 있어야 하는 모델이었다. 그래도 귀찮지 않았다. 기분 좋은 일이었다.

나는 직업외교관 출신이 아닌 특임 대사였다. 외교관 생활은 처음이었다. 그러나 직업외교관 출신 대사들도 누리지 못한 커다란 영예를 누렸다. 3년 임기 동안 열심히 활동한 나에게 주어진 최대의 보상이었다.

_ 산살바도르시와 보케론 화산

제8장

답답했던 일들

크건 작건, 강대국이건 약소국이건 상관없이
나라마다 존중받아야 할 자존심이 있다.
언론이 외국의 문제를 다룰 때는 자국의 문제보다 더 신중해야 한다.

KBS의 저질 보도

●●●●

유튜브에 들어가서 산살바도르나 엘살바도르를 검색하면 가장 먼저 뜨는 두 개의 영상이 있다. 하나는 〈죽음의 도시, 산살바도르〉이고, 다른 하나는 〈여성들의 지옥, 엘살바도르〉다. 두 개 모두 KBS가 제작해서 잘 나간다는 프로인 〈세계는 지금〉에 2020년 방송한 것이다.

타이틀에서부터 대한민국 대표 공영방송인 KBS의 수준을 짐작할 수 있다. 한마디로 저급하다. 점잖게 표현한 것이다. 그처럼 자극적이고 다른 나라에 대해 모욕적인 타이틀을 달 수 있는지 이해할 수 없다. 자극적 제목을 달아 시청자의 관심을 끌어야 시청률을 유지할 수 있어서인지 모른다. 내용을 보아도 침소봉대란 말이 무색할 정도로 허접하기 짝이 없다.

크건 작건, 강대국이건 약소국이건 상관없이 나라마다 존중받아야 할 자존심이 있다. 언론이 외국의 문제를 다룰 때는 자국의 문제보다 더 신중해야 한다. 저널리즘의 기본이다. 그 나라와 국민에 대해 지켜야 할 예의가 있기 때문이다. 이런 금도를 지키지 않는다면, 외교 문제나

분쟁으로 비화할 가능성도 있다.

그런데 우리나라의 대표 방송이라고 하는 KBS가 엘살바도르는 '여성들의 지옥'이고, 수도 산살바도르는 '죽음의 도시'라고 온 천하에 대고 떠들어 대는 만용을 부린 것이다. 특정 나라와 수도에 대해 육두문자로 욕하는 것보다 더했다. 참으로 한심한 반지성적 만용이다.

어느 국가든지 밝은 면이 있는가 하면, 반대로 어두운 면 또한 있다. 어두운 구석이 없는 나라가 지구 상에는 존재하지 않는다. 세계적 명소인 런던과 파리, 뉴욕과 도쿄 등등 어디를 가도 심각하게 어두운 구석이 있다. 사람이 살고 있기 때문이다.

우리나라도 예외가 아니다. 자살률은 OECD 국가 중에서 가장 높다. 음성적 성매매도 있고 어느 지역에는 아직도 성매매 거리가 존재한다. 이런 내용을 취재해서 '자살공화국- 한국', '매춘의 도시, 서울'이라는 타이틀로 다른 나라 주요 언론이 과장해서 보도한다면, 우리는 어떤 기분으로 받아들일까?

엘살바도르에서 살인과 납치 등 범죄가 많은 것은 사실이다. 엘살바도르만의 문제가 아니다. 중미 더 나아가 남미 국가들 역시 범죄로 치안 문제가 자못 심각하다. 도토리 키재기 정도의 차이다. 멕시코의 일부 농촌 지역은 아예 중무장하고 유니폼까지 입은 갱단이 장악하고 있다. 정부군이 치안을 유지하고 있는 것으로 착각이 들 정도다.

중남미 국가에서 부는 소수에 편중되어 있고 다수의 서민은 가난에 시달리고 있다. 거기다 권력층의 부정부패까지 심하고 일자리는 적다. 가족의 생존을 위해 범죄조직에 가담한 사람들도 적지 않다. 살기 위해서다. 범죄가 많고 치안이 불안한 근원적 배경이다.

KBS의 방송 내용은 엉성한 취재를 토대로 과장이 심해도 너무 심했다. 타이틀부터 상식을 벗어났다. 엘살바도르가 마치 사람이 살 수 없는 죽음과 지옥의 나라인 것처럼 묘사했다. 땅은 좁지만, 그래도 7백만 인구가 사는 나라다.

KBS1에서 해당 프로그램이 방송되는 시간 직후에 한국의 지인들로부터 연락을 받았다. 모두 염려해서 알려준 것이다. 내용을 확인하고, KBS의 저급한 수준에 놀랄 겨를도 없었다. 나는 조바심이 들었다. 상식을 벗어난 타이틀과 과장된 방송 내용이 주재국 정부에 보고되거나 엘살바도르 언론이 다루게 된다면 어떻게 대처해야 할 것인지 머리가 복잡했기 때문이다.

엘살바도르 언론이 이걸 다루고 엘살바도르 국민이 알게 된다면 한국에 대한 인식의 문제는 두 번째였다. 당장 2백여 명의 교민에게 어떤 영향을 미칠지가 가장 크게 염려되었다. 지구 반대편까지 와서 온갖 고생을 하며 생업의 터를 일군 교민에게 제일 중요한 것은 안전의 문제였다. 만약 한국의 그런 저급한 과장 보도에 자존심이 상한 범죄조직이 한국인을 납치해서 보복이라도 한다면 정말 아닌 밤중에 날벼락도 그런 날벼락이 없을 것이다. 소식을 들은 교민들도 흥분했다. 이런저런 생각에 불안감이 가슴을 짓눌렀다.

며칠 동안을 매우 조마조마한 시간을 보냈다. 외교관들과 대책 회의도 했다. 외교관들도 KBS의 무책임한 철부지 수준을 개탄했다. 그런 자극적인 타이틀로 시청자의 관심을 끌려고 했다면 시청자의 수준을 얕본 저질이다. 사실을 왜곡 과장했다면 공정 보도의 책임을 몰각한 대한민국 대표 국영방송의 민 얼굴이다. 적어도 한국의 대표 국영방송이라면 높은 수준의 저널리즘으로 국민 앞에 당당해야 한다. 정권이 바뀌면 권력의 입맛을 살피는 행태는 그런 저널리즘과 거리가 멀어도 너무 멀다.

영국의 BBC, 일본의 NHK, 독일의 ARD, 프랑스의 FT 등의 공영방송은 방송 내용을 철저하게 심의한다. 공영방송으로서의 수준과 책임성을 담보하기 위해서다. KBS가 이런 방송들과 비교할 수 있을 정도의 수준이라면 얼마나 좋겠는가. 유감스럽게도 그런 수준은 기대하기 어렵고 요원할 뿐이다. 시청료 거부 운동이 그치지 않는 처지가 말해준다.

매년 2천만 명 정도의 관광객이 몰리는 캘리포니아 샌프란시스코는 아름다운 명소로 유명하다. 금문교와 알카트레즈 섬, 피어39 등 유명 관광자원이 버티고 있는 곳이다. 매우 아름답고 화려한 곳이다. 그러나 어두운 구석 또한 존재한다. 중심가에서 몇 블록 정도만 걸어 올라가면 거리에 노숙자들이 즐비하다. 수부룩한 턱수염, 씻지 않은 얼굴, 웃통을 벗은 사람, 술과 마약으로 찌든 이상한 눈빛, 1달러만 달라고 내민 손 등 낮에도 지나가기가 무서울 정도다.

세계적 관광도시 프랑스 파리에도 흉잡힐 거리가 많다. 낮에는 시민의 공원이지만, 밤에는 매춘이 자리 잡는다. 파리시는 매년 상당 예산을 쥐를 잡는데 배정한다. 쥐가 많다는 얘기다. 오죽하면 쥐가 사람보다 많다는 얘기가 나온다. 밤길을 걷다가 쥐들을 보고 기겁을 하는 관광객이 많다.

KBS가 이런 곳을 취재해서 〈거지의 도시, 샌프란시스코〉, 〈파리의 매춘공원〉, 〈쥐의 도시, 파리〉라는 타이틀로 보도할 수 있을까? 대한민국의 대표 공영방송이 약소국이라고 해서 앞뒤 가리지 않는 모욕적 방송을 하고, 강대국이라고 해서 조심한다면 그 수준은 언급할 가치가 없을 것이다.

한국은 이제 경제적으로 선진국 반열에 올랐다. 개발도상국의 딱지를 뗐다. 경제만 가지고 선진국이 될 수는 없다. 국민 의식, 정치, 문화 제반 영역에서 선진적 수준을 지녀야 한다. 그 계도적 책임의 일단이 언론에 있다. 그런 차원에서 공영방송인 KBS의 몫이 매우 크다. 그런 몫을 감당할 만한 수준 높은 방송, KBS로 빨리 변해야 한다. 국민이 시청료를 아깝게 생각하지 않을 정도의 공영방송, 시청료 통합고지에 굳이 집착하지 않아도 되는 공영방송, 1억을 상회하는 직원의 연봉 평균에 어울리는 KBS로 하루속히 탈바꿈해야 한다.

엘살바도르는 6·25 당시 우리를 현금으로 도왔다. 대한민국 탄생 이래 국제무대에서 일관되게 우리를 지지해온 우방국이다. 우리나라는 지금 매년 6백만 달러 정도의 무상원조를 하고 있다. 그러나 우리가 받았던 원금을 지금의 시세로 환산해서 갚으려면 아직도 먼 상태다. '중미의 유대인'이라고 불릴 정도로 근면 성실한 국민이 사는 나라다. 형식적이고 단편적 취재를 토대로 모욕적 방송을 하여 엘살바도르에 도를 넘는 먹칠을 한 것이 대사로서 이만저만한 미안함이 아니었다.

그래서 엘살바도르의 장엄한 일출과 아름다운 자연경관, 풍물 사진을 모아 〈Sunrise in El Salvador〉, 〈Sunset in El Salvador〉라는 제목의 동영상 두 편을 만들어 유튜브에 올렸다. 나의 이런 취지를 이해하고 동영상을 편집 제작해주신 창원한마음병원의 정혁 박사님께 거듭 감사를 드린다. 두 편의 유튜브 동영상으로 다소나마 마음의 짐을 덜 수 있었다.

남성이나 여성 실종자와 관련하여 한 가지만 덧붙인다. 범죄조직에 의해 납치된 실종자도 있지만, 상당수는 미국으로 밀입국하기 위해 집을 나선 사람들이다. 미국이 발표한 불법 이민 통계를 보면, 엘살바도르에서만 매년 수만 명이 미국 밀입국을 시도한다. 언론이 특정 사안에 대해 취재를 하려면, 깊이 있게 분석적으로 해야 한다. 자극적 인터뷰와 영상 몇 컷 찍어서 방송으로 내보는 한심한 행태는 지탄받아 마땅한 저널리즘이다.

김영란법 유감

'부정 청탁 및 금품수수의 금지에 관한 법률', 일명 김영란법이다. 공직사회의 부정 방지에 적지 않게 기여하고 있다. 그러나 규제가 세분화되고 확장된 면도 없지 않다. 원래 법은 인간 사회의 발전에 저해되는 것을 규제하거나 처벌하자는 약속이다. 선의로 시작해서 불법의 과정 없이 선의의 결과를 가져오는 것까지 규제하고 처벌하는 것은 법의 남용이라고 할 수 있다. 구더기 무서워서 아예 장을 담지 못하게 하는 식과 같은 규제와 처벌은 문제가 있다.

엘살바도르에 부임해서 미처 한 달이 지나지 않아서 김영란법이 너무 지나치다는 것을 경험했다. 앞의 '어느 소녀의 죽음'이란 제목으로 쓴 부분과 관련이 있는 얘기다. 간호사가 되겠다는 꿈을 지니고 대학 진학을 위해 아르바이트를 하러 가던 소녀가 한인이 운전하는 차량에 치어 불행히도 죽고 말았다. 주재국 언론에 충돌 장면이나 소녀의 사진, 지니고 있었던 미래의 꿈까지 소개되어 많은 사람이 그 소녀의 죽음을 안타까워했다.

그곳 출신 국회의원이 국회 외교위원장을 맡고 있었다. 오자마자 만나서 짧은 시간에 친분을 쌓은 의원이었다. 그 의원도 소녀의 죽음을 매우 안타깝게 여겼다. 얘기를 나누던 중, 그 소녀가 다녔던 중고교에 컴퓨터가 한 대도 없다는 사실을 알게 되었다. 컴퓨터 실습을 못하고 교재로만 수업을 한다고 했다.

한국의 유명 전자회사에 근무하는 지인이 생각났다. 우리나라 경제를 앞장서 이끄는 세계적 회사다. 이쯤이면 어떤 회사인지 짐작이 갈 것이다. 그 지인에게 사정을 얘기하고 컴퓨터 몇 대를 기증해주면 좋겠다고 했다. 죽은 소녀가 다녔던 중고교에 소녀의 이름을 지닌 컴퓨터실을 마련해주고 싶었다.

며칠 지나지 않아서 해당 전자회사의 파나마 주재 현지 법인에서 전화가 왔다. 몇 대나 보내주면 되겠느냐는 것이었다. 나는 컴퓨터실을 만들 수 있을 정도의 분량을 얘기했다. 상당히 의미 있는 일이 될 것 같아 기분이 날아갈 것처럼 좋았다.

외교관들에게 자랑스럽게 얘기를 했다. 그랬더니 웬걸 얼굴들이 어두워지면서 김영란법 위반이 된다는 것이다. 그래서 법의 규범성에 대한 일반상식을 동원해서 그럴 리가 없다고 했다. 그랬더니 김영란법 해설집을 가지고 와서 나에게 보여주었다. 거기에는 마치 내가 그런 일을 할 것이라고 미리 예견이라도 한 것처럼 예시되어 있었다. 해외 주재 대사가 국내외 기업에 협찬이나 기증을 요구하는 일은 법 위반이라는 설명이 구체적으로 소개되어 있었다.

지금도 이해가 되지 않는다. 매우 선한 의도로 시작한 일이다. 해당 기업도 그런 기증 사업을 많이 해왔다. 인도적 혹은 회사 홍보 차원에서도 한다. 국익에도 도움이 되는 일이다. 누구에게도 피해를 주는 일이 아니다. 회사나 타인을 압박할 수 있는 권력이 대사에게 있는 것도 아니다. 선한 일을 소개하고 도움을 요청한 것뿐이다. 기업이 안 들어주면 그만이다. 부자 나라에 상주하는 대사의 경우는 그런 요청을 할 필요도 없을 것이다. 내가 가지고 있는 법 상식을 동원해서 이해해보려고 했지만, 이해되지 않았다.

우리나라의 법과 행정이 지나치게 규제 중심이라는 것은 잘 알려진 사실이다. 기업 하기 어려운 나라라는 인식이 널리 퍼진 것도 그래서다. 김영란법에는 오얏나무 아래서 갓끈도 고쳐 매서는 안 된다는 식의 규제까지 포함되어 있다고 생각한다.

국회의원의 좁쌀 질문

대사관은 매년 국정감사를 앞두고 이런저런 자료 제출을 요구받는다. 내가 엘살바도르 대사로 근무하는 동안도 예외가 아니다. 국회로부터 제출을 요구받은 자료는 외교부가 재외공관에 통보하고, 재외공관은 외교부에 해당 자료를 전송한다.

근무하는 동안 요구받은 자료는 대충 이런 수준이었다. 공관 차량의 교통위반과 과태료 납부 여부, 통역직원 채용현황, 한국인 행정직원의 복수 국적 보유 여부, 행정직원의 채용 시 계약 형태, 최근 5년 이내 인테리어 공사비 지출 현황, 관저 요리사 업무추진 성과와 근무일지, 행정직원 초과근무 수당 지급 자료, 공관 내규 제출, 공관원 백신 접종 현황, 업무추진비 사용 내역 자료 등이었다.

글쎄 이런 자료들이 국정감사에서 무슨 의미가 있는지 이해하기 어렵다. 한결같이 외교정책과는 거리가 먼 것이다. 단 한 번도 중미나 주재국에 관한 외교 혹은 정책 문제를 물어오는 질문을 받아 본 적이 없다. 예컨대, 중국이 중미권 진출을 위해 어떤 노력을 하는지, 엘살바도르와 중국의 수교가 우리 외교에 어떤 영향을 미치는지, 또는 미국과 일본의 대응 방안은 무엇인지, 중미 8개국이 가입한 통합추진체인 SICA의 정치적 위상이 지니는 의미는 무엇인지와 같은 정책적 질문은 찾아볼 수 없었다.

어느 날, 영사가 언짢은 표정으로 보고를 했다. 어떤 국회의원이 대사 부인들의 모임에 내는 회비를 공금으로 냈다고 지적한 것이다. 미국과 인도를 포함해서 5개국 주재 대사관이 언급되었는데 엘살바도르도 들어 있었다는 것이다.

주재국 외교단 부인회 모임을 사적 모임으로 본 것이다. 처음 부임해서는 집사람도 대사 부인들 모임이려니 하고 두세 달 회비를 그냥 사비로 냈다. 많지도 않은 금액이었다. 그 사실을 안 대사관 직원이 공금으로 내야 한다고 했다. 외교단 부인회 활동은 공적 외교의 일환이기 때문이다. 그리고 부인회 활동을 한 공식 기록이 된다는 얘기도 덧붙였다. 이전 대사들도 모두 공금으로 처리했다는 것이다. 듣고 보니 일리가 있는 말이었다. 또한, 공금 처리를 해야 할 비용을 굳이 사비로 내는 것도 모순인 것 같았다.

외교단 부인회는 정식 내규까지 갖춘 공적 모임이었다. 모임은 매달 혹은 두 달에 한 번씩 열렸다. 회비로 식사하는 것이 아니다. 대사관저를 돌면서 다과를 놓고 회의하는 형식이었다. 일 년에 한두 차례 물품을 기증받아 자선 바자회도 열었다. 수익금과 회비를 모아서 고아원 등 사회복지 시설을 돕는 데 사용했다. 아내도 바자회에 몇 가지 물품을 내놓기도 했다.

그 국회의원이나 보좌관이 꼬투리 잡을 일만 생각하는지 모른다. 국정감사 지적치고는 너무 작은 좁쌀 수준이다. 이런 수준의 국회의원이 국회에 적지 않다면 문제다. 유권자도 생각이 깊어야 한다. '정치는 유권자의 수준을 절대로 뛰어넘을 수 없다.'라는 말이 있다. 맞는 말이다. 유권자가 표를 주어야 국회의원이 될 수 있기 때문이다.

시시콜콜한 문제 제기는 국회나 국회의원의 격을 떨어뜨릴 뿐이다. 이런 질문에 자료를 정리하던 젊은 외교관들조차도 왜 이런 걸 달라고 하는지 이해하지 못했다. 무슨 꼬투리 건이 없나를 보려면 좀 더 큰 건을 찾으면 좋을 것 같다.

한심하기는 외교부도 마찬가지다. 국회의원들이 요청한 자료는 모두 외교부가 보고를 통해 갖고 있기 때문이다. 외교부에서 자료를 정리해서 주면 되는 일이다. 그런데도 국회의원이 자료 제출을 요구하면 그대로 일선 공관에 전문을 보내고 답변자료를 제출하도록 한다. 정말로 이해하기 힘든 행정 문화다.

외교부가 저자세를 취하는 상대가 두 곳이라는 얘기가 있다. 한 곳은 기획재정부고, 다른 한 곳은 국회다. 기획재정부는 돈줄을 쥐고 있기 때문이다. 기획재정부 서기관급이 외교부 예산을 마치 떡 주무르듯

한다는 얘기는 비단 어제나 오늘의 얘기가 아니다.

앞에서 얘기한 시시콜콜한 요구 자료를 토대로 어떤 국회의원이 국정감사에서 사소한 꼬투리라도 물고 늘어지면 외교부에서는 그 문제 제기가 곧 일선 행정의 지침으로 변한다. 그래서 외교부에서 재외공관에 보내는 사무처리 지침 중에는 곧잘 '국정감사 지적사항'이라는 꼬리표를 달고 오는 경우가 흔하다. 나뭇가지의 사소한 문제를 숲 전체의 문제로 둔갑시키는 격이다.

우리 외교부는 앞에서 얘기한 바와 같이, 일선 재외공관의 행정에 대해 사사건건 통제, 규제, 지시, 관여하고 있다. 일선 재외공관의 숟가락과 젓가락이 몇 개인지까지 파악하고 있다고 해도 과언이 아니다. 일선 재외공관은 시쳇말로 방귀를 뀌려고 해도 외교부에 보고하고 승인을 받아야 하는 처지다. 외교 행정의 웃지 못할 현주소다.

좁쌀 같은 문제에 매달리고 꼬투리를 찾으려는 국회의원과 시대를 따라가지 못하고 구태 행정을 계속하는 외교부나 한심하기는 마찬가지다.

전지 여행 유감

이른바 험지라고 분류된 국가에 주재하는 대사관 직원에게는 전지 휴가 여행이 1년에 한 차례씩 주어진다. 왕복 항공료와 숙박비로 소정의 여행지원비가 주어진다. 여행경비 전액이 지원되는 것은 아니다. 고산지대 근무, 풍토병, 전쟁, 범죄 위험 등을 고려해서 험지로 구분된 재외공관에 근무하는 직원에게 주어지는 혜택이다. 그 위험도에 따라서 나라가 분류되고, 분류에 따라 주어지는 휴가 기간과 지원비가 다르다.

엘살바도르는 범죄율이 높고 치안 상태가 좋지 않은 점 때문에 험지로 분류된다. 나는 3년 근무하는 동안 한 차례 전지 휴가 여행을 갔다. 미국 샌프란시스코와 댈러스를 택했다. 남미 여행이라도 하고 싶었다. 그러나 코로나 상황이 좋지 않아 포기했다. 미국은 일찍 백신을 접종한 탓으로 여행이 자유로웠다.

샌프란시스코는 아내가 평소에 가보고 싶어 한 도시였다. 미국 이곳 저곳을 여행했지만, 아내가 그때까지 가보지 못한 도시였다. 그리고 댈러스에는 딸이 살고 있었다. 공관장인 대사가 다른 나라에 가기 위해서는 본부의 승인을 얻어야 한다. 본부에서는 특별한 사유가 없다면 반대하지 않는다.

지원받은 금액으로는 항공료와 숙박비 모두 부족했다. 당연히 우리가 자비로 충당해야 했다. 날씨가 좋은 계절이어서 우리는 샌프란시스코의 이곳저곳을 찾아 아름다움에 푹 빠졌다. 안타까운 점은 노숙자들이 너무 많았다. 호텔에서 몇 블록 떨어진 거리마다 노숙자들이 진을 치고 있었다. 그들의 노숙 생활을 이해할 수가 없었다.

샌프란시스코에서 재미있는 일이 있었다. 4성급 호텔에 5박 6일 투숙했다. 공항 스케줄 때문에 이른 아침 체크 아웃을 하러 프론트로 갔다. 어떻게 된 영문인지 어제 날짜로 이미 체크 아웃이 된 상태였다. 1박이 틀린 것이다. 지금 체크 아웃하고 공항으로 이동하려고 하니 정정하라고 했다. 젊은 남자 직원 얘기가 웃겼다. 이미 어제 날짜로 계산이 종료된 것이니 그냥 가라는 것이었다. 1박을 분명 더했으니 호텔비를 더 내야 하는 것 아니냐고 해도 그 직원은 막무가내였다. 이미 계산이 끝났다는 것이다. 이해하기 어려웠지만, 운수가 좋았다. 결국, 호텔 숙박 명세서를 받고 공항을 향했다. 2백 달러가 넘는 돈을 절약한 것이다.

전지 여행을 다녀온 뒤에는 복잡한 정산 절차가 따른다. 국민 세금으로 지원된 것이니 정산은 당연하다. 그러나 모든 영수증을 제시해야 한다. 그래서 여행 중에 식사 영수증도 당연히 챙겨야 한다. 정산과정이 어이없었다. 호텔에서 체크아웃하면서 받은 숙박비 명세서로는 부족하다는 것이다. 실제 돈을 주었다는 영수증이 있어야 한다. 정산 보고를 한 후, 지원비가 여행 종료 후에 지급되는 시스템이기 때문에 호텔 영수증이 없으면 지원이 안 된다고 했다.

호텔에 두 번이나 연락해서 신용카드로 지출된 영수증을 보내달라고 했지만 아무런 답이 없었다. 결국, 한국의 거래 은행에 연락해서 신용카드 지출 확인을 받아 제출해야 했다. 휴가를 정말 갔는지를 확인하기 위해 여권에 출입국 확인 도장까지 복사해서 첨부해야 했다. 우리 행정은 사람을 믿지 못한다. 즐겁게 다녀온 전지 여행의 뒤끝이 몹시 씁쓸했다.

지금 전지 여행을 다녀왔다고 속이고 지원비를 착복할 공직자가 있을 수 있겠는가? 거기다 여러 서류까지 위조해서 돈을 타낼 사람이 있겠는가? 행정상 불필요한 규제가 너무 시대착오적이다. 그런 일이라도 있어야 외교부의 2백 개가 넘는 비대한 과 단위 조직이 유지될 수 있어서인지 모른다. 불필요한 규제를 없애고 행정을 선진화하면 아마 외교부가 지금의 정원이나 조직 절반으로도 운영될 수 있을 것이다. 비단 외교부만의 일은 아니다. 우리나라 후진 행정이 안고 있는 고질이다.

비효율의 코이카

●●●●

우리나라는 원조를 받던 나라에서 이제는 당당히 원조를 주는 나라가 되었다. 자랑스러운 우리의 저력이다. 세계 저개발국에 장기 저리의 차관도 주고, 무상으로 여러 지원사업도 해주고 있다. 돈을 빌려주는 유상 지원은 기획재정부 소관이고 무상으로 지원하는 것은 외교부 소관이다.

일본은 유상과 무상 지원 모두를 한 기관에서 담당한다. 일본국제협력단JICA: Japan International Cooperation Agency이 유상 차관지원과 무상 지원사업을 함께 관장한다. 우리는 유상 차관지원은 기획재정부 산하 한국수출입은행이 담당하고, 무상 지원사업은 외교부 산하 한국국제협력단KOICA: Korea International Cooperation Agency에서 담당한다. 코이카KOICA는 일본이 1974년 여러 원조 기관을 통합해서 설립한 자이카JICA를 모델로 해서 1991년 만든 기구다.

우리나라는 왜 유상과 무상 지원체계를 별도의 기관으로 이원화했는지 그 이유를 알지 못한다. 국가 재정의 돈줄을 쥐고 있는 기획재정부가 그렇게 하길 원했다. 권한과 기능 다툼이 부처 사이에 늘 상존한다. 업무의 효율성보다는 조직 이기주의의 발로다.

내가 대사로 있을 당시 코이카는 44개국에 해외사무소를 두고 무상 지원사업을 했다. 엘살바도르에도 코이카 사무소가 있었다. 사무소 공간, 인력, 차량 등에서 일본의 자이카와 규모가 비슷했다. 자이카 사무소가 담당하는 유상과 무상 지원사업의 규모는 코이카 사무소가 담당하는 것과 비교할 수 없을 정도로 많았다.

2019년 자료를 보니 엘살바도르에서 자이카 현지 사무소는 코이카보다 10배 규모나 되는 재정사업을 관리했다. 그런데도 코이카가 자이카와 비슷한 규모의 현지 사무소를 운영하는 것은 누가 보더라도 비효율적이고 낭비적이라고 하지 않을 수 없다. 독일의 무상 지원 공기업인 GIZ도 마찬가지다. 우리보다 6배 규모의 지원을 하고 있지만, 사무실 규모는 코이카 사무소와 비슷하다.

영국은 코이카와 같은 현지 사무소가 아예 없다. 유엔 산하의 각급 기관이나 국제기구를 통해 무상 지원을 제공하고 있기 때문이다. 엘살바도르에는 식량, 보건의료, 교육, 기후 대응, 인프라 등과 관련해서 국제기구 사무소가 설치되어 있다. 그런 기구에 프로그램과 재정을 지원하거나 주재국에 사업을 특정해서 원조를 제공하는 형태다.

다른 나라에 비해 지원 금액도 많지 않다. 선진국의 지원 규모와 비교하면, 솔직히 우리는 인색한 편이다. 국가별 GDP를 기준으로 보면 차이가 분명하게 나타난다. 그러면서도 적은 지원액에 걸맞지 않게 규모가 큰 해외사무소를 두고 있다. 다시 생각해 볼 문제다.

우리 무상 지원사업이 안고 있는 가장 큰 문제는 사업의 원칙이나 방향성이 분명하지 않다는 점이다. 나라별로 지원하는 규모가 크지도 않다. 그러면서도 사업의 내용은 백화점식이다. 이해하기 힘들 정도로 내용이 복잡하다. 지원 규모가 크지 않으면 선택과 집중이라도 해야 한다.

무상 지원사업의 핵심은 '인도주의'이어야 한다. 식량과 물, 의료, 교육, 생활환경 개선 사업이 인도주의적 지원의 핵심이다. 인간이 살아가는데 가장 기본적으로 요구되는 것이다. 유감스럽게도 우리 무상 지원사업은 그런 인도주의와는 거리가 멀다. 홍보나 생색내기용 사업도 많다. 인도적인 접근보다는 정치적 접근이다.

대사로 있으면서 신규 무상 지원사업 발굴 지침을 보면서 크게 실망했다. 코이카 홈피에 나온 이사장의 인사말과 비슷했다. 무상 지원사업을 통해 우리 정부의 신남방이나 신북방 정책, 디지털 그린 뉴딜정책, K-방역을 홍보 확산시킬 수 있는 사업을 발굴해서 지원하겠다는 것이다. 이러니 사업이 완전 백화점 식이다. 그러다 보니 별 효과 없이 돈이 새는 사업도 많다. 우리나라 정책 홍보와 연관성이 있는 사업을 순수 인도주의 지원이라고 하기는 어렵다.

받는 나라에서 진정으로 필요로 하는 것들을 주어야 한다. 주는 나라의 필요나 정책 홍보를 위해 지원하는 일은 홍보비가 섞인 셈이다. 가난하고 개발이 필요한 나라의 공통점은 앞에서 얘기한 바와 같이 식량과 물, 보건의료, 교육, 생활환경이 기본적 어려움이다. 이런 기본적 어려움을 해소하는 데 도움이 될 수 있는 무상 지원사업이 되기를 간절히 바란다.

돈이 새는 코이카 사업- 1

●●●●

무상 지원사업을 담당하는 코이카가 매년 각국에서 벌이는 사업 목록을 보면 이해가 되지 않는 사업들이 많다. 엘살바도르에서 코이카가 벌이는 사업도 마찬가지다. 사업 가운데 규모가 큰 것은 예산이 5백만 달러 이상 소요된다. 사업이 착수되어 마무리되기까지 걸리는 시간도 3년에서 5년 정도다.

코이카의 무상원조 사업 가운데는 실효성이 없는 사업, 즉 효과가 별로 없는 사업이 제법 있다. 효과가 별로 없다는 것은 수백만 달러를 투입한 사업의 효과가 매우 단기적으로 끝나거나 그 사업으로 인해 혜택을 받는 사람의 숫자가 매우 적은 사업을 의미한다. 또한, 사업을 완료한 이후에 의도했던 효과가 나타나지 않은 사업도 포함된다.

그런 사업 가운데 하나를 들면, '엘살바도르 동부지역의 기후변화 대응 사업'을 들 수 있다. 사업 명칭을 보면 매우 거창하다는 느낌이 든다. 그러나 실상은 전혀 그렇지 않다. 산허리나 중턱에 가로세로 5~7m, 깊이 2~3m 정도로 땅을 파고 그 위를 합성수지로 덮는다. 우기에 물을 받아두었다가 건기가 되면 그 물을 호수로 연결하여 농업용수로 공급하는 것이 사업 내용이다. 8백만 달러를 들여 그런 저수조를 1백60여 개를 만들었다.

현장을 방문해서 보고 적잖은 실망감을 느꼈다. 덮어 놓은 합성수지의 수명이 몇 년이나 가는지를 건설 책임자에게 물었더니 5년 정도 갈 것이라고 했다. 그 사업의 효과가 길어야 5년 간다는 얘기다. 적도에 가까운 위도 때문에 햇빛의 강함이 보통이 아니다. 그런 강한 햇빛 아래 합성수지가 5년 정도 간다는 얘기도 믿기지 않았다.

합성수지만 문제가 되는 것이 아니었다. 엘살바도르는 전 국토가 활화산 권에 속해 있고 지질이 화산재로 형성된 것이 대부분이다. 그래서 우리나라의 땅처럼 찰떡같이 찰진 흙이 아니라 슬기떡처럼 부슬부슬한 토양이다. 우기에 비가 많이 오면 나무가 많음에도 곳곳에서 산사태가 일어나고 가옥이 무너지기도 하는 이유다.

그런 토양의 산허리나 중턱에 저수조를 만든 것은 합성수지가 닳아 떨어지기 전에 흙이 흘러내려 그 기능을 상실할 가능성이 크다. 제대로 된 분석도 없이 왜 이런 사업이 착수되었는지 모를 일이다. 약소국에 지원하는 수백만 달러의 돈이 별 효과도 없이 낭비되는 사업의 한 예다.

더 웃기는 일은 이 사업이 KBS의 뉴스에 성공사례로 보도되었다는 점이다. 코이카가 유엔의 녹색기후기금Green Climate Fund: GCF 사업기관으로 선정되었다는 뉴스와 연계된 보도였다. 마치 이런 사업을 한 배경으로 코이카가 녹색기후기금 사업추진 기관으로 선정된 것처럼 보였다.

코이카 이사장과 현지 사무소장의 인터뷰도 나왔다. 두 사람 모두 현장을 가보지도 않은 사람이다. 내용도 지하수 개발 농업지원 사업으로 소개되었다. 하늘에서 내리는 비를 받는 것인데 지하수는 무슨 지하수인가. 대한민국 대표 방송인 KBS의 취재가 얼마나 허술한가를 여실히 보여주었다. KBS의 허술한 취재와 방송은 시청자, 국민을 우롱한 것이나 마찬가지다.

방송을 보고 화가 나서 코이카 이사장에게 사업의 실상에 대해 이메일을 보냈다. 두 번째 이메일이었다. 첫 번째 이메일은 코이카의 사업이 안고 있는 문제를 적시하고 시정 방향을 제시한 것이었다. 그로부터 답장도 왔다. 그러나 인터넷 메일 시스템의 수신 여부를 확인했지만, 두 번째 메일은 내가 이임할 때까지 읽지 않았다. 나를 잔소리하는 기분 나쁜 사람으로 여긴 탓일지도 모른다. 건설적인 제안에 귀를 기울이지 않는 것은 옹졸한 태도다.

외교부에 코이카 지원사업의 허와 실, 개선방안에 대해 수차 정책적 건의를 한 것도 그의 기분을 상하게 했을 수도 있다. 외교부에 보낸 정책건의는 그 사본이 코이카 본부에도 전달되기 때문이다. 수백만 달러나 되는 국민의 세금을 올바로 사용하는 일은 공직자의 의무이자 윤리다. 코이카가 저개발국에서 벌이는 사업 가운데 국민의 세금이 줄줄 새는 사업이 적지 않다고 여긴다. 현지 사정에 대한 정확한 분석과 이해를 바탕으로 하지 않고 탁상공론식의 서류심사로 사업이 결정되는 것도 큰 원인 가운데 하나다.

돈이 새는 코이카 사업- 2

주재국에 관한 각종 정보를 가장 많이 취합하고 있는 곳은 두말할 필요 없이 우리 대사관이다. 대사관의 주요 업무 가운데 하나는 주재국의 정치, 경제, 사회, 문화 등 제 영역에 대한 변화를 파악하는 것이기 때문이다.

그래서 대사관은 매일 주재국의 정치 경제 사회 등에 어떤 변화가 있는지 관심 있게 관찰한다. 주요 문제는 당연히 외교부에 보고된다. 그래서 주재국 관련 시시콜콜한 내용에 이르기까지 가장 많은 정보를 가지고 있는 곳은 당연히 대사관이다. 심지어 주재국 대통령이나 고위급 인사의 사생활 정보까지 알고 있는 곳이 대사관이다.

그렇다면 코이카의 무상 지원사업의 결정에서도 대사관의 판단이 우선되어야 함은 당연하다. 마땅히 대사관의 판단을 받아들여야 함에도 현실은 그렇지 못하다. 대사관의 감독권이나 신규사업에 대한 우선순위 추천권을 형식적으로만 인정하고 있기 때문이다.

코이카 본부의 신규사업 심사과정도 큰 문제다. 심사위원들이 현지 사정에 밝지 못하기 때문이다. 현지 대사관의 의견도 참고용일 뿐이다. 탁상공론식 심사에서 코이카가 정한 기준에 맞지 않으면, 채택되지 않는 것이 지금까지의 통례다. 내가 대사로서 직접 경험한 바다.

엘살바도르만 해도 잘못된 사업이 하나둘이 아니다. 10여 년에 걸쳐 1천2백만 달러 이상이 지원된 CCTV 지원사업이 있다. 산살바도르 시내 도로 위에 CCTV를 설치하는 사업이다. 내가 대사로 있는 동안 그 사업은 3차 사업이 진행되고 있었다.

CCTV로 범죄 차량을 추적하기 위해서는 한국에서처럼 전국 도로에 설치가 되어야 한다. 차량의 출발지에서 종착지가 어딘가를 추적할 수 있어야 한다. 따라서 일부 구간에 설치하는 것은 그 효과가 사실상 극히 제한적이다. 산살바도르 시내 일부 구간에 설치하는 사업에서 기대효과가 낮다는 점을 들어 나는 외교부와 코이카 본부에 3차 사업중단을 건의했다. 그러나 이미 결정된 사업이라는 이유로 내 건의는 받아들여지지 않았다. 어이없는 일이었다.

산살바도르 경찰청에서는 이 사업을 높이 평가한다. 그 까닭은 비록 불완전할지라도 운용해보지 않았던 차량추적 시스템이기 때문이다. 전시효과도 있다. 산살바도르 경찰청이 제출한 평가서에는 실제와 거리가 먼 과대 포장된 효과들이 나열되어 있다. 한국이 공짜로 지원하는 사업인데 공치사에 인색할 필요가 없기 때문이다.

_ 시골 택시

사례 하나만 더 들어보자. 산살바도르 도시교통 마스터플랜 지원사업이다. 이 사업도 5백만 달러가 더 들어가는 사업이다. 우리나라의 선진 교통신호 체계를 설치 지원하고, 원활한 교통을 위해 마스터플랜을 만들어준다는 사업이다. 제법 그럴듯하지만 알고 보면 정말 이해하기 어려운 사업이다.

산살바도르의 교통체증은 선진적 교통신호 체계가 없어서가 아니다. 차량은 날마다 늘어나는데 도로는 그대로이기 때문이다. 도로가 턱없이 부족한데다 체계마저 전근대적이다. 도로의 연결체계도 원형 교차로 중심의 독특한 도로 구조다. 시내 중심의 몇 개 신설도로를 제외하고는 직선 도로가 별로 없다. 과거에 마차가 편리할 대로 다니던 길을 그대로 포장해서 사용해오고 있는 탓이다.

따라서 선진적 교통신호 체계로 해결될 문제가 아니다. 신호체계의 개선으로 교통체증을 해소할 수 있다면 엘살바도르 정부가 진즉 설치했을 것이다. 엘살바도르 정부는 도로 부족을 해소하기 위해서 산살바도르 시내를 지상 7m 높이에서 운행하는 모노레일 사업이나 체증이 심한 곳에 고가도로 건설을 추진하고 있다.

현지 도로교통 사정에 어두운 것은 별도로 하자. 매년 변화하는 교통 여건을 어떻게 예측해서 교통 마스터플랜을 세워주겠다는 것인지 알 수가 없는 일이다. 내가 강력히 반대의견을 보냈음에도 사업은 심의를 통과해서 추진되고 있다.

이런 돈으로 병원이나 교육시설을 지어주면 30년 이상 수많은 생명을 살리고 인재 양성에 효과를 낼 수 있을 텐데 참으로 안타까운 일이다. 엘살바도르에는 병원 문턱도 가보지 못하고 죽어가는 사람이 매년 수만 명이다. 멀리 떨어진 학교에 갈 수 없어서 교육을 포기한 농어촌의 청소년도 부지기수다. 학교라고 하기에도 민망한 학교들이 농어촌 지역에 수도 없이 많다. 이런 곳을 외면하고 전시 효과성 사업에 국민의 세금을 부어 넣는다면 국민에 대한 배신행위다.

2021년 코이카 예산을 보면 총사업비가 1조에 달한다. 코이카가 지원하는 사업 가운데 효과가 의심되는 사업이 몇 개나 되는지 모른다. 알 수가 없는 일이다. 그런 사업으로 매년 우리 국민의 세금이 얼마나 새고 있는지도 모를 일이다. 엘살바도르에서 벌이는 허술한 사업들을 보면 아마 수백억은 족히 될지도 모른다. 사업을 통해 새는 돈이기 때문에 거기에 책임지는 사람도 없다.

나는 대사로 재임 중에 코이카의 무상 지원사업에 대해 다수의 정책건의를 했다. 모르긴 해도 나만큼 정책건의를 많이 한 대사는 없을 것이다. 장관에게도 했고 담당 국장에게도 했다. 코이카 이사장에게도 물론 했다. 그러나 바뀐 것이 보이지 않았다. 이제까지 해온 관행대로 굴러가고 있을 뿐이다.

답답한 삼류 행정

오래전 일이다. 지금은 고인이 된 삼성그룹 이건희 회장이 1993년 독일 프랑크푸르트에서 '마누라하고 자식만 빼고 모두 다 바꿔야 한다'고 말한 적이 있다. 기업의 신경영을 주창하면서 혁신을 주문한 것이다. 남성들은 애교를 담아 '마누라까지 바꿔야 한다'고 했으면 더 좋았을 것이라고 이의 제기한다.

이회장은 1995년 베이징에서 기자들과 만나 '우리 정치는 사류, 관료와 행정은 삼류, 기업은 이류다'라고 했다. 과감한 혁신을 주문한 이회장의 발언은 삼성은 물론 우리 경제계에 큰 반향을 불러일으켰다. 이회장은 정치권과 정부에 괘씸죄를 범했다. 그러나 삼성을 필두로 기업계에서 과감한 혁신이 출발하는 계기가 되었다. 이회장이 우리 기업들의 국제적 도약을 위해 선도적 역할을 한 셈이다.

그러나 이회장이 지적했던 삼류 행정은 지금도 제자리걸음이다. 여기서 사류 정치는 언급하지 않겠다. 우리 모두 아는 바이기 때문이다. 우리나라의 삼류 행정은 지금도 여전히 비효율의 차원을 넘어 국가발전의 큰 걸림돌이 되고 있다. 국내의 비전 있는 스타트업 기업들의 상당수가 해외로 본사를 옮기고 있다. 주된 이유 가운데 하나가 복잡한 규제 중심의 삼류 행정에 있다. 지금은 시간이 경쟁의 핵심 변수다. 그런데도 행정이 기업의 발목을 잡고있는 한국이다.

우리는 기초와 광역 지방자치단체, 중앙정부의 부처에 이르기까지 각종 규제와 까다로운 인허가 절차로 시간 소모가 너무 많다. 본격적인 제품 경쟁에 뛰어들기도 전에 지치게 만드는 것이 우리 행정이다. 그런 가운데서도 세계 10대 경제권에 진입한 것은 가히 기적이라고 할 수 있다. 기업인과 근로자의 억척, 끈기와 인내 덕이다.

외교부의 행정체계도 삼류 행정의 예외가 아니다. 대사로 있으면서 본부의 지시와 그에 대한 보고로 삼류 행정을 날마다 경험했다. 중국을 제외하고 다른 선진국 행정에서 볼 수 없는 현상이다. 사사건건 보고와 본부의 승인을 받아야 하는 시스템이다.

재외공관을 통해서 하는 사업이 꽤 있다. 그럴 때마다 본부의 사업 계획 통보 ⇨ 공관의 사업 신청 ⇨ 본부 사업승인 ⇨ 공관의 세부 계획 제출 ⇨ 본부 예산 배정 ⇨ 공관의 사업 집행 ⇨ 공관의 집행 결과 보고의 절차를 거친다. 사업 하나에 무려 7단계가 필요하다. 다른 선진국 대사관의 경우는 두세 단계에 불과하다.

나를 무척 힘들게 했던 관저 공사가 마무리 단계에 접어들었을 때다.

공사를 새롭게 했기에 낡은 비품도 교체를 준비했다. 15년 이상 된 냉장고와 냉동고를 모두 바꾸기로 했다. 간혹 고장을 일으켜 식품을 옮기는 등 애를 태웠기 때문이다.

본부에 교체를 건의하고 필요한 재정 지원을 요청했다. 냉장고 3대를 신청했는데 2대만 사라고 돈을 보내왔다. 냉장고를 사려고 갔던 직원이 돌아와 2대 값으로 3대를 살 수 있다고 했다. 까닭인즉 연말을 맞아 가전제품을 싸게 세일하는 중인데 현금으로 사면 더 큰 할인을 받을 수 있기 때문이었다.

냉장고 2대를 살 돈으로 원래 계획했던 3대를 살 수 있어서 퍽 다행이었다. 그대로 사고 본부에 보고해도 될 일이라고 여겼다. 담당 외교관이 안 된다고 했다. 다시 보고하고 승인을 받아서 사야 한다는 것이다. 내 생각을 접고 젊은 외교관의 얘기대로 다시 보고 하고 승인을 얻어 냉장고 3대를 구입했다.

내 책상 위의 유리 덮개 아래에는 외교부 과장급 이상 직원의 이름과 사진이 부착된 커다란 직제 조직표가 펼쳐져 있었다. 과장급 이상이 2백여 명이나 되는 큰 조직이다.

나는 젊은 외교관들에게 가끔 우리 행정체계의 후진성을 지적했다. 그러면서 직제 조직표에 나와 있는 고급 인력 절반이 하지 않아도 될 일을 하고 있다고 지적하곤 했다. 그럴 때마다 젊은 외교관들은 나중에 우리 자리가 없어지게 되니 그런 말씀은 하시지 말라고 해서 웃곤 했다.

우리 행정이 얼마나 복잡하게 갈래가 나뉘어 있는가를 보여주는 예도 있다. 관저 공사를 마무리하는 단계에서 알게 된 일이다. 현관의 벽과 세면대에 거울을 설치해야 했다. 현관 입구에 부착하는 거울은 자산취득비에 해당하고 화장실 벽에 부착하는 거울은 시설장비비에 속했다. 각각 따로 설치 비용을 신청했다. 똑같은 거울이 위치에 따라 예산 항목이 달랐다. 코미디다.

대사관저에는 접대용 술이 있다. 외빈 접대를 위해서 술의 종류도 다양하게 마련되어 있다. 제법 고급술도 있다. 대한민국의 품격을 유지하기 위해서 싸구려 술을 대접할 수는 없다. 접대용으로 산 술은 대사가 사적으로 마실 수 없음은 물론이다. 공과 사를 구분해야 함은 당연한 일이다. 대사가 관저에서 사적으로 마시는 술은 마땅히 대사 개인 돈으로 사야 한다.

외빈 접대를 위해 마련한 술은 이른바 행정지원시스템에 재고와 변동을 입력해야 한다. 구매 내력도 보고해야 함은 물론이다. 관저로 손님을 불러 오찬이나 만찬 행사를 하고 나면 주류 변동 사항도 일일이 입력해야 한다. 이쯤 되면 우리 행정이 얼마나 사람을 불신하는지 알 만하다.

정말 한심한 일이었다. 일 년을 2분기로 나누고 분기에 한 번 주류 변동 사항을 입력해도 될 일이다. 대사의 양심을 믿는다면 해도 그만 안 해도 그만인 일이다. 그런 불필요한 일에 행정력을 소모하고 있는 나라가 대한민국이다. 정말 소도 알면 웃을 일이다.

매달 경상적으로 지출되는 대사관 행정직원들의 급여도 그 내역을 사사분기별로 보고해야 하고 또 매달 보고한다. 그러면 본부에서 대사관에 매달 지급액을 통보하고 송금을 해준다. 얼마 되지 않는 특근수당을 제외하고는 매달 같은 금액이다. 직원의 급여 내용이 매달 바뀔 수 없음은 모두가 아는 사실이다.

분기별로 신청하고 보내주어도 될 일이다. 왜 매달 똑같은 일을 반복해서 해야 하는지 이해하기 어려운 일이다. 특별한 행사 등으로 주말 근무를 하는 경우가 종종 있다. 이럴 경우, 식사를 지원하는 특근 매식비가 있다. 햄버거 한 개를 사서 먹어도 지출 양식을 갖추어야 한다. 지출 영수증과 지급결의서, 수표 사본이 첨부된다.

영국, 독일, 일본 등 주요국의 대사를 만날 때마다 어떻게 운용되는지 알고 싶어서 묻곤 했다. 행정학을 배우던 시절의 기억이 있어서다. 그런 나라는 우리와는 매우 다른 효율적 행정체계를 갖추고 있다. 외교부와 대사관 사이의 행정체계가 궁금하기도 했다.

독일과 영국은 대사관별 독립 예산제로 운영되고 있었다. 대사관별로 일 년 예산이 배정된다는 것이다. 패키지 예산이다. 인건비를 제외한 예산 항목에 대해 대사관의 자율적 재량권이 폭넓게 인정된다. 본부에서 오는 송금 규모와 시기도 대사관이 배정된 예산의 범위에서 결정해서 요청하면 본부에서는 그에 따라 송금만 해주는 식이다.

우리처럼 거울 하나 산다고 예산 신청하는 시스템과는 천지 차이다. 하지 않아도 될 일, 불필요한 업무를 하면서 인력과 시간을 낭비하고 있는 나라가 대한민국이다. 복도 건너편에 있는 영국 대사관보다 많은 인원이 있는 우리 대사관이 늘 더 바쁜 이유도 그런 삼류 행정체계 때문이다.

만날 때마다 영국대사는 '한국 대사관은 무슨 일이 그렇게 많으냐? 엘살바도르와 특별관계냐?'고 농담을 던지곤 했다. 뼈있는 농담이었다. 행정학을 전공한 나는 때로 우리 행정체계에 허탈하기도 했다.

얘기를 꺼낸 김에 한 가지 더 얘기하겠다. 연말이면 본부에 회계 정산을 보고한다. 집행하고 남은 예산이 있으면 본부로 모두 송금해야 한다. 송금을 모두 모아서 총액으로 하는 것도 아니다. 개별 사업비나 예산 항목별로 일일이 보고를 해야 한다. 모든 건마다 반환 결의서, 반환 내역, 송금증 사본이 첨부된다. 채 1달러가 되지 않은 것도 있고 몇 달러에 불과한 것도 있다. 송금액보다 송금 수수료가 더 많은 것도 있다. 코미디도 이런 코미디가 없다. 기준을 정해주고 그 기준에 미달하는 금액은 대사관에서 처리하고 근거를 남기도록 하면 될 일이다.

이런 예를 하나하나 들자면, 정말 밑도 끝도 없다. 예산회계 관련 법규 탓이라고 할 것인가? 비단 외교부에만 있는 현상이 아니다. 나라 전체에서 그런 일에 쏟아붓는 행정력은 얼마나 될까. 간혹 감사원 혹은 국정감사 지적사항이라는 꼬리표를 달고 재외공관에 배포되는 내용이 있다. 대부분 시시콜콜한 것들이다. 오히려 행정을 더 복잡하게 만드는 것들도 많다.

정부의 각 부처에는 혁신행정관이 있다. 무엇을 혁신하고 있는지 잘 모른다. 대사로 있으면서 혁신행정관실에서 내려오는 것은 성희롱 예방이나 갑질 근절 등에 관한 것이 대부분이었다. 매년 한두 차례 본부가 보내온 비디오를 틀어놓고 직원들과 함께 성희롱, 김영란법, 갑질 근절 교육을 받아야 했다. OECD 국가 가운데 대사, 외교관에게 이런 내용의 교육을 하는 나라가 또 있는지 모른다. 한심했다.

코로나 팬데믹으로 인해 공관장 회의가 화상으로 진행되었다. 대사와 총영사 등 재외공관장을 앉혀 놓고 성희롱과 갑질 근절을 강조한 장관의 훈화를 들으면서 심한 자괴감을 떨칠 수가 없었다. 명색이 나라를 대표하는 특명전권대사들한테 하는 당부치고는 너무 유치한 내용이었다.

후임도 내정이 되고 3년 임기가 거의 끝나갈 무렵이다. 앞에서 얘기한 바와 같이, 나는 엘살바도르 국회 명예 대헌장 'Noble Amigo de El Salvador'를 수여 받았다. 국회로부터 수여 통보를 받은 다음 날, 조금 황당한 결재가 왔다. 대헌장을 받을 수 있도록 승인해달라는 전문을 본부에 보내는 것이었다. 훈장을 받는 일도 본부의 승인을 받아야 했다. 나는 아직도 왜 이런 승인이 필요한 것인지 그 까닭을 알지 못한다. 훈장의 내용을 파악할 필요가 있다면 보고로도 족한 일이다.

국가를 인체에 비유하면, 행정은 혈액을 원활하게 순환시키는 순환계에 해당한다. 우리나라 행정은 동맥경화가 심각한 상태다. 동맥경화가 생명을 위협하는 심각한 질환인 것처럼 낙후된 우리 행정 역시 국가 발전에 위협이 되고 있음을 직시할 필요가 크다.

엉성한 팀 코리아

외국에 상주하는 한국 대사관은 그 나라에서 대한민국을 대표한다. 엘살바도르의 경우, 이름도 '주 엘살바도르 대한민국대사관'이다. 외교부에 소속되어 있을지라도 외교부 대사관이 아니다. 국가를 대표하는 기관이다. 그래서 대사의 임명 절차에 국무회의의 심의가 들어간다. 임명장과 신임장 모두 대통령이 직접 수여하고, 대사의 직명도 '대한민국 특명전권대사'다. 상대 국가에 대해 대사가 하는 말은 곧 대한민국의 말이다.

'모든 길은 로마로 통한다'라는 말처럼 주재국 관련 대한민국의 모든 업무는 대사관을 통한다고 할 수 있다. 대사관이 모든 업무를 직접 처리한다는 얘기가 아니라, 대한민국 관련 모든 업무에 대해 대사관이 그 내용을 알고 있어야 한다는 얘기다. 간단히 말하자면, 외교를 위한 정보공유다. 주재국과 대한민국 사이에 진행되는 사안에 대한 정보를 대사관이 모르고 있다면, 대사관은 그야말로 핫바지다. 주재국 정부도 대사관을 우습게 알 것이다. 그런 상태로 외교가 제대로 될 턱이 없다.

정부는 해외에서 팀 코리아Team Korea를 강조했다. 다른 나라에서 어떤 사업을 하든 그 나라에 주재하든 하지 않든 한국의 모든 기관이 하나의 팀이 되어야 한다는 얘기다. 국익을 위해 팀워 플레이는 매우 중요하다. 그러나 내가 경험한 바로는 '팀 코리아'는 거의 구호나 슬로건 수준에 불과한 경우가 많았다.

특히, 국가의 재정을 관장하는 기획재정부가 오만을 떠는 경우가 많다. 국회의원으로 있을 때, 다른 부처가 예산을 따기 위해 기획재정부를 들락거리면서 눈치를 살피는 경우를 많이 보았다. 돈주머니를 차고 있어서인지 기획재정부의 콧대가 꽤 높다.

엘살바도르에는 우리나라의 차관으로 진행되고 있는 협력사업이 몇 개 있다. 모든 인프라 프로젝트 개발사업이다. 내가 재임 중에 기획재정부와 한국수출입은행 관계자가 차관 협의를 위해 서너 차례 엘살바도르를 다녀갔다. 차관 협의를 위해 주재국에 출장한다고 사전에 알려온 적은 한 번도 없다. '팀 코리아'는 그들 안중에도 없었다.

2019년이 다 가던 어느 날 일이다. 엘살바도르 공공사업부 장관이 저녁을 같이하자는 초대가 있었다. 뿌뿌사를 맛있게 하는 식당에서 만났다. 그쪽에서 차관을 비롯한 국장 5명이 참석했고, 우리 쪽에서도 나와 외교관이 참석했다. 나를 초대한 이유는 건설 예정인 인프라 개발 프로젝트에 한국의 참여와 협력을 요청하기 위해서였다.

부드럽게 쫄깃한 뿌뿌사가 참 고소했다. 보께론 화산 중턱의 식당에서 보는 전경도 시원하게 아름다웠다. 출시한 지 얼마 되지 않은 레히아 맥주까지 곁들인 즐거운 자리였다. 장관이 오늘 입국한 한국팀에게도 대사인 내가 잘 얘기해달라는 얘기를 꺼냈다. 오늘 어느 팀이 입국했는지 대사관은 아무런 정보를 가지고 있지 않았다.

적잖게 당황했다. 그렇다고 한국의 어떤 출장단이 입국했냐고 물을 수도 없었다. 그런 정보도 대사관이 모르고 있다면, 한국 정부의 시스템이나 대사관을 우습게 여길 것 같았기 때문이다. 일이 잘 성사되도록 대사관이 지원할 것이라고 두루뭉술하게 넘어갔다. 그리고 얼른 다른 주제로 넘어갔다.

한국 정부 쪽에서 몇 명이 무슨 일로 왔는지 알 길이 없었다. 다음 날 직원을 시켜서 공공사업부 실무자에게 슬며시 물어보라고 했다. 알고 보니 기획재정부와 한국수출입은행 조사단이 차관 공여를 위해 현지 조사를 왔다는 것이었다. 그들은 대사관에 한 마디 통보나 상의 없이 출장을 마치고 귀국했다.

너무 어이가 없었다. 그런 중요한 문제를 가지고 주재국 정부 인사들과 협의하고 가면서 대사관에 아무런 정보도 주지 않고 갔다는 사실에 적잖이 화가 났다. '팀 코리아'는 행방불명이었다. 출장 나온 사람들의 공직관이나 국가관이 심히 의심스러웠다.

통신망이 고도로 발달한 시대에서, 그것도 IT 강국이라는 한국의 '팀 코리아'는 어디에 있는지 알 수가 없었다. 공무원이 공무로 다른 나라에 출장을 간다면, 해당 대사관에 출장 사유를 통보하는 일은 매우 쉽게 할 수 있는 일이다.

국가 기관 사이에 정보를 공유한다는 것은 곧 국익을 보호하는 일이다. 돈을 빌려 개발을 해야 하는 나라에서 차관 문제는 매우 중요한 사안이다. 과거 대한민국이 눈물겹도록 경험한 바다. 주요한 차관 공여 문제와 관련해서 출장을 나온 팀이 대사관에 아무런 사전 사후 통보도 하지 않았다. 화가 났다.

수출입은행 홈피에 들어가 보았다. 행장은 공석이었다. 상임감사가 두 번째 서열로 사진과 함께 소개되었다. 그의 이메일을 알 수 없어서 항의성 편지를 팩스로 보냈다. 국익을 위해 시정되어야 함을 지적했다. 아무런 회신이 없었다. 그는 청와대 경호실 출신이었다. 돈과 차관을 다루는 수출입은행에 경호실 출신이 상임감사로 있다는 것도 이해하기 어려웠다. 대한민국의 뒤죽박죽 현상이 나를 슬프게 했다.

에필로그

슬픈 미로

엘살바도르는 우리에게 잘 알려지지 않은 나라다. 어디에 있는지도 모르는 사람이 많다. 고작 알려진 것이라고는 가난한 나라, 살인 납치 등 흉악한 범죄가 많은 나라라는 정도다. 매우 부정적 이미지로 포장된 나라다. KBS와 주요 언론의 저급하고 자극적인 보도 탓이다.

그러나 엘살바도르는 아름다운 나라다. 그곳이 아름다운 이유는 무엇보다 순박한 사람들이 살고 있기 때문이다. 수백 년 오랜 세월을 가난과 순종, 체념으로 살아온 사람들이다. 어제도 그랬듯이 오늘도 그들의 삶은 무겁다. 대서양을 건너온 백인들의 피가 섞였다. 메스티소라고 불리는 혼혈이다. 인디오 피도 물려받은 탓으로 백인을 주인으로 섬기면서 살아왔다. 과거 우리의 서얼과 같은 신세다.

그들의 순박한 미소는 선하고 아름답다. 미소라고 모두 아름다운 것은 아니다. 추함이 배어있는 미소도 많다. 거짓이나 위선으로 포장된 미소다. 살아온 궤적이 얼굴을 통해 나타나는 것이 미소다. 미소는 정직하다. 이기적 탐욕으로 살아온 사람의 미소가 무거운 삶의 멍에를 운명으로 받아들인 사람의 미소와 같을 수 없는 까닭이다. 살바도란의 미소는 순박하다. 천진난만한 어린애의 미소 같기도 하고 달관한 구도승의 미소를 닮기도 했다.

살바도란은 오랜 세월 좌절과 인내, 순종으로 자신을 순화시켰다. 눈이 시리도록 파란 하늘, 새의 깃털보다 하얀 구름, 일년 내내 푸르고 싱그러운 숲, 피고 지고를 반복하는 아름다운 꽃, 어디서고 들리는 청아한 새소리도 그들의 미소를 더 순수하게 만들었다. 그들의 순박한 미소는 마주한 사람에게 행복을 준다. 나는 그런 미소를 3년이나 대할 수 있었던 행운을 누렸다. 엘살바도르에서 지낸 3년의 수고에 대한 가장 의미 있는 보상이었다.

삶에서 운명은 때로 잔인하다. 고통과 시련이 없는 삶은 없다. 그러나 삶에 찾아온 고통과 시련이 아니라, 그 속에서 태어난 사람들이 있다. 아담과 하와가 만든 원죄처럼 가난을 벗을 수 없는 운명의 삶이다. 많은 살바도란의 삶이 그렇다. 애통해하지도 않는다. 운명을 탓하는 것은 어리석음이란 것을 그들은 안다.

대대로 물려받은 보이지 않는 사슬이 그들에게 여전히 족쇄로 남아 있다. 그들의 족쇄를 풀어줄 초인은 수백 년 동안이나 기다려도 나타나지 않았다. 어디에 있는지, 오기는 하려는지 모른다. 민주와 인권, 정의와 평등의 가치는 오래전부터 높이 세워졌다. 빛이 바랬지만, 지금도 여전히 펄럭이는 가치다. 그러나 엘살바도르와 중남미에서 그 가치는 부와 권력을 가진 소수 크레올의 위장 수단에 불과하다.

보이지 않는 계급사회, 인종 차별, 주류와 비주류, 지배와 피지배, 부정과 부패, 비민주의 골이 깊다. 권력과 부를 쥔 금수저들의 눈에는 다수의 억눌린 서민 대중이 보이지 않는다. 민족주의도 애국주의도 그들에게서 찾아보기 어렵다. 나라나 국민보다 우선한 것이 그들의 기득권이다. 선한 살바도란이 어두운 미로를 계속 헤매는 주원인이다.

그들을 묶고 있는 보이지 않는 운명의 사슬을 끊어야 한다. 스스로 끊어내든지, 아니면 누가 그들을 위해 그 사슬을 끊어주어야 한다. 혁명이 필요하다. 농민봉기나 민중 폭동의 과거로 다시 돌아갈 수는 없다. 억눌린 채 살아온 서민 대중이 깨어나야 한다.

베네수엘라 우고 차베스와 브라질의 룰라 다 실바의 등장으로 불기 시작한 라틴아메리카의 좌파 물결Pink Tide은 실패로 끝났다. 그러나 사회주의 좌파가 지향했던 계층 간 소득, 교육, 기회의 불평등 해소와 대중 중심의 애국주의는 옳은 방향이었다. 사회주의 좌파가 지금까지 명맥을 유지하고 최근 몇 나라에서 다시 집권할 수 있었던 것도 바로 그 방향 때문이다.

지금까지처럼 기득권 중심의 정치로는 다수 살바도란이나 메스티소의 슬픈 미로를 끝내는 데는 도움이 되지 않는다. 중도나 우파의 집권보다 사회주의 좌파의 집권이 필요한 이유다. 그러나 독재적 급진주의나 포퓰리즘에 기대어 실패했던 전철을 밟지 않아야 한다. 억눌린 대중을 껴안고 슬픈 미로의 끝을 향해서 한 걸음 한 걸음 나아갈 수 있는 성공적 사회주의 좌파가 필요하다.

'2%의 소수가 모든 것을 갖고, 98%의 대중이 아무것도 가진 것 없는 현실'은 끝나야 한다. 5백 년 넘게 지속한 모순이자 불행이고 비극이다. 엘살바도르와 중남미에서 진정한 평등과 인권의 가치가 물결치는 날이 빨리 오기를 간절히 염원한다.